Leo Lukas

MÖRDER

PARTY

Kriminalroman

Leo Lukas

MÖRDER PARTY

Kriminalroman

Mit freundlicher Unterstützung durch

Bundesministerium
Kunst, Kultur,
öffentlicher Dienst und Sport

Danke, dass Sie sich für unser Buch entschieden haben!
Sie wollen über unser Programm auf dem Laufenden bleiben sowie über
Neuigkeiten und Gewinnspiele informiert werden? Folgen Sie uns auf
Social Media oder abonnieren Sie unseren Newsletter.

1. Auflage 2023
© Carl Ueberreuter Verlag, Wien 2023
ISBN 978-3-8000-9016-7 (print)
ISBN 978-3-8000-9916-0 (e-book)

Lektorat: MMag. Marie-Therese Pitner
Covergestaltung: Saskia Beck | s-stern.com
Grafiken: Cover, Schneekugel (c) etsy_Deanna M | Innen, Kipferl © iStock
Satz: Lisa Wilfinger | Carl Ueberreuter Verlag
Druck und Bindung: Brüder Glöckler | Wöllersdorf

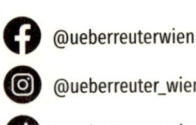

@ueberreuterwien

@ueberreuter_wien

@ueberreuter_wien

www.ueberrreuter.at

Prolog
Der Auftrag

Die Leute sehen durch mich hindurch, als wäre ich nicht vorhanden.

Das war schon immer so. Als Kind habe ich darunter gelitten. Fühlte mich schlecht. Schlimmer: wertlos. Brauchte eine Weile, bis ich erkannte: Nie bemerkt zu werden, ist eine Gabe. Praktisch – vor allem bei gewissen, überall auf der Welt verbotenen Tätigkeiten.

Manchmal bin ich gezwungen, mit jemandem zu reden. Selbst dann vergessen sie mich gleich wieder. Stimme, Geruch, Körpersprache – alles komplett unauffällig. Sie erinnern sich höchstens an meine Verkleidung: Arzt, Nonne, Handwerker, Paketzusteller, was auch immer. Vollbart, Schnurrbart, Backenbart. Weiße, blonde, rote, dunkle Haare, glatt oder lockig, kurz oder lang. Oder Glatze. Tätowierung am Hals, Ring im Ohr. So was bleibt hängen, wenn ich eine falsche Fährte legen will. Sonst nichts.

Nach Möglichkeit vermeide ich Sozialkontakt. Mit Menschen kann ich nicht gut, außer sie vom Leben zum Tod befördern.

Ich bin der Bravo. So lautet mein Deckname, nach einem altitalienischen Ausdruck für Meuchelmörder.

Im Wiener Kunsthistorischen Museum hängt ein Gemälde, das den Titel „Der Bravo" trägt. Von Tizian. Renaissance. Sehr dunkle Farben. Aber der Name hat mir gefallen.

Bravo. Klingt irgendwie positiv, gell?

Obwohl ich naturgemäß nicht nach Applaus giere. Der beste Mord ist einer, der unentdeckt bleibt. Signaturen hinterlassen nur Spinner. Ich hingegen arbeite seit vielen Jahren als Profikiller, und dass man mich nie erwischt hat, nehme ich als Indiz dafür, dass ich ziemlich klar im Kopf bin. Mir fiele im Leben nicht ein, eine zuordenbare „Handschrift" zu entwickeln. Da könnte ich ja gleich Interviews für Fernsehdokus geben. Mit verpixeltem Gesicht, Sie wissen schon, und verfremdeter Stimme: „Derzeit leidet unsere Branche unter Fachkräftemangel, wie der gesamte Dienstleistungssektor ..."

Nein, danke. Nicht mein Ding.

Bei der Kripo bezweifeln sie sogar, dass ich überhaupt existiere. Vor einigen Jahren behauptete eine Zeitung, die Wiener Kriminalkommissarin Karin Fux jage seit Langem einen Auftragsmörder, der Bravo genannt werde. Zwei Tage später brachte ein etwas seriöseres Blatt ein Dementi der Beamtin. Nicht ohne süffisant zu ergänzen, dass es in Österreich, anders als bei der deutschen Polizei, gar keine „Kommissare" gibt. Vielmehr bekleidet Frau Fux den Dienstgrad einer Chefinspektorin.

Übrigens glaube ich, dass sie geschwindelt hat und sehr wohl hinter mir her ist. Immer wieder mal zwischendurch nimmt Fux sich die ungeklärten Todesfälle vor und klopft sie auf ähnliche Muster und eventuelle Querverbindungen ab. Wurde mir zugetragen, von einer relativ zuverlässigen Quelle.

Egal. Ich habe meine Sicherheitsvorkehrungen optimiert. Voriges Jahr gelang es ausgerechnet dem Komödianten Peter Szily, mich aufzuspüren und in eine Falle zu locken. Das war mir eine Lehre und darf nie wieder vorkommen.

Jetzt stehen wir vor einer paradoxen Situation. Einerseits will ich unauffindbar sein, perfekt abgeschirmt, andererseits müssen mich potenzielle Kunden erreichen können. Ich gehöre aber keiner kriminellen Organisation an. Bin überzeugter Einzelgänger. Traue niemandem. Scheue Gesellschaft.

Also wie nimmt man mit mir Kontakt auf?

Vergessen Sie schmuddelige Rotlicht-Bars oder das Dunkelnetz! Da wie dort gibt es Spitzel und generell zu viele Maulhelden.

Aber Sie können mir eine Nachricht zukommen lassen. Verschlüsselt natürlich. Beispielsweise zeigt mir ein Bewegungsmelder an, dass letzte Nacht in einen meiner Briefkästen eine alte Zeitung geworfen wurde. Freitagausgabe, daher ist das Sudoku-

Rätsel „sehr schwierig". Während ich es löse, notiere ich nach der Reihe die Zahlen, deren Positionen ich vollständig eruiert habe. Sicherheitshalber vergleiche ich das Ergebnis mit dem eines Sudoku-Rechners. Die Ziffernfolgen stimmen überein: 2-7-3-4-5-6-1-8-9.

Setzen wir Null davor, bekommen wir eine Telefonnummer. 02734 ist die Vorwahl von Langenlois, einer niederösterreichischen Kleinstadt, in der seit tausend Jahren Weinbau betrieben wird. Mit der Fortsetzung 56189 ergibt die Rufnummernsuche keinen Treffer. Aber das muss nichts heißen.

Ich verwende ein *Burner-Phone*, ein Prepaid-Handy, das ich nie zuvor benutzt habe und danach wegwerfen werde. Das Freizeichen erklingt, dreimal, ein paar Sekunden lang klassische Musik und schließlich eine computergenerierte Frauenstimme: „Künstlervermittlung Schalk International Artists. Unser Büro ist zurzeit nicht besetzt. Bitte besuchen Sie unsere Homepage www.schalk.at. Wir danken für Ihr Interesse."

Per nicht rückverfolgbarem Internet-Zugang forsche ich nach. Keine einzige hundertprozentige Übereinstimmung. Bloß ein südafrikanischer Maler, eine kleine norddeutsche Spedition und ein oststeirisches Viehhandelsunternehmen. Dass bei „Nutztiere Schalk" Künstler mitgemeint sind, schließe ich aus.

Sollte eine Agentur, die „International Artists" im Namen führt, nicht medial präsenter sein?

Sehen wir uns also die Homepage an. Erster Eindruck: billig. Einfach und doch geschmacklos. Hurtig erstellt, indem bei einer handelsüblichen Vorlage Texte und Bilder ausgetauscht wurden. Das Firmenlogo besteht aus SCHALK in *Comic Sans*-Schrift, mit der übergestülpten Federzeichnung einer Schellenkappe.

Alter Vater. So was traut sich eine professionelle Werbeagentur nicht mal mehr in Langenlois.

Der jüngste Eintrag unter „Aktuell" trägt dasselbe Datum wie die mir zugespielte rosarote Bobo-Zeitung. Zufall? Unwahrscheinlich. Regenbogenförmig angeordnete und ebenso bunte Lettern verkünden: TOP TIP – JAJA BAND. Das Foto zeigt zwei ältere Herren. Ihre Anzüge, Haarschnitte und Hüte waren schon vor der Ostöffnung aus der Mode. „Úžasný band na oslavy a párty", steht darunter, „hrají vsechno též španělský nebo německy." Sowie die Übersetzung: „Tolle Band für Feiern und Partys, sie spielen auch alles auf Spanisch oder Deutsch."

Außerdem gibt es auf der Seite einen von Blümchen umrahmten Kasten: „Schüttelreim des Tages:

Letztlich liegt, war noch so groß der Schuft,

Kaiser wie Narr doch im Schoß der Gruft."

Ich muss nicht lange nachdenken, bis der Groschen fällt.

Sollte jemand unabsichtlich 02734-56189 gewählt oder www. schalk.at eingetippt haben, glaubt er wohl, bei mitleiderregend pimpigen Amateuren gelandet zu sein, und wird keinen weiteren Gedanken darauf verschwenden. Mir jedoch sagt das Arrangement etwas völlig anderes: Wer immer auf diese Weise mit mir in Verbindung treten möchte, weiß beunruhigend viel über mich.

Wenig später fahre ich in einem Bus der Linie 39A durch die Sieveringer Straße. Das ist keine arme Gegend. Schmucke Häuser, Villen, Seniorenresidenzen. Ordinationen, Tierarztpraxis „Pfotenzone", auch eine „Teppichklinik". Überhaupt lustige Namen: „Café Nest", „Restaurant Erbsenbach", „Blumen Böse" – ob die Gärtnerfamilie Baudelaires Gedichte kennt? Einige Baustellen, die „Exklusive Eigentumswohnungen" versprechen … „In Sievering blüht der Flieder", heißt es schon im Strauß-Walzerlied. Gewisse Blüten gibt es hier das ganze Jahr über und Schwarzgeld ist die beliebteste Währung in Währing wie in Döbling.

Bei der Fröschelgasse steige ich aus und gehe weiter stadtauswärts. Ein Schild kennzeichnet den Einstieg zum „Stadtwanderweg 2". Das letzte Haus vor der Abzweigung in den Gspöttgraben ist ein moderner dreistöckiger Bau, seine Form erinnert entfernt an die Kuppel eines Observatoriums. Zwei blutrote Stier-Statuen flankieren das Portal. Vom Balkongeländer hängt ein Transparent. Brennende Motorräder sind aufgedruckt und rote fetzige Horror-Schriftzeichen: „Monsters of Stunt". Den

Schaukasten an der Mauer füllt ein Plakat im Stil eines Western-Steckbriefs, vier grobkörnige Porträts, darüber „*MoSt Wanted*". Sich als Kapitalverbrecher darzustellen, scheint immer noch schick zu sein.

Ich spaziere bergan. Der Untergrund wandelt sich von Asphalt zu Schotter, durchsetzt mit Matsch. Linker Hand geht es zum Steinbruch. Von dort führt ein steiler Pfad direkt auf die Anhöhe. Ich bleibe aber auf dem breiten Wanderweg, wo etliche Leute unterwegs sind, meist allein, seltener Pärchen oder Familien. Sollte jemand das Gelände überwachen, per Fernrohr oder Kameradrohne, steche ich hier weniger heraus als einsam zwischen Felsen und kahlen Bäumen.

„Am Himmel", so der Name des Areals, ist ein seit über 200 Jahren beliebtes Ausflugsziel. Mittlerweile gibt es einen Kinderspielplatz, einen „Lebensbaumkreis" mit Amphitheater und ein achteckiges Café-Restaurant. Die treibende Kraft hinter dem Ganzen, ein ehemaliger Au-Besetzer, hat Biosphären- und Nationalparks verwirklicht, die Privatisierung vieler Wasser- und Waldbestände vereitelt und sich dadurch eher wenige Freunde bei Energiekonzernen gemacht.

Vor der Caritas-Schule biege ich nach links ab. Der Weg mündet in einer kleinen Lichtung. Dort steht ein schlankes weißes Gebäude mit mehreren Türmchen: die Sisi-Kapelle.

Des Rätsels Lösung fiel nicht schwer. Sie steckt im Namen des tschechischen, laut Agentur-Homepage mehrsprachigen Unterhaltungs-Duos „Jaja Band". Ja heißt auf Spanisch *Si*, Jaja also *Sisi*, und das deutsche Wort für *Band* lautet …? Richtig, Kapelle.

Der Schüttelreim Schuft / Gruft verstärkt den Hinweis, denn das neogotische Bauwerk ist ein Mausoleum.

Errichtet hat es Johann von Sothen, ein Tabaktrafikant, der den Leuten mit Glücksspielen das Geld aus der Tasche zog und so zum Bankdirektor und Millionär aufstieg. Quasi der Monsieur Novomatic des 19. Jahrhunderts. Nachdem ihn sein eigener Förster erschossen hatte, wurde Sothen in der Kaiserin Elisabeth gewidmeten Kapelle beigesetzt. Sisi wiederum kokste nicht nur ganz gern – das Hofburgmuseum stellt ihr Fixer-Besteck aus –, sondern schrieb auch Gedichte: „Schweizer, Ihr Gebirg ist herrlich! / Ihre Uhren gehen gut. / Doch für uns ist höchst gefährlich / Ihre Königsmörderbrut." Als hätte sie geahnt, dass man sie am Genfer See erstechen würde. Mit einer Nagelfeile!

Während ich vortäusche, die Kapelle zu fotografieren, umrunde ich sie. Weit und breit niemand. Das Zylinderschloss an der Tür wehrt sich nicht lange. Innen ist es merklich kälter als draußen. Die jeweils sieben an den Längsseiten in die Wände integrierten Flachbildschirme sind dunkel; in Betrieb zeigen sie laut aufliegenden Flyern einen „Kreuzweg der Natur". Bugholzstühle wurden fein säuberlich in sechs Gruppen zu je fünf gestapelt. Ich steige die vier Stufen zum Altar hinauf. Den Tisch vor den drei Lanzettfenstern bedecken zwei überlappende reinweiße Tücher, auf denen ein Messbuch liegt.

7, 6, 5, 4, 3, 2, 1. Bilden die erwähnten Zahlen tatsächlich einen Countdown? Und falls ja, was passiert bei Null?

Ich habe einen Scanner bei mir. Er registriert keine aktiven elektronischen Geräte. Handschuhe trage ich sowieso, dennoch fahre ich meinen Teleskop-Schlagstock aus, um damit den Buchdeckel zu öffnen. Auf der linken Umschlagseite klebt ein QR-Code. Der Schmutztitel rechts ist nicht paginiert, aber da beginnt gewöhnlich die Zählung bei eins, also entspräche das Innere des Deckels der Null.

Behutsam löse ich das Etikett ab und sichere es in einem Flyer, den ich einstecke. Dann verlasse ich die Sisi-Kapelle. Unbehelligt kehre ich in die Stadt zurück.

Meist verlinken *Quick Response Codes* ins Internet. Die quadratische schwarz-weiße Matrix aus dem Messbuch entfaltet sich jedoch zu einer Eingabemaske. Violetter Bildschirmhintergrund, sonst nichts außer einem Mikrofonsymbol, einem Violinschlüssel und der Schrift „Akustische Authentifizierung". Anscheinend wird zusätzlich zur Standard-Dekodierung eine Legitimation via Spracherkennung verlangt, ehe die Pixel das Gespeicherte freigeben.

Hm. Ich habe lange darauf hingearbeitet, dass meine Stimme ebenso uncharakteristisch wirkt wie mein Gesicht. Peter Szily, der sich als Parodist mit so etwas auskennt, meinte einmal, ich klinge zwar nicht monoton, flach oder zu leise, aber „absolut eigenschaftslos". Davon abgesehen, gibt es meines Wissens keine Tonaufzeichnungen von mir. Zumindest nicht solche, die mit dem Bravo in Verbindung gebracht werden könnten. Außer vielleicht an einem sehr speziellen, in keinem Stadtplan verzeichneten Ort ... Ich räuspere mich, weiß nicht, was ich sagen soll. Eloquenz zählt nicht zu meinen Stärken. „Eins, zwei, eins, zwei", wie bei einem Soundcheck?

Der ominöse Klient kann nicht wollen, dass ich scheitere. Er möchte ja meine Dienste in Anspruch nehmen. Welchen Sinn hätte sonst die umständliche Kontaktaufnahme über Sudoku, Geheimnummer und so weiter?

Es muss einen anderen Weg geben, die Nachricht freizuschalten. Einen anderen Schlüssel.

Die Stimme auf dem Anrufbeantworter der Agentur Schalk? Nein. Sie war synthetisch erzeugt, mit einem Programm, das auf der ganzen Welt millionenfach eingesetzt wird. Aber Moment: Davor erklang kurz Musik! Ein paar Takte, die sogar ich nicht zum ersten Mal gehört habe, obwohl ich beileibe kein Klassik-Experte bin.

Ta-ta-ta-taaa ...

Wie ein Anklopfen. Als begehre jemand Einlass.

Ta-ta-ta-taaa ...

Oder wie das Morsezeichen für den Buchstaben „V", lateinisch auch die Ziffer fünf.

Tatata ta, tatata ta, tatata taaa ...

Beethoven. Oder? Klar doch. Kennt wirklich fast jeder. Der Anfang der 5. Sinfonie, wie ich rasch herausfinde. „So pocht das Schicksal an die Pforte", hat der Komponist angeblich seinem Sekretär gesagt. Ich lade das Musikstück hoch.

Tatsächlich sperrt der Noten-Schlüssel. Ich lese die Nachricht. Dann nochmals, ganz langsam, Satz für Satz, Wort für Wort. Wie ich es drehe und wende, sie ist unmissverständlich.

Mein Verdacht hat sich bestätigt. Das bedeutet leider auch, dass ich diesen Auftrag annehmen muss, obwohl er mir sehr zuwider ist. Unter anderen Umständen hätte ich ihn harsch abgewiesen. Aber so … Nicht einmal ich könnte mir das leisten. Es wäre mein Ende, als Bravo und überhaupt. Müßig, darüber zu grübeln. Jammern bringt erst recht nichts.

Einen leisen Fluch gestatte ich mir schon, als ich mich eilig daranmache, die geeignete Ausrüstung zusammenzustellen, herzurichten und einzupacken. Eine Tätigkeit, die mir normalerweise Freude bereitet; diesmal nicht.

Mir missfällt diese Sache. Glauben Sie mir, die ganze Geschichte ist mir äußerst unangenehm.

Um zu verstehen, wie es dazu kam, müssen wir die Zeit einige Tage zurückdrehen.

22. Dezember

Namenstag: Franziska Xaveria

Die erste Heilige der USA, Tochter lombardischer Bauern, gründete Spitäler, Schulen und Heime. Ihre Kongregation, die „Missionarinnen vom Heiligsten Herzen", kümmerten sich vor allem um Einwanderer, die sich in der neuen Heimat schwer zurechtfanden.

22.12.1808: Die Uraufführung

der „Schicksalssymphonie" Ludwig van Beethovens im Theater an der Wien stößt auf wenig Begeisterung. Der Saal ist ungeheizt, das Konzert dauert vier Stunden, das Orchester hat unzulänglich geprobt und der Komponist, der selbst als Dirigent und Klaviersolist fungiert, hört und spielt schon sehr schlecht. Hernach ist Beethoven so frustriert, dass er nur mit erheblichen finanziellen Zuwendungen davon abgehalten werden kann, Wien zu verlassen.

22.12.1849: Die Exekution des Schriftstellers

Fjodor M. Dostojewski auf einem Paradeplatz in St. Petersburg stellt sich als Scheinhinrichtung heraus. Dem bereits in einen Leichenkittel gekleideten 28-Jährigen wird ein Erlass des Zaren vorgelesen, der ihn stattdessen zu vier Jahren Zwangsarbeit in Sibirien verurteilt.

1

„Ich höre, ihr habt ein Geständnis", sagte Oberst Mirnegg, der Leiter des Ermittlungsdienstes.

Chefinspektorin Karin Fux nickte. „Im Prinzip ja. Und wenn's dabei bleibt, bald auch offiziell."

„Gratuliere. Flotte Arbeit."

„Wir hatten schon kniffligere Fälle. Trotzdem danke."

„Kaffee?"

„Gern. Daheim ist er mir ausgegangen." Wie auch diverse andere Grundnahrungsmittel. Aber diese Woche war sie bisher ohnehin nur zum Schlafen in ihrer Wohnung gewesen.

Mirnegg drückte eine Taste der Gegensprechanlage, die nicht viel jünger war als er, beugte sich vor und sagte, sehr deutlich artikulierend: „Steffi, bitte noch eine Melange für mich und …" Er sah Fux an und hob fragend die buschigen grauen Augenbrauen.

„Einen Verlängerten. Ohne alles."

„… einmal verlängert schwarz."

Aus dem Lautsprecher rauschte es: „Lungo oder Americano? Klein, medium oder X-large?"

Fux schnitt eine Grimasse. „Hauptsache heiß und viel."

„Großer Lungo", gab der Oberst weiter. Zu Fux sagte er: „Neue Kaffeemaschine. Verfrühtes Weihnachtsgeschenk vom Generalmajor. Wenn ich's richtig verstanden habe, wird beim Americano erst hinterher mit heißem Wasser aufgefüllt. Deshalb ist er ein bisschen schwächer und weniger bitter."

„Wieder was gelernt."

Mirnegg hatte sie vor dem Lift abgefangen und in sein Büro im ersten Stock des Wiener Landeskriminalamts beordert. Dass er sich nach dem Stand der Ermittlungen erkundigte, kam nicht unerwartet. Der aktuelle Fall, so unkompliziert er sich darstellte, hatte einen pikanten Beigeschmack. Fux war gespannt, ob und wann der Oberst sie darauf ansprechen würde.

Bis der Kaffee gebracht wurde, plauderten sie über die bevorstehenden Weihnachtsferien. Normalerweise ließ Fux sich an Feiertagen zum Journaldienst einteilen, aus Rücksicht auf Kollegen mit Familie. Diesmal hatte sie sich von Stefanitag bis Neujahr freigenommen.

„Du fährst auf Skiurlaub?", fragte Mirnegg.

„Ja. Eigentlich mag ich den Wirbel an den Liften nicht. Aber heuer nehme ich meinen Neffen mit. Das hat er sich zu seinem vierzehnten Geburtstag gewünscht und ich habe ihm einen Gutschein geschenkt."

„Den er jetzt tatsächlich einlöst? Bei uns daheim liegen massig verfallene Gutscheine herum. Für alles Mögliche, vom Babysitten bis zum Wellness-Wochenende. Nur dass das Kind inzwischen in der HTL ist und das Thermenhotel in Konkurs."

Fux lachte. „Fabian vergisst so was nicht, der ist hartnäckig."

„Das hat er wohl mit seiner Tante gemeinsam."

„Könnte sein."

„Ein paar Tage Erholung hast du dir redlich verdient. Nur blöd, dass die Skigebiete derzeit unter Schneemangel leiden."

„Nicht, wo Fabian und ich hinfahren. Außerdem soll es nächste Woche kräftig schneien."

„Hoffentlich auch in tieferen Lagen. Diese Saison gab's schon genug schwere Unfälle von Leuten, die über die Piste hinaus ins Apere gerast sind und sich derstessen haben; auch Tote." Es klopfte. „Herein!" Die Sekretärin stellte ein Tablett mit zwei Tassen, einem Zuckerstreuer und einem Teller Vanillekipferl auf Mirneggs Schreibtisch ab. „Bitte, greif zu!"

Sowohl der Verlängerte, pardon: Lungo, als auch die Kekse schmeckten … naja, eh gut. Nichts daran auszusetzen. „Mm", machte Fux. „Super."

„Du wirkst nicht ganz glücklich", sagte der Oberst. „Mit euren Ergebnissen, meine ich."

„Doch, doch. Sieht alles gut aus. So gut wie wasserdicht."

„Trotzdem hast du noch Zweifel."

„Die habe ich fast immer, wenn wir so schnell abschließen. Ich bin froh darüber, aber … Es geht mir ein bisschen zu glatt."

„Was ich an dir sehr schätze." Mirnegg schlürfte an seiner Melange, dann tupfte er sich mit einem gebügelten Stofftaschentuch die Lippen ab. „Gleichwohl wäre jetzt ein idealer Zeitpunkt, um den Deckel draufzusetzen."

„Schon klar."

Grundsätzlich handelte es sich nicht um einen *clamorosen* Fall. So nannten es die Staatsanwälte, wenn man mit erheblichem Medieninteresse rechnen musste; etwa, weil bekannte Persönlichkeiten involviert waren. Das traf zum Glück nicht zu. Der Fundort des Opfers jedoch …

„Wann ist die Vernehmung angesetzt?"

„Um zehn." Fux sah auf die Armbanduhr. „In einer halben Stunde. Wegen des Dolmetschers, er konnte nicht früher."

„Noch reichlich Zeit. Gib mir eine Kurzzusammenfassung, ja? Gut möglich, dass mich demnächst die Rappold anruft. Nicht, dass die mehr weiß als ich!"

Seine Sorge war berechtigt. Claudia Rappold, die mit allen Wassern gewaschene Lokalreporterin der auflagenstärksten Tageszeitung, hatte mehr als einen Informanten bei der Polizei, und nicht bloß im LKA Wien Berggasse.

„Okay." Fux holte ihr Notizbuch aus dem Rucksack und blätterte darin, obwohl sie das meiste aus dem Gedächtnis zitieren konnte. „Am Montagmorgen, zirka zehn Minuten vor sechs Uhr, wurde im Tiefparterre des Hauses Gaullachergasse 13, Bezirk Ottakring, die Leiche eines unbekannten Mannes entdeckt. Diese Kellerräumlichkeiten nutzen mehrere Geschäfte des Brunnenmarkts als Getränkelager. Einer der Standler hat den Toten gefunden und die Polizei verständigt."

Oberst Mirnegg seufzte. „Kein Syrer, oder?"

„Nein. Österreichischer Staatsbürger, die Großeltern stammen aus der Türkei."

„Immerhin."

Der Brunnenmarkt, der längste permanente Straßenmarkt Europas, war kürzlich wieder einmal ins Gerede geraten. Dort herrschten, hatte der Obmann der Wiener Volkspartei in einem Video behauptet, mafiöse Zustände. Die Macht hätten Afghanen, Araber und insbesondere ein Syrer übernommen, dem schon fünf Geschäfte gehörten. Rasch hatte das städtische Marktamt klargestellt, dass es keinen solchen syrischen Paten gab, auch keineswegs eine Monokultur, sondern vielmehr eine bunte Mischung: Insgesamt betätigten sich am Yppenplatz und in der Brunnengasse Unternehmer mit 46 Nationalitäten.

Also unhaltbare Gerüchte, reiner Alarmismus eines um Aufmerksamkeit bettelnden Oppositionspolitikers? Business as usual, nicht der Rede wert – wäre besagter ÖVP-Chef nicht früher Landespolizeipräsident gewesen; ein ziemlich tadelloser sogar. Momentan war deshalb bei allem, was mit dem Brunnenmarkt zusammenhing, Fingerspitzengefühl geboten. Es wäre nicht das erste Mal, dass ein Kriminalfall für Wahlkampfmunition missbraucht wurde.

Als Chefinspektorin leitete Karin Fux eine von drei sechsköpfigen Gruppen der Abteilung „Leib und Leben", intern die „Gewalt" genannt, unbestritten Stolz und Aushängeschild der Wiener Kripo. Mit Parteipolitik wollte sie nichts zu tun haben. Freilich war es kein Geheimnis, dass viele Exekutivbeamte eher zu den Rechtspopulisten tendierten. Auf der Schmelz in Ottakring, im hauptsächlich aus einer Polizistenwohnsiedlung bestehenden Sprengel 44, erzielte die FPÖ bei Gemeinderatswahlen regelmäßig ihre besten Ergebnisse. Der Wiener Volksmund hatte dem Häuserblock den Spitznamen „blaues Aquarium" verliehen.

„Über das Opfer wissen wir leider nicht viel." Fux blätterte weiter. „Sehr wahrscheinlich gebürtiger Subsahara-Afrikaner, Mitte zwanzig, 185 Zentimeter groß, gut in Form, vielleicht sogar Leichtathlet. Keine Papiere, in den Taschen der Diskonter-Kleidung nichts außer ein bisschen Kleingeld. Keine Übereinstimmung mit Fahndungsanzeigen oder Vermisstenmeldungen."

„Ein U-Boot?"

„Darauf deutet einiges hin. Wir haben das Foto des Leichnams am Markt herumgezeigt. Niemand kannte ihn, auch die Leute von den afrikanischen Fleischhauereien nicht."

„Glaubwürdig?"

„Mein Gruppeninspektor Gallaun wohnt in der Nähe und kauft dort öfter ein. Er meint, die Standler sind zum ganz überwiegenden Teil koscher. Beziehungsweise in diesem Fall *halal*. Benedikt hat nicht das Gefühl, dass sie mauern, sondern im Gegenteil an einer raschen Aufklärung interessiert sind."

„Blaulicht mindert den Geschäftsgang."

„Genau. Bei der Obduktion kam ebenfalls nichts heraus, was darauf hingewiesen hätte, wer der Tote war. Völlig clean in puncto Drogen. Mutmaßlich ist er ins Lager eingebrochen, wurde ertappt und mit einer Glasflasche niedergeschlagen."

„Von …?"

„Gleich. – Todesursache war jedoch nicht die Platzwunde am Kopf. Sondern der Genickbruch, den er sich beim Sturz über die Treppe zum Kellergeschoß zugezogen hat."

„Was wird in den Räumen gelagert?"

„Im Tiefparterre, das vom Innenhof aus über eine Rampe für Hubstapler zugänglich ist, palettenweise Softdrinks in Eineinhalbliter-Plastikflaschen sowie Dosenbier. Weiter unten auch Hochalkoholisches, vor allem Raki und Ouzo."

„Sonst nichts?"

Fux schüttelte den Kopf. „Könnte sein, dass einiges von dem Zeug Schmuggelware oder irgendwo vom Laster gefallen ist. Aber da ginge es um so geringe Summen, dass uns die zuständigen Kollegen fragen würden, ob wir wo ang'rennt sind, sie deswegen zu belästigen."

„Und womit? – Mit Recht. Würde man die Keller aller Wirte im Land überprüfen, wäre die heimische Gastronomie auf einen Schlag ausgelöscht. – Haben die Hausparteien etwas gehört?"

„Nein. Auf Nummer Dreizehn wohnt keiner. Im Erdgeschoß befindet sich ein Sonnenstudio, darüber ein Grafikbüro, ein Fotoatelier und zwei Anwaltskanzleien. Alle waren Sonntag Nacht geschlossen. Die Pathologie gibt den Todeszeitpunkt unseres Namenlosen mit drei bis fünf Uhr früh an."

„Klingt nach lauter Sackgassen. Wie seid ihr dann trotzdem auf den Täter gekommen?"

„Die Täter*in*. Sehr einfach – sie hat sich gestern Nachmittag gestellt. In Begleitung einer Anwältin, die ihre Sprache spricht, jedoch keine gerichtlich beeidete Dolmetscherin ist. Deshalb die Verschiebung auf den heutigen Termin."

„Zu dem du pünktlich erscheinen solltest. Alles klar, Karin. Falls die Hauptverdächtige tatsächlich niederlegt und das Geständnis allen Überprüfungen standhält …"

„… kriegst du sofort den Akt." Und Claudia Rappold eine Exklusivgeschichte, vermutete Fux. Aber das sagte sie nicht laut.

2

Peter Szily hetzte durch die Mariahilferstraße, als wären die Furien hinter ihm her. Oder hießen sie, dings, Erinnyen? Antike Rachegöttinnen jedenfalls. Personifizierte Gewissensbisse, wenn er sich richtig an die Sagen des Altertums erinnerte.

Erinnyerte …? Aua. Wieder eins dieser unbrauchbaren Wortspiele, die an der Fünf-Prozent-Hürde des Durchschnittspublikums zerschellten.

Für so was hatte sein Hirn Kapazitäten! Aber glaubst du, es könnte sich seinen IBAN-Kode merken? Oder wo er sein Handy verschusselt hatte und wo und wann exakt er sich mit, dings, Genevieve treffen sollte? Nicht ums Verrecken.

Die „Mahü" wurde ihrem Ruf vollauf gerecht. Menschenmassen wogten hin und her, schoben und drängelten, verkeilten sich ineinander und zwängten sich fluchend weiter, die Wintermäntel geöffnet, weil es viel zu warm war für die Jahreszeit, schweißüberströmte Gesichter, panisch flackernde Augen. Die

Hölle des vorletzten Einkaufstags. Verdammte dieser Erde, gejagt von den Geistern der Weihnacht.

Gern hätte Pez sich über die traurigen Idioten erhaben gefühlt. Aber er steckte mittendrin, war keinen Deut besser, sondern einer von ihnen.

Wie jedes Jahr hatten die Mitglieder seiner Patchworkfamilie den Schwur abgelegt, sich gegenseitig keinen Stress zu bereiten und „nur ganz was Kleines" zu schenken. Wie jedes Jahr hatte Pez den anderen vertraut – bis ihn die Schreckensvision überwältigte, er könnte doch am Ende der Einzige sein, der nichts als ein paar Duftseifen unter den Christbaum legte. Worauf er aus dem Haus gestürmt war, ohne Plan und, wie er erst viel später bemerkte, ohne Handy; ergo ohne Möglichkeit, Genevieve zu erreichen. Denn deren Nummer wusste er natürlich ebenfalls nicht auswendig.

Mit Sicherheit jedoch wusste er: Das würde Zores geben.

Sie waren zum Frühstücksbrunch verabredet. Nicht im Café Ritter, so viel stand fest. Pez hatte es vorgeschlagen, aber *ihr* war dort die vegetarische Auswahl zu bescheiden. Nein, es musste was Schickeres sein; mit *bowls* betitelte kalte Eintöpfe und in Einmachgläsern servierter biologisch-hydraulischer Haferbrei. Eine dieser aus dem Boden geschossenen ultracoolen Bobo-Quetschen. Bloß, welche?

Pez hatte gehofft, es würde ihm wieder einfallen, wenn er daran vorbeikam. Ja, Schnecken. Fehlanzeige.

Sich darauf zu konzentrieren, fiel aber auch wirklich nicht leicht. Wuselnde Horden von Kaufwütigen verstellten die Sicht. Desgleichen unzählige Punschhütten, die zusätzlich die Luft mit klebrig-süßen Fuseldämpfen in den perversesten Geschmacksrichtungen verpesteten. Hysterisch kreischende Spendenkeiler warfen sich Pez in den Weg, um ihm einen Dauerauftrag zugunsten eines Tierschutzvereins abzuluchsen. Paarweise herumschwärmende Schulkinder, die mit blechernen Sammelbüchsen rasselten, traten ihm auf die Zehen. Eine Form der Schutzgelderpressung: Nach Münzeinwurf bekam man ein Pickerl aufs Revers geklebt, das einem weitere Belästigung ersparte, freilich nur durch Vertreter dieser einen Organisation. An allen Ecken erklang Gebimmel und Gedudel. Dass „*Last Christmas*" endgültig von Leonard Cohens „*Halleluja*" abgelöst worden war, machte nichts besser. Insgesamt ergab sich ein infernalischer Lärm, von dem sich höchstens noch Artisten abhoben, die mit laufenden Kettensägen jonglierten.

„Besinnung raubend, Herz betörend, schallt der Erinnyen Gesang. Er schallt, des Hörers Mark verzehrend, und duldet nicht der Leier Klang."

Na bravo! Friedrich Schillers Ballade über den Mord am Sänger Ibykus, die Pez im Gymnasium aufsagen musste, hatte er immer noch präsent. Hingegen Ort und Zeit des Rendezvous mit seiner Freundin … Eine Kirchturmglocke schlug zehn. Nein, zur vollen Stunde war nicht ausgemacht gewesen. Aber Viertel vor, nach oder über? Pez hasste das. Die Kommunikation zwischen Mann und Frau war auch ohne Zeitrechnungsbarriere zwischen Steirer und Salzburgerin schon schwierig genug.

Irgendeine Abkürzung enthielt der Name des Lokals, zermarterte Pez sich das Hirn, während er die Kirchengassen-Kreuzung überquerte, bei roter Ampel, wie alle anderen Fußgänger auch. Und etwas Großkotziges auf Englisch. Essen? Dings, *food*. Superfood! Das war mächtig angesagt. Könnte man googeln – wenn man ein Handy hätte. Verflixt!

Passanten fragen? Sinnlos, mit Superfood warb jeder zweite Greißler. Praktisch jeder, der sich nicht Feinkostladen schimpfte, sondern … *Delicatessen*!

„Superfood Deli". Das war's. Zugleich ging Pez ein weiteres Licht auf. Nämlich, dass er die Einkaufsmeile noch lange vergeblich hätte rauf und runter hampeln können. Weil das Lokal gar nicht direkt an der Mahü lag, sondern in einer erweiterten Passage zur Windmühlgasse, dem Raimundhof.

Genevieve stand mitten im Durchgang, ein blonder Racheengel mit blausilberner Steppjacke und beiger Paperbag-Hose, der personifizierte Vorwurf. Anstelle einer Begrüßung fauchte sie: „Ich warte seit drei-und-zwan-zig Minuten. Hättest du dich nicht e-ven-tu-ell dazu durchringen können, mir mit-zu-tei-len, auf welchen Namen du reserviert hast?"

„Öhm …" Pez spähte an ihr vorbei. Das Deli war winzig, alle vier Tischchen dicht besetzt, ebenso wie die Stühle und Bänke im Freien. Kurz erwog er zu flunkern, aber sie hätte ihn durchschaut. Privat war er ein grottenschlechter Lügner. „Ging nicht. Kein Handy. Sorry." Dass er außer Atem war, brauchte er nicht zu fingieren.

„Du bist echt das Al-ler-letz-te."

„Tut mir wirklich leid. Ich habe Weihnachtsgeschenke besorgt." Er klopfte auf die Umhängetasche, in der sich nichts befand außer einer sündteuren, angeblich handgefertigten Dose Vanillekipferl. Als ob das eine Entschuldigung wäre.

„Als ob das eine Entschuldigung wäre", sagte Genevieve prompt.

Getauft war sie auf Jennifer, einen der in ihrem Geburtsjahr beliebtesten Namen. Sie damit anzusprechen, führte zu mindestens einwöchigem Liebesentzug. „Wollen wir vielleicht doch zum Café Ritter …?"

„Nein."

„Oder wir kaufen eine", er linste auf die Angebotstafel, „*Brazilian Acai Vru Vru Bowl* und gehen zu mir nach …"

„Kommt nicht infrage."

Sie war grantig, da hungrig. Den Gedanken, ihr die Kipferl anzubieten, verwarf Pez dennoch gleich wieder. „Wie kann ich dich dann versöhnen, mein Herz?"

„Ich weiß nicht, ob ich das noch will." Melodramatisch warf sie das Haar zurück und schürzte die Lippen.

Beziehungskrisenalarmstufe orange! Pez musste Einfühlsamkeit simulieren. „Ah ja. Wir sollten reden. Ungestört", sagte er mit der weichen und doch leicht angerauten Baritonstimme, die ihm kürzlich einen Werbespot für Power-Joghurt eingebracht hatte. „Hier ist es zu laut. Drüben im Esterházypark? Es sind nur ein paar Schritte. Wie sagte schon Louis Armstrong: Ein kleiner Schritt für einen Menschen …"

„Halt die Klappe, Pezi." Immerhin setzte sie sich Richtung Windmühlgasse in Bewegung.

An den Flakturm mit dem „Haus des Meeres" hatte Peter Szily nicht die besten Erinnerungen. Der umliegende Park war spärlich besucht, auch am Klettergerüst spielten kaum Kinder.

„Der Astronaut hieß außerdem Neil Amstrong, nicht Louis", sagte Genevieve.

„Stimmt. Louis war der gedopte Radrennfahrer."

Sie verdrehte die Augen. „Kannst du ein ein-zi-ges Mal ernst bleiben? Deine Zwangslustigkeit treibt mich zur Weißglut."

„Sieh auch das Positive: Wenn du mit mir zusammen bist, hast du immer einen Komiker dabei. Ist das nichts?"

„Doch. Strafverschärfend."

„Man reißt und schleppt sie vor den Richter, die Szene wird zum Tribunal", meldeten sich abermals Schillers Erinnyen: „Und es gesteh'n die Bösewichter, getroffen von der Rache Strahl."

Wenn er sich ehrlich war, empfand Pez nicht sonderlich viel für Jenn… Genevieve. Sie hatten sich im Spätsommer auf der Geburtstagsparty eines gemeinsamen Freundes kennengelernt. Es schmeichelte seinem Ego, dass eine blendend aussehende, deutlich jüngere Frau sich gelegentlich mit ihm vergnügte. Seit Beendigung des BWL-Studiums war sie im Consultinginstitut ihres Taufpaten angestellt. Was genau sie dort tat, erschloss sich Pez nicht, nur ein gewisser Rhythmus: Aufwendige Dienstreisen und Arbeitsessen kulminierten in imposanten Präsentationen, deren Conclusio darin bestand, beim Personal zu sparen und dafür noch mehr Consulter zu engagieren.

„Du machst auf locker", setzte Genevieve anklagend fort. „In Wahrheit bist du der ärgste Spießer. Welcher Mensch unter Achtzig hat am Klo ein Klemmbrett für das ZEIT-Kreuzworträtsel? Aber gegen die defekte Lüftung unternimmst du nichts!"

„Ganz bewusst! Weil das meine Heimwerkerfalle ist. Entsprechend talentierte Gäste basteln am kaputten Ventilator rum, scheitern kläglich – und reparieren dann aus Schamgefühl etwas anderes. Schalter mit Wackelkontakt, tropfender Siphon, stotternde Heizung … Auf professionelle Elektriker oder Installateure wartet man ja monatelang."

„Deshalb nutzt du schamlos deine Besucher aus."

„Und Besucherinnen", ergänzte Pez. „Die sind sogar oft technisch versierter und ehrgeiziger." Er zwinkerte. Sie verzog keine Miene. „Dir liegt etwas am Herzen. Lass es raus."

„Ach, Pezi …" Sie sah ihn an, nicht länger wütend, sondern traurig, was ihn ungleich mehr beunruhigte. „So geht es nicht weiter mit uns. Du bist lieb, aber mir fehlt … der Tiefgang."

Das hörte er nicht zum ersten Mal. „Containerschiffe haben mächtig viel Tiefgang", sagte er ärgerlich. „Luxusdampfer. Und Flugzeugträger. Ich bin ein Jetboot, ich fühle mich auch im flachen Wasser wohl."

„Nicht lustig."

„Doch. Und umweltfreundlicher."

„Ich fahre nicht mit auf die Alm."

„Was?"

„Hörst du schlecht? Ich. Fahre. Nicht. Mit."

„A-aber … wieso?"

„Selbst du solltest das inzwischen begriffen haben."

„Kein Grund zur Eile. Überleg es dir nochmal in Ruhe. Okay? Du hast einen Zuckerschock. Brauchst dringend Kohlehydrate."

„Pezi, es ist aus. Ich trenne mich von dir."

„Nein!"

„Das bestimmst nicht du."

Er war perplex. Mit einem Streit hatte er gerechnet. Schreien, Tränen, ein Tritt gegen das Schienbein. Sie war sehr temperamentvoll, auch beim Versöhnungssex. Den er sich, ahnte Pez, aufzeichnen konnte. Stattdessen wurde er eiskalt abserviert. Ihn beschlich ein Verdacht. „Du hast einen anderen."

„Äh … nein."

„Es ist eine Frau."

„Wer hat dir das verraten?"

„Dein Zögern." Er winkte ab. „Schon gut. Wurst, ob Männchen oder Weiblein. Nehme an, du bist verliebt?"

„Unsterblich", schluchzte sie.

„Ah ja. Dann wünsche ich dir viel Glück. Und Tiefgang."

„Danke. Dir auch, Pezi."

Als er sich umdrehte und davonstapfte, den schmatzend feuchten Weg entlang, spielte sein dummes Hirn Filmmusik ein. Zum langsam abblendenden Schlussbild passend schnulzige Streicher, im Vordergrund aber Klavier, Kontrabass, Beserlschlagzeug und die bittersüß schmelzende Stimme des Barpianisten Sam: *„As Time Goes By"*, was sonst. Pez verbat es sich, zu kichern, obwohl er sich sehr lächerlich vorkam.

Ihm blieben immer noch die Vanillekipferln.

3

„Ein würdiger Abschied für einen verdienten Kämpen", raunte Benedikt Gallaun seinem jüngeren Kollegen zu.

„Verschrei's nicht", gab Christoph Hirschmugl zurück. „Halt lieber die Daumen, dass Ossi es nicht im allerletzten Moment schafft, sogar das zu verbocken."

„Schafft er nicht. Und notfalls springt die Chefin ein."

„Trotzdem. Es ist erst vorüber, wenn die dunkle Lady wirklich gesungen hat."

„Ihren Text kann sie. Das hat sie gestern schon gezeigt. Er wird ihr wohl nicht über Nacht entfallen sein." Trotzdem merkte Gallaun, dass auch er angespannt und seine Pulsfrequenz erhöht war. Eine gravierene Entscheidung stand bevor.

Die beiden Gruppeninspektoren bildeten die Nachhut der kleinen Prozession, die durch den Korridor im dritten Stock des LKA dem Vernehmungszimmer zustrebte. Voran schritten, beinah feierlich, Chefinspektorin Fux und Oswald Machatsch. Nebeneinander, jedoch keineswegs gleichauf: Ossi war fast einen Kopf kleiner, kahl bis auf den schütteren Haarkranz und insgesamt jemand, mit dem man eher „gemütlich" als „durchtrainiert" assoziierte. Anlässlich seiner finalen Amtshandlung hatte er sich in Schale geworfen. Das oliv-weinrot karierte Tweed-Sakko über dem weißen Fliegerhemd sah nagelneu aus und kaschierte beinahe Ossis Bäuchlein. Er hielt sich sehr aufrecht, federte bei jedem Schritt auf den Zehenspitzen und streckte den Rücken durch. Gebeugt, hatte Gallaun die Erfahrung gemacht, gingen nur groß Gewachsene.

Die Chefin bevorzugte saloppere Garderobe, zu Bluejeans einen dezent gestreiften Jacquard-Pullover, der ihre trotz der breiten Schultern unübersehbar weibliche Figur betonte. Wie immer saß die blauschwarz schimmernde Pagenfrisur, als wäre sie aus Schmiedeeisen. Dabei schwor Fux, sie würde nie Haarfestiger verwenden. Angeblich war sie nicht einmal zerzaust gewesen, unmittelbar nachdem sie den Karate-Staatsmeistertitel für den Polizeisportverein errungen hatte.

Gallaun kannte noch einige andere Legenden, die sich um ihre Karriere rankten …

Hinter Ossi und Fux trippelte der gerichtlich beeidete Dolmetscher, mittelgroß, mittelschwer, Mitte fünfzig, ein grauer Mäuserich mit ebensolchem Hut und Anzug. Blassrosa Krawatte, randlose Brille, säuberlich getrimmter Ziegenbart. Keine besonderen Merkmale; ein Musterbeispiel der Integration. Selbst die Hautfarbe unterschied sich kaum von der eines Kärntner Skilehrers oder Solarium-Stammgasts.

Die Tatverdächtige hingegen war ebenholzschwarz und eine im wahrsten Wortsinn herausragende Erscheinung. Zusammen mit den hoch aufgetürmten Haaren, um die sie ein bunt gemustertes Tuch geschlungen hatte, maß sie fast zwei Meter. Weder die verweinten Augen noch der abgetragene Mantel und die zerschlissene Kleiderschürze schmälerten ihre Schönheit. Wie am Vortag wurde sie von der Anwältin begleitet, die daneben verblasste, ungeachtet ihres eleganten jadegrünen Cordsamt-Ensembles.

Österreichische Kriminalämter haben keine Verhörräume mit festgeschraubten Tischen und Einwegspiegel-Fenstern, wie man sie aus amerikanischen Fernsehserien kannte. In etlichen Punkten klafften Wunschvorstellung und Wirklichkeit bei der Polizei weit auseinander, hatte Benedikt Gallaun im Lauf der Jahre gelernt.

Hirschmugl und er nahmen an der Rückwand des Zimmers Aufstellung. Sie würden sich im Hintergrund halten, sofern nichts Unvorhergesehenes passierte, das ihr Eingreifen erforderte. Fux und Machatsch setzten sich am Tisch den drei anderen gegenüber. Auf ein Nicken der Chefin hin legte Ossi mit den Formalitäten los.

Dass ausnahmsweise er die Einvernahme leitete, war ein Abschiedsgeschenk der Gruppe Fux. Zumal ihnen die mutmaßliche Täterin mehr oder minder freiwillig zugelaufen war. Die „Gewalt", ja das ganze LKA Wien wünschte Ossi von Herzen den erfolgreichen Abschluss „seines" letzten Falls. Er war ein Kieberer der alten Schule, beliebt bei den Kollegen, technisch versiert, obwohl nicht unbedingt für Übereifer berüchtigt. Wenn er sich in den vergangenen Jahren hervorgetan hatte, dann dadurch, dass er hochfliegende Spekulationen zurück auf den Boden der Realität holte. Auch so jemanden, hatte Fux oft gesagt, brauchte man im Team. Offiziell ging er wegen des Durchrechnungszeitraums erst mit April kommenden Jahres in Pension. Aber er hatte so viel Resturlaub und Zeitausgleich angehäuft, dass er sich nach Weihnachten nicht mehr blicken lassen musste.

Vorausgesetzt, es ergab sich nicht doch noch eine Komplikation … Inzwischen hatte Ossi das Aufnahmegerät eingeschaltet und Ort, Uhrzeit und die Namen der anwesenden Beamten sowie des Dolmetschers protokolliert. Hirschmugl stupste Gallaun in die Seite. Jetzt kam ein kritischer Moment. „… als Vertrauensperson Frau Doktor Kim Dandler-Thompson und schließlich als dringend der Tat Verdächtige Frau Alaba Abimbola."

Gallaun biss sich auf die Unterlippe und hielt den Atem an. Ossi hingegen blieb stoisch ruhig. Er nahm die Hürde mit Bravour, buchstabierte sogar den vollen Namen ohne das geringste Zucken im Mundwinkel.

Respekt.

Gestern hatten sie es erst nicht glauben wollen. Alaba? Wie der erfolgreichste österreichische Fußballer aller Zeiten? Mittlerweile war der Reisepass, den die 27-jährige Nigerianerin vorgelegt hatte, überprüft worden. Gleichwohl hatte Ossi, der notorische Witzbold, soeben Selbstbeherrschung in einem Ausmaß bewiesen, das viele ihm nicht zugetraut hätten.

„Abimbola bedeutet auf Yoruba ‚reich geboren'", sagte der Dolmetsch, „und Alaba ‚das Kind nach den Zwillingen'. Beide sind als Vor- wie auch Nachname weit verbreitet."

„Sehr interessant", sagte Ossi steif. „Bitten Sie Frau Abimbola jetzt, uns zu schildern, was aus ihrer Sicht in der Nacht auf Montag geschehen ist."

Es war eine umständliche, wiewohl notwendige Prozedur. Die zittrige, aber gefasst wirkende bildhübsche junge Frau verstand leidlich Deutsch. Mitteilen konnte sie sich ganz passabel auf Pidgin-Englisch. Damit das Geständnis stichhaltig war, wurden dennoch alle Fragen penibel in ihre Muttersprache Yoruba übersetzt, und die Antworten retour. Zwischendurch mit den Tränen kämpfend, erzählte Abimbola ihre Geschichte. Ossi Machatsch nahm sie Satz für Satz zu Protokoll, im typischen steifen, manchmal etwas umständlichen und grammatikalisch nicht ganz astreinen Wachzimmer-Stil.

„Ich arbeite als Putzfrau unter anderem im Haus Gaullachergasse 13, 1160 Wien, und zwar für das Sonnenstudio Sunnyday im Erdgeschoß, das Fotoatelier Weintraub im ersten Stock und auch die Anwaltskanzlei Dandler & Partner im dritten.

Ich putze immer Donnerstag und Montag frühmorgens, um den Geschäftsbetrieb nicht zu stören.

Am 19. Dezember habe ich das Haus um zirka vier Uhr betreten und ist mir zunächst nichts Ungewöhnliches aufgefallen.

Ich habe meine Arbeitsutensilien aus einer Abstellkammer neben der Firma Weintraub entnommen, darunter eine 1-Liter-Mineralwasserflasche aus Glas mit einer selbst angesetzten Essig-Verdünnung, welche ich für die Reinigung von Fensterflächen und dergleichen verwende.

Üblicherweise beginne ich im Büro ganz oben und wollte ich mich gerade auf den Weg dorthin begeben, als ich aus dem Eingangsbereich ein Geräusch hörte, das ich nicht zuordnen konnte.

Meines Wissens war in dieser Gegend in den Wochen zuvor mehrmals eingebrochen worden und hatte ich Angst, in Verdacht zu geraten, falls etwas entwendet würde.

Deshalb rief ich, ‚Hello! Anybody there?‘ – Da ich keine Antwort erhielt, ging ich hinunter, um nachzuschauen, ob ich versehentlich die Eingangstür offen gelassen hatte.

Als ich gerade am Treppenabsatz ankam, wurde ich rücklings umfasst. Reflexhaft setzte ich mich zur Wehr, indem ich mit der Glasflasche, die ich in der Hand hielt, hinter mich schlug. Ich traf den Angreifer, wobei die Flasche zerbrach und er mich losließ. Danach hörte ich lautes Poltern. Ich sah, dass der Mann die Treppe zum Tiefparterre hinabgestürzt war. Er lag verkrümmt, bewegungslos und waren seine Augen starr und der Kopf voller Blut.

Ich stand unter Schock und erinnere mich nur, dass ich wie wild das Stiegenhaus geputzt habe. Dann habe ich meine Sachen wieder verstaut, das Haus fluchtartig verlassen und mich zwei Tage lang bei Freunden versteckt. Auf deren Zureden hin vertraute ich mich am Mittwoch, den 21. Dezember, Frau Doktor Dandler-Thompson an, die mir ursprünglich den Putzfrauenjob vermittelt hatte, und ging ich mit ihr zusammen zur Polizei."

Die Rechtsanwältin bestätigte die sie betreffenden Angaben. Nachdem das Protokoll ausgedruckt und zur Unterschrift vorgelegt worden war, sagte Chefinspektorin Fux: „Eine Frage hätte ich doch noch an Frau Abimbola. Kannten Sie den Toten?" Aufheulend barg die Nigerianerin das Gesicht in den hellen Handflächen. Sie schluckte mehrfach, dann stammelte sie: „He my brother."

„Ein Bimbo hat den anderen erschlagen", sagte Machatsch hinterher, als sie wieder unter sich waren, grinsend. „Um beide ist es nicht schade."

„Ossi!"

„'tschuldige, Chefin, aber das musste einfach raus." Er lockerte den Krawattenknopf. „Sonst wäre ich noch daran erstickt. Der Name! Man glaubt's ja nicht."

Sie standen im Korridor beim offenen Fenster, wegen der Raucher. Zwei Uniformierte hatten Alaba Abimbola ins Nebengebäude, die „Liesl", wie das Polizeianhaltezentrum Rossauer Lände immer noch genannt wurde, zurückgebracht. Die Nigerianerin besaß keine Aufenthaltsgenehmigung. Daher bestand die Gefahr, dass sie vor der Gerichtsverhandlung untertauchte. Dolmetsch und Vertrauensperson waren zusammen gegangen, nicht ohne allseits frohe Feiertage gewünscht zu haben.

„Immerhin ist die Sache definitiv in trockenen Tüchern", sagte Gallaun.

„Eben. Dreifach Grund zum Feiern." Ossi dämpfte seine Zigarette aus und leckte sich über die Lippen. „Freu mich schon auf heute Abend. Der Hausmair in der Lerchenfelderstraße hat das beste Gulasch der Stadt. Exzellente Wildspezialitäten und einen fantastischen Kaiserschmarrn! Muss auch sein, wenn unsere Weihnachtsfeier und meine Abschiedsparty zusammenfallen. Danach kann ich mich guten Gewissens Richtung Ruhestand vertschüssen und die Chefin kann sich in der Fontanara-Skischaukel erholen. Würdig und recht, geziemend und heilsam, gell?"

Gallaun bemerkte aus dem Augenwinkel eine Bewegung.

Die Anwältin war um die Gangecke gebogen. „Pardon, ich musste noch mal zurück. Hab meinen Schirm vergessen." Sie nahm ihn aus dem Ständer, verabschiedete sich ein zweites Mal und verschwand hastig.

Fux runzelte die Stirn. „Seit wann rennen bei uns hausfremde Personen allein herum, wie es ihnen gefällt?"

„Der Dolmetscher wird am Lift auf sie warten", sagte Gallaun beschwichtigend. Wenn alles vorüber war und der Adrenalinpegel sank, neigte seine Chefin zu einer gewissen Gereiztheit. Sie konnte nun mal schwer loslassen. „Mord oder Totschlag war das jedenfalls keiner. Oder was meint ihr?"

„Fahrlässige Körperverletzung mit tödlichem Ausgang", sagte Hirschmugl. „Vielleicht sogar bloß Notwehrüberschreitung. Falls die dunkle Lady Glück hat, kommt sie mit der Untersuchungshaft davon."

„Abgeschoben wird sie hoffentlich so oder so." Ossi heizte sich eine neue Zigarette an.

„Nicht so bald", sagte Fux. „Die Behörden in Lagos bremsen trotz Auslieferungsabkommen, wo es geht. Laut Bundesasylamt konnte man heuer die Charteroperationen mit Frontex an einer Hand abzählen." Sie straffte sich. „Sei's, wie's sei. Kleinere Ungereimtheiten bleiben."

„Glaubst du", fragte Hirschmugl, „der Tote war wirklich ihr leiblicher Bruder? Das wäre allerdings tragisch."

„Der Ausdruck wird im weiteren Sinn auf alle Mitglieder der schwarzafrikanischen Community angewendet", sagte Gallaun. „Zu schade, dass sie sich nicht mehr darüber entlocken ließ."

Abimbola war mit einem Weinkrampf zusammengebrochen. Da zu diesem Zeitpunkt bereits ein ausführliches Geständnis vorlag, hatten Machatsch und die Chefin es dabei bewenden lassen.

„Und wenn schon", sagte Ossi. „Spielt kein Rollo. Für uns nicht und für die Kriminalstatistik schon gar nicht."

„Die Tatwaffe", sagte Fux grüblerisch, mehr zu sich selbst. „Ich meine, warum hat sie die gläserne Putzmittelflasche mitgenommen, als sie hinunter nachschauen ging?"

„Sie war aufgeregt", sagte Gallaun. „Mir passiert's auch immer wieder, dass ich ein Ding von einem Zimmer ins andere trage, weil ich es grad in der Hand hatte. Kaffeehäferl, Aktenordner … das Handy mehrmals täglich."

„Klassiker", bekräftigte Hirschmugl. „Die Techniker der Tatortgruppe haben die Glassplitter sichergestellt. Als wir hingekommen sind, konnte ich selber noch einen leichten Essiggeruch wahrnehmen. Vorhergegangene unaufgeklärte Bagatell-Einbrüche im Sechzehnten sind ebenfalls dokumentiert. Mit Verlaub, was willst du mehr, Chefin?"

„Vielleicht eine Ausrede, um nicht mit dem pickligen Neffen auf Urlaub fahren zu müssen?" Ossi lachte gutmütig und klopfte Fux auf die Schulter. „Ich bin sicher, du wirst auch das überleben."

„Fabian hat keine Jugendakne. Immer noch nicht. Gerade das bereitet ihm Sorgen."

„Heute Abend gibt's jedenfalls Remmidemmi. Zum letzten Mal mit den glorreichen Sechs der Gruppe Fux! Aber nicht nur. Oberst Mirnegg kommt auch, der Generalmajor hat sich angesagt, Freunde aus anderen Abteilungen … Sogar aus anderen Städten, nicht wahr, Kleiner?"

Hirschmugls sommersprossiges Mondgesicht errötete. „Kollegin Öttl aus Linz besucht mi… uns."

„Läuft da was?", wollte Fux sofort wissen.

„Nein! Also, bis jetzt … Weiß nicht."

Sieh einer an. Sandra Öttl war die Computerspezialistin des LKA Oberösterreich, wie Hirschmugl ein *Digital Native*, aufgewachsen mit Spielkonsolen, Mobilgeräten, nicht zuletzt dem Internet. Nicht nur von da her würden die beiden jeweils jüngsten Mitglieder ihrer Teams gut zusammenpassen. Falls sie ihm beim Heiligabenddienst Gesellschaft leistete …

Christoph Hirschmugl war nicht gerade ein Don Juan. Aber manchmal geschahen ja Weihnachtswunder.

23. Dezember

Namenstag: Dagobert

Mönch, Klostergründer und König von Austrien, dem Ostteil des Merowingerreichs mit den Städten Köln, Metz und Trier. Er wurde 679 unter Vortäuschung eines Jagdunfalls ermordet. Den Auftrag dazu erteilte der neustrische Hausmeier Ebroin, genannt der Schreckliche.

23.12.1880: Der Sheriff von Lincoln County,

Patrick Floyd Garrett, verhaftet seinen Jugendfreund Henry McCarthy, besser bekannt als „Billy the Kid".

23.12.1888: Der holländische Maler

Vincent van Gogh wird unter ungeklärten Umständen am Ohr verletzt. Er übergibt den abgetrennten Teil einer Prostituierten mit den Worten:
„Bewahren Sie diesen Gegenstand sorgfältig auf."

23.12.1934: Der Maschinenbauingenieur

Ernst Gustav Constam nimmt am Davoser Bolgenhang den von ihm entwickelten ersten Bügelskilift der Welt in Betrieb. Bald darauf schlägt der Skilehrer Jack Ettinger vor, die J-förmigen Einerbügel durch T-förmige Doppelbügel zu ersetzen. Er verabsäumt es jedoch, seine Idee patentieren zu lassen.

4

„Pongo, du bist und bleibst ein Trottel", sagte der Garagenmeister. „Wenn du so groß wärst wie blöd, könntest du dem Mond ein Bussel geben."

„Das hat schon meine Mama zu mir gesagt."

„Sie wusste, was sie an dir hat. – Führerschein?"

„Logo. Vorige Woche zurückbekommen. Da bitte."

„Meine Güte, wo wurde das Foto gemacht? Im Häfen?"

„Nein. Automat."

„Nicht gerade überbelichtet. Hast gedacht, weil du es fürs Autofahren brauchst?"

„Wieso?"

„Foto – Auto – matt."

„Ja, und?"

„Vergiss es. Bist du nüchtern?"

„Logo."

„Nullkommanull Promille?"

„Schwöre."

„Auch sonst nichts Lustiges in der Blutbahn?"

„Was wird das, die Millionenshow? Hab ich Joker?"

„Pongo, das ist kein Spaß. Baust du noch ein einziges Mal Scheiße, bist du draußen. Dann kann dir auch dein Onkel Zlatko nicht mehr helfen. Habe ich mich klar genug ausgedrückt?"

„Logo."

„Also. Irgendwelche Drogen?"

„Nein. Ehrenwort." Sachen, die man in jeder Apotheke kaufen konnte, zählten schließlich nicht.

„Setz eine Sonnenbrille auf, damit man das blaue Auge nicht sieht. Der Verband behindert dich wirklich nicht?"

„*Nema problema*." Mittel- und Ringfinger seiner linken Hand waren bandagiert. Er hatte die Schrammen damit erklärt, dass er sich vor ein paar Tagen den Kopf an einem Regalbrett angeschlagen hatte, worauf das Bügeleisen herabfiel und ihm die Finger quetschte. Das war nicht die ganze Wahrheit; nicht einmal die halbe.

Der Meister musterte ihn argwöhnisch. „Wenn ich einen anderen Fahrer hätte …"

„Keine Sorge. Ich bringe das Baby heil wieder heim." Pongo streichelte die Karosserie des Buses. „Mitsamt den Omis."

„Will ich dir auch geraten haben. Schlüssel steckt, Tank ist voll, die Route im Navi. Wehe, du hältst dich nicht daran. Planmäßige Rückkehr um vier."

„15 Uhr 30 geht auch schon? Ich habe später noch was vor."

„Von mir aus. Aber Strafzettel zahlst du aus deiner Tasche."

„Logo."

Das große Schiebetor glitt auf. Pongo startete den Bus und lenkte ihn aus der Garage hinaus in die Gaullachergasse.

Der Mercedes Citaro war kein Fernreisen-Tanker, sondern ein typischer Linienbus mit 30 Sitzplätzen. Pongo stöpselte das Handy ins Bordradio, wählte eine Playlist und maximale Lautstärke. Fanfaren erklangen, dann Trommeln. Nicht schlecht, Herr Specht! Man spürte sogar die Bässe. Er sang aus voller Brust mit: *„Wir halten das Tempo! Wir halten unser Wort!"* Rammstein. Geil. Genial. *„Wenn einer nicht mithält, dann halten wir sofort."*

Okay, diese Zeile hatte Pongo nie ganz verstanden. Die konnten doch nicht meinen, dass man für ein zurückgebliebenes Opfer stehenbleiben sollte, oder?

Am Westbahnhof gabelte er den Reiseleiter auf, dann war auch schon wieder Schluss mit der Rammstein-Herrlichkeit. Stattdessen gab es das Weihnachts-Doppelalbum der „Surmtal-Dirndln". Humtata-Hardcore, verschärft durch Knabenchor.

„Mann, du kannst dir nicht vorstellen, wie sehr ich diese Mucke hasse", sagte der Reiseleiter, ein schlanker Typ mit Slim-Fit-Anzug und Gelfrisur. „Das ist meine dreißigste Tour heuer. Gottlob die letzte. Wenn ich den Schmarrn noch ein einziges Mal öfter erdulden muss, fahre ich höchstpersönlich ins Surmtal und drehe den drei Gackerhühnern den Hals um."

„Warum spielst du's dann?"

„Die alten Schabracken stehen unheimlich drauf. Und der Betreiber des Plattenladens im Meierhof gibt mir fünf Prozent von jeder verkauften CD. Kleinvieh macht auch Mist."

„He, ich krieg genauso Ohrenkrebs und nichts dafür!"

„Wie heißt du?"

„Pascal Pongrac. Aber alle sagen Pongo zu mir."

„Pongo, wie der Affe?"

„Welcher Affe?"

„Vergiss es. – Hör mal, Pongo. Je besser gelaunt unsere Kundinnen sind, desto lockerer sitzt das Trinkgeld. Klar?"

„Logo."

„Also immer schön höflich sein, ein- und aussteigen helfen, mit den Grannies schäkern, dann klingelt es später im Beutel."

Von zügiger Fahrt konnte keine Rede sein. *Stop-and-go* war ein Hilfsausdruck. Kaum hatte Pongo Gas gegeben, musste er gleich darauf wieder bremsen und einparken.

Gefühlt klapperten sie sämtliche Seniorenresidenzen der Stadt ab. Allmählich füllten sich die Sitzreihen. Trotzdem wurde es nicht besser. Der Citaro hatte keine Bordtoilette und die letzte Oma war noch nicht zugestiegen, da musste die erste schon wieder aufs Klo.

Aber die alten Schachteln waren nett. Viele erkundigten sich mitleidsvoll nach Pongos lädierten Fingern. Manche steckten ihm Schmerztabletten zu, teilweise sauteures, superstarkes, verschreibungspflichtiges Zeug. Vorsorglich merkte er sich die verheißungsvollsten Handtaschen.

Erstaunlicherweise war den allermeisten völlig klar, dass der eigentliche Zweck des Unternehmens darin bestand, sie bei der obligaten Verkaufsschau abzuzocken. Das ging aus ihrem Geschnatter hervor. Sie glaubten keine Sekunde, sie hätten die Teilnahme im Rahmen einer Verlosung gewonnen. Weil sie sich jedoch den Gratis-Ausflug samt fünfgängigem Mittagessen nicht entgehen lassen wollten, spielten sie routiniert mit.

Pongo fühlte sich daran erinnert, wie er zum ersten Mal beim Heumarkt-Catchen zugesehen hatte. Seine Kumpel und er hatten im Vorfeld gedacht, sie wären die Einzigen, die durchschauten, dass alles nur Show und der Ausgang der Kämpfe abgesprochen war. Um dann festzustellen, dass absolut jedermann das wusste! Einige Jahre später hatte sich Pongo selbst kurz als Freistilringer versucht, im Keller des Gürtellokals „Weberknecht". Wegen seiner fast 120 Kilo und der vielen Tattoos war er mit offenen Armen aufgenommen worden. Allerdings hatte er das Doping übertrieben, den vereinbarten Ablauf sehr frei interpretiert und einem Gegner die Schulter ausgekegelt. Seither war er lebenslänglich disqualifiziert.

Pussies.

Dennis, der Reiseleiter, verstand sein Geschäft. Als die Truppe endlich vollzählig war, hielt er übers Bordmikrofon eine Ansprache. „Hochverehrte, gnädigste Damen, herzlich willkommen auf der Fahrt zum ‚Christkindlmarkt wie anno dazumal' im schönen Marchfeld. Wir haben unsere maximale Flughöhe von zweihundert Metern überm Meeresspiegel erreicht und werden in vierzig Minuten zur Landung auf Schloss Orth ansetzen. Bis dahin viel Vergnügen mit den Surmtal-Dirndln!"

Auf der Bundesstraße 3 floss dichter Verkehr in beide Richtungen. Keine Chance für Pongo, auf die Tube zu drücken. Im Gegenteil, er musste ständig aufpassen, nicht in waghalsige Überholmanöver verwickelt zu werden. Die G'scherten mit den Kennzeichen GF, was nicht „Gefährliche Fracht" bedeutete, sondern „Gänserndorf", waren noch wahnsinniger unterwegs als sonst. Pongos Onkel Zlatko hatte ihn oft gewarnt: An Schulschlusstagen drehten besonders viele Familienväter durch.

„Fährst gut", lobte ihn Dennis nach einer Weile.

„Danke. Hab den D-Schein nicht erst seit gestern und schon größere Kübel durch die Weltgeschichte kutschiert."

„Das merkt man. – Corona war kacke, was? Hattest wohl auch extreme Verdienstausfälle."

„Anfänglich. Dann sind die Demos gegen die Impfdiktatur gekommen. Alter, da ging die Post ab! Letztes Jahr um diese Zeit hatten wir fast jedes Wochenende eine Sternfahrt."

„Glückspilz. Ich war zum Däumchendrehen verdammt."

„Siehst du, so ungerecht ist die Welt. Einer steht im Regen, der andere liegt in der Sonne."

Der Reiseleiter warf Pongo einen eigenartigen Blick zu, dann widmete er sich wieder seinen Unterlagen.

„Hochverehrte, gnädigste Damen, wir nähern uns bereits unserem Ziel. Falls Sie, um die zarten Füßchen zu schonen, ihre Schühchen abgestreift haben, sollten Sie diese nun wieder anziehen. Soeben passieren wir das Gut Matzneusiedl, eine weitere Perle des Marchfelds."

„War das nicht in den Vierzigerjahren ein Zwangsarbeiterlager?", erklang von hinten eine dünne Stimme.

„Möglich, Frau Doktor Katz. Mit genaueren Informationen kann ich leider nicht dienen, ich war damals nicht dabei."

„Ich schon."

„Gib eine Ruh, Gusti", warf eine andere, schrillere Oma ein. „Verdirb uns nicht die Laune mit den alten Geschichten!"

„Apropos Geschichten", sagte Dennis schwungvoll. „Ich muss Ihnen unbedingt von den Störchen von Schloss Orth erzählen. Einer von ihnen zog nämlich vor einigen Jahren im Herbst nicht mit den anderen gen Süden, sondern blieb einfach da und ließ sich den Winter über durchfüttern. Das hielt ‚Schurl', wie er bald genannt wurde, auch in den Folgejahren so. Und stellen Sie sich vor, schließlich gelang es ihm, eine Störchin dazu zu bringen, sich ihm anzuschließen. Jetzt kann man das Nest der Storchenfamilie im Schlossturm live über eine Kamera beobachten. Ist das nicht süß, meine Damen?"

„Schön blöd, in Niederösterreich zu versauern, statt nach Süden zu fliegen."

„Gusti!"

„Ist doch wahr."

Pongo fragte sich, wie dieser Storch die Störchin rumgekriegt hatte. Reden konnten die schließlich nicht, oder? Hatte Schurl ihr ein Nest gebaut, das um so viel toller war als alle anderen? Vielleicht stimmte ja doch, was Pongos Mama sagte: Wenn er sich keine schönere Wohnung besorgte, würde ihn nie eine Frau heiraten. Andererseits wollte er sich ohnedies nicht binden.

Handschellen mochte Pongo nur, wenn *er* es war, der den Schlüssel dazu hatte.

Außer der Storchen-Peepshow bot Schloss Orth an Attraktionen diverse Ausstellungen, ein Infocenter des Nationalparks Donauauen sowie ein Meiereigebäude, in dem der historische Christkindlmarkt untergebracht war. Alles barrierefrei, wie Dennis hervorhob. Von ihm angeführt, schwärmte das Krampfaderngeschwader aus, mit Stock und Hut, Rollstuhl oder Rollator. Sowie mit sämtlichen Handtaschen; zum Leidwesen Pongos, der erklärt hatte, auf den Bus aufpassen zu wollen. Einstweilen war er versorgt, aber er hätte gern seine Vorräte aufgestockt.

Die Herde kehrte bald zurück, mäßig begeistert. Frau Doktor Gusti Katz fasste zusammen: „Anno dazumal stimmt. Da hat's auch nicht viel gegeben."

Das Mittagessen nahm man im Festsaal eines zehn Minuten entfernten „gutbürgerlichen Gasthofs" ein. Aufgetischt wurde Grießnockerlsuppe – mutmaßlich, meinte Gusti, aus dem nahe gelegenen Dorfe Inzer –, dann wahlweise Schweinsbraten oder Schnitzel mit grünem Salat. Als Nachspeise pro Person drei Vanillekipferl und dazu Glühwein oder „Mozart-Kakao", dem Geruch nach zu schließen mit tüchtig Rum. Gesättigt und leicht beschwipst, waren die Damen in idealer Stimmung für die anschließende „wertvolle Konsumenteninformation".

Heizdecken, Küchengeräte oder sonstigen überteuerten Firlefanz habe er leider nicht zu verkaufen, begann Dennis, der einzige Vortragende. Damit erntete er gleich einmal einen Lacher. Auch Weihnachtsgeschenke, setzte er fort, für die Kinder und Enkerln wären entweder längst besorgt oder unnötig, weil diese sowieso heute früh um die halbe Welt auf Urlaub geflogen waren und sich erst wieder zu Muttertag kurz blicken lassen würden. Ja, die undankbare Nachkommenschaft! Wer könnte nicht ein Lied davon singen?

„Ich", sagte Gusti, die ihren Rollstuhl neben Pongo eingeparkt hatte. „Wäre gar nicht gegangen bei mir, selbst wenn ich gewollt hätte. Zwangssterilisation. Haben Sie Kinder?"

„Eines, glaube ich."

„Glauben Sie?"

„Ich wurde mal auf Alimente verklagt. Hat sich erledigt."

„Also kein Kontakt."

„Logo."

„Nie gesehen? Schmerzt Sie das?"

„Pscht, Gusti!", fauchte eine alte Hexe weiter vorn.

Dennis warf gerade, untermalt von bunten PowerPoint-Projektionen, die Frage auf, was man sonst für Möglichkeiten hätte, wenn man den jungen Leuten trotz alledem etwas Gutes tun wollte. Früher hätte man vielleicht ein Sparbuch für sie angelegt, nicht wahr? Aber heutzutage musste man ja schon fast der Bank Zinsen zahlen, statt welche zu bekommen! Freilich, wenn jemand rechtzeitig in Bitcoin investiert hatte …

„Ah, daher weht der Wind", flüsterte Gusti. „Je nun. Herr Pongo, ich möchte noch ein bisschen an die frische Luft. Würden Sie mich wohl hinausschieben?"

Er zögerte. Gerade schien es interessant zu werden.

„Ich gebe Ihnen auch doppeltes Trinkgeld."

Pongo blickte auf die dicke Handtasche der dünnen, steinalten Frau Doktor, stand auf und packte die Rollstuhlgriffe.

Auf der Rückfahrt heftete Dennis Verträge in einen Ordner ein und zählte Geldscheine. Er machte einen zufriedenen Eindruck.

Pongo hingegen grübelte, während er sich mit dem Bus über die verstopfte B3 quälte. Ihm ging nicht aus dem Kopf, was Gusti Katz erzählt hatte. Seit ihre sogenannte Luxus-Residenz an den größten europäischen Pflegeheim-Konzern verkauft worden war, konnte von Luxus keine Rede mehr sein. Zu wenige Pflegerinnen und Reinigungskräfte, sogar Handtücher und Waschlappen waren Mangelware, die Hygiene katastrophal. Dabei kostete das Zimmer eine Lawine! Aber das Angebot an Pflegeplätzen war begrenzt, viele Alternativen gab es nicht. In manchen Bundesländern beackerten diesen Sektor Politiker einer Partei, bei der Gusti nicht anstreifen wollte: „Ich habe mir geschworen, dass mich die Nazis nicht nochmals in die Finger kriegen."

Pongo bedrückte, wie sehr er bisher das Thema Altersvorsorge vernachlässigt hatte. Deshalb fragte er Dennis, als der Westbahnhof nicht mehr weit war: „Sag einmal, unter uns, diese Sache mit den Bitcoins. Davon habe ich schon öfter gehört. Könnte ich da ebenfalls einsteigen?"

Der Reiseleiter starrte ihn an. „Meinst du das ernst?"

„Logo."

„Pass auf." Dennis neigte sich zu ihm herüber und sagte leise: „Es sind nicht wirklich Bitcoins. Nur so was Ähnliches. Außerdem bloß Optionen, verstehst du?"

„Äh …"

„Wie eine Lotterie. Rubbellose?"

„Kenn ich."

„Gut. Bei ‚Big Money', das grad ausgespielt wird, beträgt die Wahrscheinlichkeit auf den Hauptgewinn, das wären hunderttausend Euro, eins zu einer Million. Bei dem, was ich verscherble, liegt sie bei eins zu einer Milliarde, dass das Zeug jemals irgendwas wert wird!"

„Milliarde ist besser als Million."

„Nun, in diesem Fall ni…"

„Hast du was gegen mich?", fuhr Pongo ihn an. „Gibt's ein Gesetz, dass bei so was nur Akademiker mitschneiden dürfen?"

„Nein, natürlich nicht. Schau wieder auf die Straße, bitte."

„Du füllst mir jetzt so ein Formular aus! Auf …" Pongo überschlug, was er für die Fahrt bekommen würde, an Trinkgeld eingenommen und sonst noch bei sich hatte. „270 Euro."

„Bevor ich mich schlagen lasse …"

5

Zur selben Zeit, ziemlich genau zwei Kilometer weiter nördlich, in einem Sportgeschäft am Hernalser Gürtel, rief Karin Fux erbost: „Das darf doch wohl nicht wahr sein!"

Fabian stockte mitten im Schritt. „Findest du, Tante? Zu wild? Es wäre ein Kombi-Angebot."

„Nein." Sie wies aufs Handy. „Hier. Eine …" Sie wollte Sauerei sagen, korrigierte sich im letzten Moment: „… eine Nachricht."

„Was Schlimmes?"

„Wie man's nimmt. Aber du gehst vor." Sie musterte ihn mit zusammengekniffenen Augen. „Na ja. Ein bissel … schrill ist es schon. Dreh dich um."

Linkisch rotierte er um die eigene Achse. Fabian Ulreich-Fux war nicht unbedingt als Mannequin geboren, klein für sein Alter, ein körperlicher Spätentwickler, wenngleich er in letzter Zeit Babyspeck abgebaut hatte und ein schönes Stück gewachsen war. Dass die Hormone Tango tanzten, war nicht zu übersehen. Fast im Sekundentakt oszillierte sein Gesichtsausdruck zwischen kindlich und männlich. Der Flaumfilm auf der Oberlippe hätte genauso gut Milchrahm sein können.

Karins Neffe führte Snowboard-Ausrüstung vor: Softshell-Jacke, Handschuhe, Schneebrille, Helm. Alles pechschwarz bis auf gelbrot züngelnde Flammen, die am Rücken die Wörter „Monsters of Stunt" formten. Sie rümpfte die Nase.

„Das ist eine coole internationale Truppe", verteidigte sich Fabian. „Die machen eine Wahnsinns-Show, sogar Tricks mit Ski-Doos. Und schau, die Kombi ist eine Sonder-Edition, trotzdem verbilligt!"

„Dagegen habe ich nichts." Sie tippte ihm auf die Brust. „Aber das da …"

Er linste hinunter. „‚Dope'? Das ist nur der Markenname."

„Stell dich nicht dümmer, als du bist. Du weißt haargenau, dass damit auch etwas anderes gemeint ist. Halt mich für altmodisch, aber ich finde Kokettieren mit illegalen Drogen in keiner Weise lustig."

„Du hast gesagt, dass du auf der Alm nicht im Dienst bist."

„Nicht als Polizistin, als Tante sehr wohl."

„Menno."

„Ist das ein *Duckface*, was du grad machst?"

Fabian bemühte sich, ernst zu bleiben, kämpfte hart gegen das Lachen an und verlor doch. „Muss ich noch üben."

Die Verkäuferin kam ihm zu Hilfe. „,Dope Snow' ist eine der beliebtesten Marken. Sehr gute Qualität. Der *Riding Hoodie* hat ein Innenfutter aus recyceltem Frottee. Maximale *All-Mountain-Performance*, zeitloses *Streetware-Design*, kann man jeden Tag tragen, auf und abseits der Piste. Übrigens bedeutet *dope*, habe ich gelesen, ursprünglich Schmiermittel oder Soße." Offenbar führte sie diese Diskussion nicht zum ersten Mal.

„Na siehst du, Tante. Zu Cannabis sagt man auch Gras oder *shit* und trotzdem …"

„Würde da", sie zeigte auf das Label, „*Shit* stehen, fände ich das genauso wenig prickelnd."

„Dieses Ensemble ist das letzte unserer limitierten Sonderausgabe", sagte die Verkäuferin. „Wir hatten von jeder Größe nur ein Exemplar. Sitzt perfekt, nicht wahr? Wie maßgeschneidert für den jungen Mann."

„Bitte, Tante Karin!"

Fux gab nach. Sie brachte es nicht übers Herz, dem Burschen die Freude zu nehmen; erst recht nicht angesichts der Nachricht, die sie vorhin empfangen hatte.

An der Kassa sagte Fabian strahlend: „Stellen Sie sich vor, wir werden die ,Monsters' live sehen. Zu Silvester, bei der Megaparty in der Fontanarena von Bad Bründlmoor!"

„Wow", sagte die Verkäuferin. „Da beneide ich dich drum."

„Haben Sie zufällig", fragte Fux, um das Thema zu wechseln, „auch Pfefferspray?"

„Bedaure, nein."

„Schad. Hätte ja sein können."

„Pfefferspray, Tante? *Really?*"

„*Never leave the house without it.*"

„Ich dachte, du legst jeden mit bloßen Händen auf die Matte."

„Die Betonung liegt auf ‚mit bloßen Händen', und das muss für alle Beteiligten gelten. Falls einer eine Schusswaffe oder ein Messer hat, hilft Karate relativ wenig."

„Im Kino schon."

„Jacky Chan gewinnt auch gegen eine Lenkrakete. Im echten Leben jedoch ist es fast unmöglich, einen Messerkämpfer zu entwaffnen, ohne selbst schwer verletzt zu werden. Außer, du verpasst ihm vorher eine Ladung OC. Oleoresin Capsicum, der Wirkstoff, ist mehr als hundert Mal schärfer als Tabasco."

„Muss man nicht 18 sein, um so was dabeihaben zu dürfen?"

„Der Besitz von Pfefferspray ist Kindern und Jugendlichen verboten, der Einsatz ausschließlich in einer Notwehrsituation erlaubt." Etwas meldete sich in ihrem Hinterkopf oder eher im Unterbewusstsein. „Aber ich dachte mir, wenn sie schon Sachen mit Namen Dope verkaufen, führen sie vielleicht auch was Sinnvolles im Angebot. Egal, ich habe reichlich Vorräte."

„Nochmals danke. Dass du über deinen Schatten gesprungen bist, meine ich." Er schwenkte die Einkaufstasche. „Und überhaupt. Für den Almurlaub. Ich freu mich schon so!"

„Versprochen ist versprochen. Da wir grad davon reden … Ich muss dir was sagen, Fabian. Aber nicht hier auf der Straße."

Sie hatte ihn vor dem Gymnasium abgeholt, dann hatten sie im Café Hummel das Tagesmenü gegessen: panierten Fisch, schließlich war Freitag. Das kleine Päckchen Vanillekipferl für die Stammgäste hatte Fabian auf einen Sitz vertilgt. Anschließend waren sie shoppen gegangen. Nun suchte Fux ein ruhiges Lokal. Der Yppenplatz wäre nicht weit gewesen, aber dort hätte sie unweigerlich an den Fall in der Gaullachergasse denken müssen. Stattdessen landeten sie im Benno, Ecke Alser Straße. Das Pub war bekannt für seine reichhaltige Spielothek, um diese Zeit jedoch fast leer.

„Diese Nachricht, die ich bekommen habe", begann Fux, nachdem sie zwei Frucade bestellt hatten, „ein E-Mail, vom Tourismusverband La Fontanara, zentrale Zimmervermittlung. Irgendwie ist unsere vor Monaten getätigte Reservierung im Hotel Alpensalamander unter den Tisch gefallen und erst heute wieder aufgetaucht. Aber jetzt ist natürlich in der ganzen Schischaukel alles bereits restlos vergeben."

„Was!"

„Warte." Fux legte das Handy auf den Tisch und scrollte. „Sie sind untröstlich, bla bla bla, und bieten als Entschädigung beziehungsweise Ersatz ein Doppelzimmer im 35 Kilometer entfernten Drei-Täler-Skiparadies Patschrums an. Zum selben Preis trotz höherer Kategorie, vier Sterne statt drei. Inklusive Gratiseintritt im Thermal-Spa. Wie klingt das für dich?"

„Ich will nicht nach Patschdingsbums. Ich will zur Megaparty in der Fontanarena."

Das hatte Fux befürchtet. „Wir können ja vielleicht zu Silvester trotzdem dorthin …"

Fabian schüttelte heftig den Kopf. „Keine Chance. Das Gebiet wird großräumig abgesperrt, man kommt nur mit einem La Fontanara-Gästepass hinein. Sonst wäre der Andrang viel zu groß. Bitte, da treten nicht nur die ‚Monsters of Stunt' auf, sondern auch andere internationale Superstars! Frenzyss gibt dieses und nächstes Jahr nur zwei Konzerte in Europa, eins davon dort. Frenzyss!"

Nicht, dass sie gewusst hätte, von wem er redete. „Wird das ganze Programm nicht live übertragen, auf einem dieser Streamingdienste?" Er sah sie nur an wie ein waidwundes Reh. „Ist nicht dasselbe, ich weiß schon."

„Wie Feuerwerk im Fernsehen", sagte er mit Grabesstimme.

„Witzlos", gab sie zu. „Aber was soll ich machen, wenn wir versehentlich ausquartiert wurden?"

„Du bist doch bei der Polizei. Kannst du nicht …?"

„Was? Die örtlichen Kollegen anrufen und bitten, dass sie schnell jemanden verhaften, damit ein Zimmer frei wird?"

„Geht das?"

„Nein! Spinnst du. Paragraph 302 Strafgesetzbuch, Missbrauch der Amtsgewalt. Darauf steht Freiheitsstrafe von sechs Monaten bis zu fünf Jahren." Freilich kannte Fux nicht gerade wenige Beispiele, bei denen der Beschuldigte mit der Beteuerung seiner Unwissenheit, also mangelndem Vorsatz, davongekommen war, bis hinauf zu einem Kärntner Landeshauptmann …

„Und wenn die Kollegen sich nur erkundigen und dich dann sofort benachrichtigen, wenn ein Gast krank geworden ist und absagt oder so? Es sind ja noch drei Tage hin."

„Wäre vermutlich ein Grenzfall." Derlei sollte schon vorgekommen sein. „Trotzdem. Fabian, so etwas mache ich nicht. Verbrechen im strengen Sinne wäre das wahrscheinlich keines, aber allemal eine Form von Korruption. Außerdem würde uns das Tourismusbüro ohnehin informieren, sollte wider Erwarten doch etwas frei werden. Wir könnten darauf spekulieren. Obwohl ich die Chancen gering einschätze." Diese verflixte Megaparty erfüllte offensichtlich ihren Zweck, zusätzliche Touristen anzulocken. „Oder wir nehmen das Angebot in Patschrums an, solange es noch aufrecht ist, dann kommst du wenigstens sicher zum Snowboarden."

„Menno."

Vor ihrem geistigen Auge sah Karin Fux einen unendlich langen Silvesterabend heraufziehen, den sie mit einem todtraurigen Teenager verbringen musste. 35 Kilometer entfernt vom Ort seiner Sehnsucht, in einem Kurhotel, dessen Gäste-Altersdurchschnitt sie beide wahrscheinlich frappant senkten … Da fiel ihr ein, dass sie nicht nur Mitglied im Polizeisportverein war, sondern auch noch bei einer anderen europaweit vernetzten Organisation. Hektisch bearbeitete sie das Smartphone.

„Was tust du, Tante?"

„Moment." Einen Versuch war es wert. „Ich bilde mir ein, dass … Na, wer sagt's denn! In der Gegend gibt es eine Alpenfreundehütte. Nicht an der FIS-Abfahrt, wie das Salamanderhotel, sondern ein bisschen abgelegener, auf der Hinterglan-Alm. Die dennoch Teil der Skischaukel La Fontanara ist." Fux stand auf. „Ich rufe direkt dort an."

„Wo gehst du hin?"

„Nach nebenan. Damit du mir nicht vor lauter Aufregung dreinquatschst."

Der Hüttenwirt hob erst nach dem zehnten Läuten das Telefon ab. Er hatte einen eigenartigen Akzent. Außerdem war es im Hintergrund sehr laut, Lachen und Gläserklirren und eine Ziehharmonika, bei der manche Töne verstimmt klangen. Fux musste alles dreimal sagen.

Endlich gelang es ihr, sich und ihr Anliegen verständlich zu machen. Die Mitgliedsnummer war dem Wirt nicht wichtig, der Name des Obmanns der Wiener Landesgruppe sagte ihm nichts und die Hütte war über die Feiertage voll bis unters Dach, selbst das Massenlager ausgebucht. Aber tatsächlich hatte vor wenigen Stunden jemand bei ihm ein Zimmer storniert und er war noch nicht dazugekommen, dies an die Zentralvermittlung weiterzugeben, bei ihnen steppte schon den ganzen Tag der Bär. Ob sie in zwei, drei Stunden nochmals anrufen könne?

Nein, sagte Fux, sie wolle auf der Stelle buchen, notfalls überweise sie die Hälfte des Betrags als Anzahlung. Fux sei der Name, wie das Tier, aber mit X, Karin Fux, und bitte noch vor Weihnachten eine Bestätigung an folgende Adresse …

Ihr schwirrte der Kopf, als sie zurück zu Fabian ging. Ein wenig graute ihr vor der Hinterglan-Alm. Aber was nahm man nicht alles auf sich für den einzigen Neffen! Für das pure Glück in seinen Augen, nachdem die frohe Botschaft eingesickert war. Für das unbeholfene Küsschen auf die Wange und eine Auszeichnung, wertvoller als alle Pokale zu Hause im Regal:

„Tante Karin, du bist die beste Tante der Welt!"

6

„Schöne Aquarien hast du da." Pongo richtete das gespaltene Ende des Brecheisens auf eine der Glaswände. „Wäre ewig schade, wenn was davon kaputtginge, meinst du nicht?"

„Falls du alles kurz und klein schlägst, kann dein Onkel sein Geld endgültig abschreiben", sagte der schmächtige Mann mit den schulterlangen fettigen Haaren und dem nervösen Zucken im Augenwinkel. „Dann bin ich nämlich bankrott."

Er hieß Morawec, betrieb die „Tierhandlung Zootopija" und hatte Schulden. Bei Zlatko, der Pongo ausgeschickt hatte, um Morawec an die Ratenzahlungen zu erinnern.

Pongo mochte solche Jobs. Sinnvolle Gewalt, angewendet mit Maß und Ziel und ohne sich dabei über Gebühr anstrengen zu müssen. Außerdem fiel meist ein nettes Zubrot für ihn ab. „Logo", sagte er. „Aber man kann auch mit einer gebrochenen Kniescheibe Papageien verkaufen." Er deutete auf ein grün-gelbes Federvieh. „Spricht der?"

„Ja. Er sagt: ‚Der Vougl ist tout.'"

„Blöder Satz."

„Das vorhin von dir war also kein Monty-Python-Zitat."

„Monty was?"

„Python."

„Schlangen hast du auch?"

„Vergiss es." Morawec spreizte die Finger. „Drei Raten sind ausständig. Eine zahle ich noch heute Abend ein. Ehrenwort! Der Rest kommt spätestens Ende Jänner."

„Warum willst du es dann haben, wenn du's jetzt nicht hast?"

„Das Weihnachtsgeschäft lief gut. Aber die Hälfte des Geldes kriege ich erst. Weil viele Vollkoffer mit Kreditkarte zahlen."

„Mir egal", sagte Pongo, den es in den Fingern juckte.

„Horch zu, der Clou ist folgender: Ich habe heuer viele Kleintiere verkauft, die sich Kinder gewünscht haben. Hamster, Schildkröten, Tanzmäuse. Erfahrungsgemäß kommen die Kleinen um

Dreikönig drauf, dass Käfigputzen doch nicht so spaßig ist. Ich nehme die vierbeinigen Spielsachen zurück, retourniere aber den Kaufpreis nicht, sondern verrechne den Eltern noch Entsorgungsgebühr. Die auch bezahlt wird, denn die Tierasyle sind hoffnungslos überfüllt. Danach verkaufe ich sie gleich noch mal. Bei den Orthodoxen ist nämlich erst im Jänner Weihnachten. Kapiert?"

„Logo." Durchtriebenheit imponierte Pongo. Andererseits fürchtete er um seinen Bonus. „Hast du Bargeld da?"

„Bedaure." Morawec deutete auf den Bankomatkartenleser. „Zahlen ja alle nur mehr elektronisch."

Der Kerl wusste auf alles eine Antwort! Sein Augenzucken war fast verschwunden, er wirkte immer selbstsicherer. Nicht gut. Pongo sah sich um. Onkel Zlatko hatte ihm eingeschärft, nichts Wertvolles zu beschädigen. Aber Angst einjagen sollte er Morawec schon … Mit dem Brecheisen gegen den Oberschenkel klopfend, ging Pongo im Geschäft herum. Der Großteil der Käfige war leer. „Irgendwelche Mittelchen lagernd, die auch bei unsereins anschlagen?"

„Weiß nicht. Ich bin kein Arzt." Das rechte Auge zuckte wieder stärker. „T 61 in entsprechender Dosis sollte greifen."

„Was ist das?"

„Embutramid, glaube ich. Ein Euthanasie-Narkotikum."

„*Jebo te!* Red' deutsch mit mir!"

„Damit könnte ich dich schmerzlos einschläfern. Falls du das möchtest. Wäre mir eine Ehre."

Pongo knallte ihm eine mit der flachen Hand. „Willst du dich die nächsten Wochen per Strohhalm ernähren? Hast du nichts, das *turnt*? Permax vielleicht? Das gibt man auch Pferden."

Morawec rieb sich die rote Wange. „Siehst du ein Pferd?"

„Mir reißt gleich die Geduld. Wo sind die Medikamente?"

„Ganz hinten im Schrank, mittlere Lade."

Pongo wühlte vergeblich. Als er jedoch einen Schritt zurücktrat, fiel sein Blick durch die offene Tür ins Nebenzimmer – und da war es um ihn geschehen. Das Tier lag im Winkel eines hüfthohen Verschlags, zur Hälfte verdeckt von einem Waschmaschinenkarton. Es schien zu dösen; aber plötzlich öffnete es die dunklen, schimmernden Kulleraugen und sah Pongo an, beinahe vorwurfsvoll, als habe es schon sehr lange auf ihn gewartet.

Er spürte, dass er eine Gänsehaut bekam. „Was ist das?"

„Das? Ein Marderhund."

„Was jetzt, Marder oder Hund?" Das Tier hatte dichtes braun schattiertes Fell, kleine runde Ohren und eine schwarze Knubbelnase. „Ich hätte gedacht, eine Art Waschbär."

„Kein Bär. Kannst auch Seefuchs dazu sagen oder Tanuki."

„Tanuki … He, sind das die Jungs mit den riesigen Eiern?"

„So werden sie in japanischen Fabeln dargestellt. Du kennst sie wahrscheinlich aus Mangas oder Animes."

„Stimmt, das war's! Sag, haben sie wirklich …?"

„In natura nicht. Willst du den Marderhund haben?"

„Ist er was wert? Wieso gibst du ihn her?"

„Wurde nicht abgeholt. Fünfhundert hätte ich dafür kriegen sollen. Die sind der neueste Schrei bei *Petfluencern*."

„Sagt mir nichts."

„Instagram Accounts von Tieren. Grumpy Cat, Nala, Doug the Pug … Jiffpom, ein Zwergspitz, hat zehn Millionen Follower und verdient Unsummen an Werbung."

Pongo staunte. Mit Viechern ließ sich anscheinend dicke Kohle machen. Dann stutzte er. Morawec drängte ihm den Tanuki förmlich auf. Die Sache musste einen Haken haben. Oder aber der Händler tat nur so, als wolle er den Marderhund loswerden. Der im hintersten Winkel versteckt und vorher mit keinem Wort erwähnt worden war! Pongo sollte glauben, an ihm wäre etwas faul, und das Interesse daran verlieren. Raffiniert. Sozusagen über doppelte Bande gespielt.

Na warte, du Strizzi! Nicht mit mir. „Sieht schlafmützig aus", sagte er. „Niedlich, aber lasch."

„Tanuki sind hauptsächlich in der Dämmerung und nachts aktiv. Passt doch zu deinem Lebensstil, nicht wahr?"

„Selbst wenn. Das ist ein ganz schöner Brocken, der würde mich arm fressen."

„Er braucht keine Spezialnahrung, frisst sogar Abfall. Spart Müllgebühren. Und sollte er abnippeln … Seefuchs-Pelz ist begehrt. Könntest aber auch eine Zucht aufmachen."

„Mit einem allein? Wo kriege ich ein Weibchen her?"

„Parndorf. Im Burgenland, bei diesem Outlet-Center. Ein paar Meter weiter auf dem Parkplatz verscherbeln sie Tiere aus Bulgarien, Rumänien, Ukraine … Der da ist auch nicht im Beserlpark am Baum gewachsen."

„Ich weiß nicht." Pongo beobachtete den Händler genau. Wenn er ihn richtig einschätzte, würde er gleich umschwenken.

Prompt sagte Morawec: „Im Haus kannst du ihn allerdings nicht halten. Er wird nicht stubenrein. Du benötigst ein Gehege im Garten, mit einem mindestens einen Meter hohen Zaun."

„Ließe sich machen."

„Und so was wie eine Höhle."

„Alte Hundehütte, ,willhaben', Selbstabholung."

„Bellen können die nicht, nur knurren."

„Umso besser. Kein Stress mit den Nachbarn."

„Am wohlsten fühlt er sich im Schnee."

„Ich wollte sowieso in die Berge fahren."

„Er muss demnächst noch geimpft werden, gegen Tollwut und Parvovirose. Ist leider relativ teuer."

Diese Bemerkung war wohl als Supertrumpf gedacht, aber der stach nicht. „Keine Sorge. Über Viren und Impfungen weiß ich Bescheid", sagte Pongo. „Hast mich überzeugt. Ich nehme den Tanuki mit."

In Morawecs Augen stand blanker Hass, weil er verloren hatte. „Wie willst du ihn transportieren? Er geht nicht bei Fuß."

„Hab einen Pick-up. Du legst noch eine Frachtbox, eine Leine und ein Würgehalsband drauf, dann sind wir quitt." Ein leichter Stoß mit dem Brecheisen an die Brust skizzierte die Alternative.

„Einverstanden." Morawec spannte die Halsmuskeln an. „Muss sagen, Pongo, dir macht nicht so leicht jemand was vor."

Zwischenspiel
Der Anflug

Feiern Auftragsmörder Weihnachten? Ja, warum denn nicht? Ich würde sagen, Privatangelegenheit. Auch in unserem Metier gibt es solche und solche.

Der Titelheld der 1839 uraufgeführten Oper Il Bravo ist Venezianer, also katholisch, und wird seinerzeit wohl zur Christmette gegangen sein. Gleiches gilt für die Agenten des Vatikanischen Geheimdienstes. Nehme ich an – ich bin bisher keinem begegnet. Werden überschätzt, ebenso wie der Mossad.

Noch weiter klaffen Legende und Realität bei den japanischen Ninjas auseinander, die ursprünglich stinknormale Spione waren. Aber wenn die Fiktion attraktiv genug ist, passt sich ihr die Wirklichkeit mit der Zeit an.

Die Assassinen wiederum, in manchen Sprachen ein Synonym für Meuchelmörder, waren Angehörige einer islamischen Sekte, denen unterstellt wurde, permanent eingekifft zu sein – der Name kommt vom arabischen Wort für „Haschischleute". Allerdings galten sie als fanatische Kämpfer und todesverachtende Attentäter. Zur Zeit der Kreuzzüge sollen sie 60.000 Mann stark gewesen sein, verteilt über 40 Festungen.

So oder so würde ich mich mit dem aktuellen Ordensoberen lieber nicht anlegen. Karim al-Husseini, geboren in der Schweiz, von der britischen Königin mit dem Hoheitstitel Aga Khan geadelt, vermehrt sein Privatvermögen jährlich um zirka eine Milliarde Euro, unter anderem als Großaktionär von Fiat und Lufthansa sowie Besitzer zahlreicher Banken und Hotelketten. Vor einigen Jahren gab es einen Skandal, weil er von sämtlichen Steuerzahlungen befreit wurde. Vielleicht wegen der sportlichen Vergangenheit: Bei den Olympischen Winterspielen 1964 in Innsbruck startete Karim Aga Khan für den Iran und belegte im Riesenslalom Platz 53.

Innsbruck. Das bringt mich zurück zum Thema. Ich für mein Teil schenke mir zu Weihnachten einen Flug in die Tiroler Landeshauptstadt. Gewöhnlich ziehe ich die Eisenbahn vor. Mehr Bewegungsfreiheit, Verstecke, Fluchtwege. Diesmal jedoch drängt die Zeit. Ich muss auf vollkommen fremdem Terrain operieren. Da zählt jede Stunde, um die ich länger Vorkehrungen treffen kann, ehe die Zielperson eintrifft.

Gleich nachdem ich die Nachricht entschlüsselt hatte, erkundigte ich mich am Flughafen. Ich hatte Glück. Es gab noch einen Platz in der Mittagsmaschine. Das Ticket berappe ich aus der eigenen Tasche. Zwar verfügt mein Auftraggeber über ähnlich unerschöpfliche finanzielle Ressourcen wie der Aga Khan, aber Geld ist für ihn nebensächlich. Ich bin nicht in der Position, das Fehlen eines Spesenkontos zu beanstanden.

Weitere Nachteile sind, dass ich eine meiner Tarn-Identitäten opfern muss und trotz der laxeren Kontrollen bei Inlandsflügen nur diskrete Ausrüstungsteile mitnehmen kann. Allerdings haben Airport-Geschäfte auch zu den Feiertagen offen und führen einige nützliche Dinge. Zudem weiß ich von einem Waffenschieber nahe Innsbruck, der nicht bloß Tiroler Schützen beliefert.

Pünktlich um 12:15 startet der Airbus-A320 der Austrian von Wien-Schwechat. Gut drei Viertel der 180 Plätze sind besetzt, in der Mehrzahl von Skiurlaubern aus Nordeuropa, die sich beim Umsteigen mit für sie billigem Alkohol eingedeckt haben. Das kann heiter werden, die Wettervorhersage hat für das Unterinntal Föhnwarnung gegeben. Ich habe keinen empfindlichen Magen, aber sicherheitshalber seit dem Frühstück gefastet. Bei der Stewardess bestelle ich nur ein Glas Wasser – worauf sie vergisst, sobald sie sich umgedreht hat.

Auch mein beleibter, rotgesichtiger Sitznachbar, der einen Trachtenanzug trägt und einen braunen Lodenhut mit mächtigem Gamsbart im Gepäckfach verstaut hat, verzichtet auf Konversation. Stattdessen liest er, lautlos die Lippen bewegend, das Jagdmagazin *Halali*.

In Wien hat es genieselt. Nach etwa zwanzig Minuten reißt die Wolkendecke auf. Unter uns erstreckt sich, in der prallen Sonne funkelnd und glitzernd, der Alpenhauptkamm.

Am meisten fasziniert mich, wie weite Bereiche davon noch von der Zivilisation unberührt wirken. Dutzende Gipfel, vereiste Bergseen, schneebedeckte Hochflächen scheinen gänzlich menschenleer. Dabei sind, habe ich gelesen, nur mehr sieben Prozent der österreichischen Staatsfläche naturbelassen und unerschlossen. Es gibt fast 300 Skigebiete mit rund 3.000 Aufstiegshilfen, 7.200 Kilometer Pisten, 260 Seilbahnunternehmen. Dazu mehr als tausend Wasserkraftwerke, 50.000 Kilometer beschilderte Wanderwege und Mountainbike-Routen … Aber sie verteilen sich über ein so großes Gebiet, dass sie aus der Luft leicht übersehen werden.

Human-Erosion nennen das die Geologen. Eine Gefahr, die kaum jemand bemerkt. Sollte ich mich ihr verwandt fühlen?

Der Pilot kündigt den baldigen Landeanflug an und dass mit Turbulenzen zu rechnen sei. Mein gangseitiger Nachbar öffnet den Kragen des Jägerhemds, fingert eine goldene Halskette heraus und umschließt den Kreuzanhänger mit der Faust.

Ich bin nicht abergläubisch und halte mich für weder furchtsam noch verwegen. Leichtsinn ist mir fremd, wie jedem halbwegs intelligenten Menschen, optimale Vorbereitung Pflicht, jegliche Form von Schlendrian verboten. Mit Situationen, die ich nicht beeinflussen kann, hadere ich nicht. Statistisch ist ein Flugzeug das mit Abstand sicherste Transportmittel. Selbst wenn unser Pilot noch nie zuvor in Innsbruck gelandet wäre – einmal ist immer das erste Mal –, hätte er es vorher ausgiebig am Simulator trainiert.

Die Maschine beginnt zu bocken. Eine Gruppe junger Engländer grölt „Riders on the Storm" von den Doors: „There's a killer on the road. His brain is squirming like a toad. If you give this man a ride, sweet family will die…"

Ich lenke mich ab, indem ich mir in Erinnerung rufe, was ich über den Flughafen Innsbruck recherchiert habe. Viele finden es gruselig, dass man recht niedrig über der Stadt hereinkommt und scheinbar schnurstracks ins Goldene Dachl donnert. Das ist aber nicht das Problem, sondern der spezielle Wind, der wahre Kapriolen schlägt. Innsbruck liegt am Ausgang des Wipptals, einer Föhnschneise. Wenn der Föhn dort austritt, übers Inntal bläst und dann auf die Nordkette trifft, spaltet er sich in zwei Äste auf. Daher kommt die Redensart, dass „der Föhn um die Ecke bläst". Auch am Flughafen kann sich die Windrichtung so rapide ändern, dass der Anflug abgebrochen und durchgestartet werden muss. Ein Manöver, das die Piloten nicht lieben, denn ein eventuell auftretender Motorschaden, bei einer normalen Landung keine große Affäre, wäre fatal angesichts der gegenüber aufragenden Martinswand. Sie sagen dazu sarkastisch „cumulus durus", harte Wolke.

In unserem Fall kann ich keine Anzeichen für eine Kursänderung feststellen. Wir sind bereits im Sinkflug. Der Wind ist stark, immer wieder wird der Airbus durchgebeutelt. Manchmal sacken wir für Sekunden in ein Luftloch ab, dann hebt sich der Magen wie in einem Turbo-Lift. Würgende Geräusche von hinten zeigen, dass dies nicht folgenlos bleibt.

Rechter Hand kommt ein Berg ins Bild, der Patscherkofel, wenn ich richtig orientiert bin. Bloß ganz oben auf der Kuppe liegt Schnee. Von dort schlängelt sich ein dünnes weißes Band durch dunkle Wälder hinunter: die künstlich beschneite Piste. Am breiten Talboden Felder, Straßen, Streusiedlungen. Der Föhn reißt das Flugzeug hin und her, es ruckelt auf und ab. So heftig, dass manche Prospekte und Magazine aus den Netzen an der Rückseite der Sitze fallen.

Wir sind bereits über der Stadt, fliegen entlang des Flusses. Etwas kullert durch den Mittelgang. Ich sehe hin – und muss mich zwingen, den Kopf zum Fenster zu drehen, scheinbar desinteressiert. Trotzdem bekomme ich mit, wie der Griff eines Taschenschirms nach dem Ding angelt. In diesem Moment beugt sich der Nachbar neben mir am Gangsitz vor, nimmt mir die Sicht und übergibt sich röhrend.

Als er sich wieder zurücklehnt, ist der Gegenstand verschwunden, aber mein Argwohn nicht.

Grüne Wiese, graue Landebahn. Im Vergleich zum wilden Ritt der vergangenen Minuten setzt unser Flieger butterweich auf, federt nach, bremst fauchend und quietschend ab, rollt aus.

Während wir in der Ankunftshalle auf das Gepäck warten, beobachte ich meine Mitreisenden. Ich erkenne keine Indizien, wem das in den Mittelgang gerutschte Ding gehören könnte.

Es handelte sich um ein zu einem Bündel zusammengerolltes Werkzeugset für Töpferei. Man kann es online bestellen, unter derselben Ramsch-Marke, die auch Bauchtanz-Fingerzimbeln, Bowlingkugel-Poliertücher und dergleichen mehr vertreibt. Um 15 Euro bekommt man acht Teile: Töpferrippe und anderes Modellierwerkzeug, Schwamm, Spachtel, Schaber ... sowie einen sogenannten Tonabschneider, bestehend aus zwei Holzgriffen und einer Drahtschlinge. Kenner denken dabei unweigerlich an eines der effizientesten Mordinstrumente der Menschheit: die Garotte. Bereits im 19. Jahrhundert benutzten Gangster diese Schlinge, weil man damit ein Opfer geräuschlos von hinten erdrosseln kann. Bei der sizilianischen Cosa Nostra erfreut sie sich nach wie vor ungebrochener Beliebtheit.

Auf dem Weg zum Leihwagen überlege ich, welche Konsequenzen sich aus meiner Entdeckung ergeben. Natürlich könnte es ein Zufall sein, somit falscher Alarm. Manche Ferienorte bieten Keramikkurse an. Warum sollte jemand nicht sein eigenes Werkzeug im Handgepäck mitbringen?

Ich aber bin gewohnt, vom größtmöglichen Übel auszugehen, und verspüre einen Anflug von Beklemmung. Es hilft nichts, ich muss mich der Erkenntnis stellen: Höchstwahrscheinlich war ich nicht der einzige Profikiller in diesem Flugzeug.

26. Dezember

Namenstag: Stefan

Der erste christliche Märtyrer Stephanos fiel Intrigen um die Witwenversorgung der Jerusalemer Urgemeinde zum Opfer. Falsche Zeugenaussagen warfen dem scharfzüngigen Prediger Gotteslästerung vor, worauf ihn eine aufgehetzte Meute steinigte. Unter seinen Verfolgern, für die er sterbend betete, befand sich der spätere Apostel Paulus.

26.12.1476: Drei adelige Mörder

töten in der Basilika Santo Stefano Maggiore den Herzog von Mailand, Galeazzo Maria Sforza, einen leidenschaftlichen Förderer der Kunst, der Musik und des Menschenhandels.

26.12.1906: Der australische Western

The Story of the Kelly Gang, der mit seiner Spielzeit von 70 Minuten als weltweit erster Langfilm gilt, löst eine Kontroverse aus. Dem Regisseur Charles Tait wird die Glorifizierung von Kriminellen vorgeworfen.

26.12.1957: Der Schweizer Psychiater

Roland Kuhn entdeckt zufällig das erste Antidepressivum. Unter dem Namen Tofranil von Geigy (heute Novartis) auf den Markt gebracht, wird Imipramin zum Prototyp einer ganzen Klasse von Psychopharmaka.

7

„Geht das eh in Ordnung für dich", fragte Peter Szily, „dass wir uns das Zimmer teilen?"

„Zum zehnten Mal: Fix, Papa. Ich hab Ohropax eingepackt. Du kannst schnarchen, so viel du willst. Furzen übrigens auch."

„Bei beidem werde ich mich um Zurückhaltung bemühen", sagte Pez. „In der ersten Nacht ist es meistens am stärksten, dann klingt es ab. Das liegt am dings, Höhenunterschied. Nach zwei, drei Tagen hat man sich adaptiert."

„Ich bin Kummer gewohnt. Mama schnarcht, dass die ganze Wohnung wackelt."

Hat sie immer schon, lag Pez auf der Zunge, aber er schluckte es hinunter. Sie hatten einander geschworen, sich nie vor der Tochter abfällig über den anderen Elternteil zu äußern, nicht mal scherzhaft. Kinder litten schon genug unter einer Trennung.

„Tut mir leid, Papa, dass deine Freundin abgesprungen ist."

„Ach, ich werd's verschmerzen. Dadurch erspare ich mir den Aufpreis fürs zweite Zimmer."

Der Veranstalter der Silvester-Megaparty, bei der Pez als Moderator fungieren sollte, stellte das Quartier samt Verpflegung für ihn und eine Begleitperson; aber eben nur eine. „Selten ein Schaden, wo kein Nutzen."

„Ich hätte sie gern kennengelernt."

„Vielleicht ein andermal." Viel Hoffnung hegte er nicht auf ein Revival mit dings, Genevieve. Auch damit wollte er seine Tochter nicht belasten.

Sie senkte die Augen wieder auf ihr Tablet. Obwohl sie mittlerweile fünfzehn und eine selbstbewusste Jugendliche war, sagten zu Elisabeth immer noch alle Li Si, nach der zierlichen Prinzessin aus *Jim Knopf*.

Ihr gefiel, dass die chinesische Silbe *li* so viele verschiedene Bedeutungen hatte, unter anderem „Logik", „Pflaume", „Höflichkeit" und „Bambushut". Überdies hatte sie Spaß daran, in gespielter Empörung Leute auszubessern, die den Namen als Liesi missverstanden.

Mit Wohlgefallen betrachtete Pez ihre Spiegelung im Fenster des RailJets, der gerade durch einen Tunnel ratterte. Es freute ihn immens, dass sie ihn auf die Alm begleitete. In Li Sis Alter rangierte Urlaub mit einem der Oldies normalerweise gleich hinter Hausarrest. Skifahren zählte keineswegs zu ihren Lieblingshobbys und ausgelassene Menschenmassen verabscheute sie ebenso wie er. Jedoch wurde all das aufgewogen durch die Aussicht, dank eines Backstage-Passes internationale Stars hinter den Kulissen hautnah zu erleben.

Pez hatte, weil er ihr eine Enttäuschung ersparen wollte, die Erwartungen gedämpft. Manche Künstler oder Künstlerinnen waren privat leutscheue Muffel, andere verhielten sich allzu kontaktfreudig. Den derzeit weltweit bestverkaufenden Hip-Hoper Frenzyss wiederum schirmte gewiss permanent ein Schwarm von Bodyguards ab. Außerdem war bei derartigen Veranstaltungen Backstage nicht gleich Backstage, ebenso wie es in Gastronomie und Zuschauerraum nicht nur VIP-, sondern auch Super-VIP-Bereiche gab.

Diese Klassengesellschaft setzte sich bei den Unterkünften fort. Abgesehen von Frenzyss, der zu seinem Auftritt wahrscheinlich mit dem Hubschrauber eingeflogen wurde, logierten die meisten Stars der Show im 5-Sterne-Grand Hotel Manantial. Von dort waren es nur wenige Schritte zur Fontanarena, dem Skistadion beim Zielraum der FIS-Abfahrt. Weniger prominente Mitwirkende wie Begleitmusiker, Bühnentechniker oder beispielsweise Pez hatte man auf die anderen Beherbergungsbtriebe verteilt. Es sprach Bände über seinen Status, dass ihm die „urige" Alpenfreundehütte auf der Hinterglan-Alm zugewiesen worden war.

Andererseits gab es dort eine Naturrodelbahn. Li Si fuhr gerne Schlitten, auch mit ihrem Vater.

Pez war über eine Event-Agentur gebucht worden, die ihn gelegentlich zu Firmenweihnachtsfeiern vermittelte. Er parodierte einige bekannte Persönlichkeiten ganz passabel, soll heißen: zumindest erkennbar, ohne dass man den Namen dazusagen musste. In der Regel kam es bei betüdelten Belegschaften gut an, wenn Urkunden, Auszeichnungen oder Weihnachtsboni mit der charakteristischen Stimme von Donald Trump, Dieter Bohlen oder Arnold Schwarzenegger überreicht wurden. Diesen Herbst hatte Pez für die neue Werbelinie eines Laxativs eine Handvoll Skirennläufer nachgeahmt – quasi Abfahrtstitel pro Abführmittel – und die Fernsehspots waren schon fast so präsent wie sein Alltime-Hit: „Ich bin's, dein Geschirrspüler." In Österreich galten Skiweltmeister, Olympia- oder Weltcupsieger nun mal als Krone der Schöpfung. Andererseits kam ein Stimmenimitator deutlich billiger als fünf Spitzensportler, bei denen überdies jeweils mindestens fünf Agenturen mitschnitten.

Die Megaparty fand erst in fünf Tagen statt, am Silvesternachmittag und -abend. Vonseiten des Organisationsteams war erwünscht, dass man früher anreiste. In einer hochalpinen Region musste mit wetterbedingten Verschiebungen der Proben- und Soundchecktermine gerechnet werden. Deshalb wollte man die Leute möglichst bald vor Ort haben. Zwar benötigte Pez für seinen Part nur ein Mikrofon und eine Positions-Markierung am Bühnenboden, aber er war ein so unbedeutendes Rädchen in der gewaltigen Maschinerie, dass man ihn keiner Sonderregelung würdigte.

Gut für ihn und Li Si, die dadurch zu einem bezahlten Urlaub an einem der schönsten Flecken der Erde kamen.

„Das ist ja krass", sagte sie, blickte auf und tippte sich mit dem Zeigefinger an die Nase.

„Was?"

„Wusstest du, dass Bad Bründlmoor eine sehr junge Ansiedlung ist? Bis vor fünfzig Jahren waren dort nur ein paar Bergwerksruinen und viele saure Wiesen."

„Ah ja?"

„Und achthundert Höhenmeter weiter oben die Bründlmoaralm, mit ‚oa' wohlgemerkt, weil seit vielen Generationen im Besitz der alteingesessenen Bauernfamilie Brunnmayer." Li Si hatte sich erbötig gemacht, im Internet nach Funfacts zu suchen, die Pez in Moderationen einbauen könnte.

„Dürfte der Vulgo-Name sein", sagte Pez. „Aus dem Bründl wurde ein Brunn und der Mayer aus dem Moar. Wie auch heute noch der Mannschaftskapitän beim Stockschießen heißt."

„Hochmoor hat's auf dem Land der Brunnmayers übrigens nie eines gegeben. Das Ausgangsmaterial für die Schlammpackungen, Heiltränke und Salben wird importiert."

„Verstehe. Sozusagen eine Moorleiche im Keller der hiesigen Fremdenverkehrswerbung."

„Den Gag willst du aber nicht ernsthaft bringen, oder?"

„Bin weder wahnsinnig noch lebensmüde. Von mir wird keine Satire erwartet, sondern harmloses Geplapper zur Überbrückung der Umbaupausen. – Kekserl?" Pez hatte die Vanillekipferldose eingepackt, die ihm verblieben war, nachdem er sich doch für vegane Badebomben als Ergänzung der Duftseifen-Geschenke entschieden hatte.

„Nein, danke. – Vinzenz Brunnmayer der Erste war federführend bei der touristischen Erschließung der Region durch Lifte und Seilbahnen. Sein Erbe Vinzenz der Zweite hat das weiter forciert. Unter anderem gehen die Therme, das Grand Hotel Manantial und zahlreiche andere Betriebe auf sein Konto, und zwar in jeder Hinsicht."

„Bad Brunnmayr also." Pez wog den Kopf hin und her und horchte dem Klang nach. Nein, das zog auch nicht. Zu nahe dran für ein witziges Wortspiel.

„Fix. Das Ganze hat einen Hauch von alpinem Las Vegas. Nicht nur wegen des Kasinos im Manantial, sondern weil es binnen weniger Jahre hochgezogen wurde. Und wie gemunkelt wird, mit nicht immer ganz legalen Mitteln."

„Las Vegas bedeutet auf Deutsch ‚die Auen'", dachte Pez laut nach. „Auenland ... Feuchtwiesen ... El Manantial ist der Brunnen, die Quelle ... Unergiebig. – Woher hast du das alles?"

„Von einem Blogger, der wohl nicht der glühendste Fan der Brunnmayers sein dürfte. Was wohl auf Gegenseitigkeit beruht. Vinzenz der Zweite lebt noch, hat aber das Imperium inzwischen bereits unter seinen Söhnen Marcel, Daniel und Manuel aufgeteilt."

„Ah ja. Klingt ein bisschen nach Fähnlein Fieselschweif."

„Stimmt. Tick, Trick und Track. Die im Original Huey, Dewey und Louie heißen."

„In Holland Kwik, Kwek, Kwak." Dieses Faible pflegten sie, seit Li Si die Donald-Duck-Comics entdeckt hatte.

„In Norwegen Ole, Dole, Doffen."

„In Schweden", sagte eine tiefe Stimme, „Knatte, Fnatte und Tjatte."

Pez drehte sich um.

Der Mann saß auf der anderen Seite des nur mehr locker gefüllten Waggons, schräg hinter ihnen. Er hatte hellrote, modisch faconnierte Haare und einen Hipster-Bart, trug eine sepiafarbene Cargohose und ein groß kariertes Flanellhemd. Verlegen lächelnd hob er den Arm. „I beg your pardon, ich wollte mich nicht aufdrängen. Hab unabsichtlich mitgehört."

„You're welcome", sagte Li Si. „Wir lernen immer gern neue Varianten. Die dänische kennen Sie?"

„Rip, Rap, Rup. – Polnisch?"

„Oh, da muss ich passen."

„Hyzio, Dyzio and Zyzio. Allerdings weiß ich nicht, ob ich sie richtig ausspreche."

„Könnten Sie es uns aufschreiben? Bitte!"

„A pleasure." Er knöpfte die Brusttasche auf und zog einen Reporter-Notizblock heraus. Den blauen Pappdeckel zierte ein weißes Andreaskreuz, die schottische Flagge. „Just a moment …" Nachdem er das Gummiband abgestreift und den Block aufgeklappt hatte, schrieb er mit einer teuer aussehenden Füllfeder, riss das Blatt ab und reichte es Pez, der sich bedankte.

„Kennen Sie auch den vierten Drilling?", fragte Li Si.

Er lachte. „Den Vierten von dreien, so könnte man es ausdrücken. Ja, Phooey. Eigentlich ein Zeichnerfehler, der später aufgegriffen wurde."

„In einer Duck Tales-Episode."

„A Nightmare on Killmotor Hill."

„Den Titel hätte ich nicht mehr gewusst. Sind Sie Donaldist?"

„Nur interessierter Laie. Aber ich war heuer beruflich beim Kongress der ‚Deutschen Organisation Nichtkommerzieller Anhänger des Lauteren Donaldismus' in Herford."

„Abgekürzt D.O.N.A.L.D.", erläuterte Li Si für Pez.

„Ah ja. Dort kam das zur Sprache?"

„Neben zahlreichen anderen ungemein wichtigen Themen", sagte der Rothaarige. Er räusperte sich. „Ich muss gestehen, vorhin noch einiges mehr gehört zu haben. Daraus leite ich ab, dass wir zum selben Ort unterwegs sind."

„Nach Bad Bründlmoor?"

„In der Tat. Und zur selben Veranstaltung."

„Na so was! Möchten Sie sich nicht zu uns setzen?", sagte Li Si. „Dann könnten wir uns unterhalten, ohne dass mein Vater sich den Hals verrenkt."

Sie und Pez hatten einen der begehrten Tische ergattert, nachdem die beiden ungarischen Pärchen, die ihn davor okkupiert hatten, in Salzburg ausgestiegen waren. Schreckliche Leute. Die Frauen hatten ununterbrochen telefoniert, die Männer ebenso lautstark eine Motorsportübertragung gehört. In der Ruhezone! Die freilich so gut wie nie eingehalten wurde.

„Wenn Sie gestatten?" Der Mann stand auf. „Ich muss Sie jedoch fairerweise vor mir warnen. Ich bin nämlich", er senkte die Stimme und rollte die Augen, „ein Feuerteufel."

8

„Oooch, ist der süüüß!"

Pongo schloss messerscharf, dass nicht er gemeint war, sondern sein neuer bester Freund.

„Gnädigste, Sie schauen aber auch nicht übel aus", gab er schlagfertig zurück.

Solche Komplimente hörte sie sicher oft. Mitte bis Ende dreißig, schätzte Pongo. Unter der Haube quollen weißblonde Locken hervor und fielen fluffig bis auf die Schultern, fast wie in Werbespots. Schneeweißer, eng anliegender Overall mit Pelzstulpen und goldener Gürtelschnalle. Tolle Schnalle.

Er war sehr angetan. Auch, weil endlich einmal jemand außer ihm den Marderhund cool fand. Seinetwegen hatte man Pongo an den äußersten Rand des Containerdorfs verbannt, das neben dem Skistadion für die Security-Truppe errichtet worden war. Zugegeben, das Tierchen roch streng und verlor büschelweise Haare. Dass Pongo deshalb in der Fahrerkabine seines Pick-ups schlafen musste, fand er trotzdem überzogen. Schließlich hatte er einige Laufmeter Drahtzaun abgezweigt und ein provisorisches Gehege gebaut.

„Wie heißt der hübsche Kerl?", fragte die Frau, die ihm vage bekannt vorkam. „Ist das ein …?"

„Tanuki. Hat aber keine sonderlich großen, ähm, Ohren."

„Sollte er denn?"

„Vergessen Sie's. – He, kann es sein, dass ich Sie kenne?"

Sie nahm die golden verspiegelte Sonnenbrille ab. Ihre Augen waren groß und grün. „Sehen Sie gelegentlich ‚Promi Gala', das Society-Magazin auf Kabel Plus?"

„Jetzt wo Sie's sagen!" Er boxte sich in die Handfläche. „Sie sind … die, die … na!"

„Neelke Lutz-Erlenbracht."

„Richtig. Die … Lutz. Wahnsinn! Meine Freundin war ein totaler Fan von Ihnen."

„War? Ist sie das nicht mehr?"

„Nein."

„Schade. Was hat sie verprellt?"

„Na ja … Verschiedenes."

„Wahrscheinlich die Sendung über geschlechtsumgewandelte Popstars."

„Hä?"

„Da hatten wir die meisten negativen Reaktionen."

„Hä?"

„Ausnahmsweise gebe ich meinem Vater recht. Die Zeit war noch nicht reif dafür."

Pongo hatte nicht die geringste Ahnung, wovon sie redete.

„Wir kompensieren das Desaster mit extra viel Volksmusik. Falls Ihre Freundin es doch noch mal versuchen möchte …"

„Keine Chance. Hab sie einmal zu hart rangenommen und seither Betretungsverbot."

Für einige Sekunden herrschte peinliches Schweigen.

„Was soll's", sagte die TV-Tussi und setzte ihre Brille wieder auf. „Wir drehen ein Sonder-Feature über die Silvester-Megaparty. Bunt, schrill, vielschichtig. Sie verstehen?

„Logo."

„Vielleicht passt da auch Ihr flauschiger Vierbeiner hinein. Wie rufen Sie ihn noch gleich?"

„Tanuki." Hatte Pongo doch schon gesagt. Die Hellste war sie nicht.

„Kann er Kunststücke?"

„Nicht wirklich. Ich habe ihn erst drei Tage. Er ist noch ein bisschen widerspenstig." Pongo fuhr sich über den frisch vernarbten Kratzer an der Wange. „Wird wohl eine Weile dauern, bis er Sitz, Platz, Fuß, Fass und so kapiert. Aber Sie sollten sehen, wie er auszuckt, wenn er Käsekrainer-Reste vom Würstelstand kriegt!"

„Mhm. Was anderes, Herr …"

„Pongo."

„Herr Pongo. Sie gehören zur Wachmannschaft, gell?"

Er nickte. Lesen konnte sie. Unter dem Armbrust-Wappen auf der Brustseite seiner Jacke stand „Protector Security".

„Und Sie sind die ganze Zeit über vor Ort?"

„Bis Neujahr. Dann wird der Zirkus wieder abgebaut."

„Sehr gut. Sie scheinen mir ein scharfsinniger Beobachter zu sein, Herr Pongo. In den nächsten Tagen werden hier viele Prominente vorbeischneien. Ich wäre Ihnen dankbar, wenn Sie mir kurz Bescheid geben, falls Ihnen ein etwas, sagen wir, exzessiveres Verhalten auffällt."

„Sie meinen, ich soll Leute bespitzeln?"

„Bespitzeln ist zu hart ausgedrückt. Bloß Augen und Ohren offen halten."

„Promis melden, die sich zu viel von irgendwas reinpfeifen und dann komisch benehmen? So was mache ich nicht." Erstens klang das nach Polizei, mit der Pongo nichts zu tun haben wollte. Und zweitens, weil er ziemlich genau wusste, auf welchen Wegen manche Waren nach Bad Bründlmoor kamen.

„Um Drogenexzesse geht es mir nicht. Mehr um Klatsch und Tratsch. Falls zwei Promis ein – wie sagt ihr Österreicher noch gleich? – ein ‚Pantscherl' haben. Oder im Gegenteil einen ‚Wickel'. Oder einfach einen Mordsspaß, der ein wenig aus dem Ruder läuft. Harmlose Skandälchen. So etwas lieben unsere Zuseherinnen. Für diesbezügliche Tipps würde ich mich erkenntlich zeigen." Sie zückte ein perlenbesetztes Geldtäschchen, entfaltete einen 50-Euro-Schein und bot ihn Pongo an. „Kleiner Vorschuss. Na, was meinen Sie?"

Er tat, als kämpfe er mit sich. „Von mir erfährt niemand was."

Sie zog die Hand mit dem Fünfziger zurück. „Das ist bedauerlich."

„Nein, ich wollte sagen, *über* mich darf niemand was erfahren." Die blonde Kuh stand permanent auf der Leitung!

„Ach so. Nein, selbstverständlich nicht. Meine Informanten bleiben stets außen vor. Ich gebe Ihnen eine Telefonnummer, Sie schicken gegebenenfalls eine SMS oder eine kurze Voicemail, das war's. Abgerechnet wird am Neujahrstag, wenn alles vorüber ist. Bis dahin sieht uns niemand mehr zusammen. Klingt das für Sie akzeptabel?"

„Logo." Er schnappte sich den Geldschein.

„Angenehme Tage, Herr Pongo." Sie warf Tanuki ein Kusshändchen zu. „Hach, er ist sooo putzig!"

9

Der Rest der Zugfahrt verlief für Peter Szily und seine Tochter Li Si durchaus kurzweilig. Mit dem „Feuerteufel" ließ sich fein tratschen. Er hieß Ernst Zanger, war von Beruf Pyrotechniker und als solcher viel unterwegs. Meistens arbeitete er mit einem schottischen Team, weshalb er sich ein sehr hart klingendes Englisch mit vielen rollenden „R" angeeignet hatte. Statt Edinburgh sagte er beispielsweise „Embrrra".

Zanger stammte aus Bischofshofen und hatte ein Skigymnasium unweit von Bad Bründlmoor besucht.

Der alten Zeiten wegen war er kurzfristig für einen erkrankten Kollegen eingesprungen. Das traditionelle *Hogmanay*-Feuerwerk am Edinburgh Castle, erklärte er, schaffe sein routiniertes Team auch ohne ihn.

Pez fand es faszinierend, nach zwei Jahrzehnten im Showbusiness immer noch Bereiche zu entdecken, von denen er nur sehr wenig wusste. Li Si missbilligte die alljährliche Silvesterknallerei. Aber auch sie lauschte bewundernd den Schilderungen über das Kalkulieren, Entwerfen, Planen, Aufbauen und zu guter Letzt Abwickeln von Großfeuerwerken. Alles zusammen war komplizierter und aufwendiger als die meisten Opern- oder Musicalproduktionen!

Während sie sich zum Aussteigen bereitmachten, sagte Ernst Zanger: „Heute heißt die Station Bad Bründlmoor, obwohl sie kilometerweit davon entfernt ist. In meiner Jugendzeit war das noch die ‚Bedarfshaltestelle Feuerwehrteich' mit einem wind-schiefen Wartehäuschen. Damals sah auch sonst alles ganz anders aus. So ist das halt: ‚*Then suddenly you know you're never going home ...*'"

Ein merkwürdiger Unterton lag in seiner Bassstimme, eine Mischung von Melancholie und nicht vollständig unterdrückter Wut. Pez wollte ihm kein dunkles Geheimnis andichten, aber er fragte sich schon, was einen hoffnungsvollen jungen Menschen dazu gebracht haben mochte, hauptberuflich Raketen und anderes mehr in die Luft zu jagen.

Als der Zug abgefahren war, stand ein halbes Dutzend Personen etwas verloren am Vorplatz des schmucken Bahnhofs. Ringsum erstreckte sich Einöde: Stoppelfelder, dürre Büsche, am Teich kahle Trauerweiden. In der Ferne schwangen sich dunkelgrün bewaldete Berghänge auf und verschwanden im Hochnebel. Die ganze Umgebung war menschenleer.

„Es hat geheißen, man würde abgeholt", sagte ein drahtiger, sonnengebräunter Bursche, der nicht viel über zwanzig sein konnte, zu niemand Bestimmtem. Er hatte ein schwarzes Blouson an und einen gepolsterten Doppel-Skisack mit Rädern bei sich, den er nun hochkant an die Wand lehnte. Statt eine Reaktion abzuwarten, ging er ein paar schnelle Schritte zum Fahrkartenautomaten, legte die Handflächen auf den Touchscreen und bewegte ruckartig den Kopf, so heftig, als wolle er seine knallrote Bandanna abschütteln.

Pez sah Zanger fragend an. Der hob die Schultern und legte die Stirn in Falten.

Die beiden übrigen Mitgereisten tuschelten in einer Sprache, die viele Zischlaute enthielt. Ihre Kleidung bestand aus dicken Kamelhaar-Mänteln im Partnerlook, das Gepäck aus zwei identischen riesigen Alu-Flightcases. Auf den Schleifen um die Henkel konnte Pez „LIS" und „VIE" lesen. Offenbar kam das ältliche Paar aus Lissabon.

Endlich näherte sich über die Zufahrtsstraße inmitten einer

Staubwolke ein Auto. Pez bemerkte, dass er schon länger das Mundharmonika-Thema aus „*Spiel mir das Lied vom Tod*" im Ohr hatte. Ach, er und sein verqueres Unterbewusstsein …

Das Fahrzeug entpuppte sich als VW-Kleinbus. Blau metallic, mit dem rot-weiß-roten pseudo-rustikal verschnörkelten Schriftzug „La Fontanara" auf der Frontpartie und den Seitenwänden. In hohem Tempo kam er auf den Bahnhof zugeschossen, bremste sehr spät und so hart, dass aufgewirbelter Rollsplitt bis zu den Wartenden flog. Der Fahrer stieg aus, ohne den Motor abzustellen, und schnippte eine brennende Zigarette auf den Boden. „Sechs Personen zur Hinterglan-Alm?", rief er mürrisch. Er war gedrungen, glatt rasiert, rotwangig, trug eine dunkelbraune Raulederjacke mit Eichenlaub-Besatz, Knickerbocker, graue Stutzen und Bergschuhe.

Zanger, Li Si und Pez bejahten beinahe lippensynchron.

Kommentarlos ging der Fahrer zur Heckklappe und öffnete sie. Er deutete auf die Alukoffer. „Die zuerst!"

„*Suas malas em primeiro lugar*", übersetzte Zanger. „*Você precisa de ajuda?* "

Überschwänglich dankend lehnten die Portugiesen die angebotene Hilfe ab. Der Fahrer fragte sie nach ihrem Namen, ließ ihn sich buchstabieren, strich etwas auf einem gefalteten Zettel durch und rührte keinen Finger, während sie ihr Gepäck in den Kofferraum bugsierten. Dann bellte er: „Kaltenbäck?"

„Das bin ich."

„Warten. Die Ski kommen außen drauf. – Szily?"

„Hier." Pez und Li Si begannen ihre Sachen zu verstauen.

„Kutschiert uns heute der Chef persönlich?", fragte Zanger derweil heiter. „Bleibt sowieso alles an mir hängen", knurrte der Untersetzte. „Was man nicht selber erledigt …" Er blickte auf, stutzte, weitete die Augen. „Ernsti? Bist du's? Mich trifft der Schlag! Was machst du denn hier?"

„Ihr kennt euch", sagte Pez, nachdem sie sich in die letzte Reihe gezwängt hatten und der Multivan losgefahren war.

„Aus dem Ski-Internat", bestätigte Zanger verhalten, obwohl die aus mehreren Innenlautsprechern dröhnende Schlagermusik das Gespräch überdeckte. „Soviel ich weiß, hat er es genausowenig über den C-Kader hinaus geschafft wie ich."

„Er ist …?"

„Kein Geringerer als Manuel Brunnmayer *himself*, der Admiral der hiesigen Personentransportflotte."

„Tick, Trick oder Track?"

„Der Jüngste. Also wohl Track. Oder eher noch der dritte Sohn im Märchen."

„Der den Kater bekommt?"

Zanger lachte. „Öfter als einmal wöchentlich, was man so hört. – Jedenfalls verhält es sich nicht wie bei den anderen drei Brüdern, die einander dermaßen lieb haben, dass sie bis ins hohe Alter glücklich zusammenleben."

„Ist das auch ein Grimm-Märchen?", fragte Li Si.

„Ja. Wenngleich bei Weitem nicht so populär wie ein sprechender, Stiefel tragender Kater, der durch Hochstapelei ein Schloss ergaunert."

„Von einem bösen Zauberer."

„Die Geschichte schreiben die Sieger … *By the way*, ich weiß jetzt, wer der zappelige junge Mann ist."

„Nämlich?", fragte Pez.

„Dominik Kaltenbäck. Ebenfalls ein Zögling des Skigymnasiums, doch viele Jahre nach Manni und mir und ungleich erfolgreicher. Freeriding-Champion, hoch talentiert am Berg wie am Verhandlungstisch. War bei seinem ersten Titel noch nicht volljährig, aber bereits Sponsoring-Millionär."

„Beneidenswert."

„*Not really*. Er hat … eine tragische Vergangenheit."

„Ah ja." Pez bohrte nicht nach, er war nicht sensationsgierig. Sich am Leid anderer zu ergötzen, lehnte er ab. Allerdings fragte er sich, ob nicht in die kurze Pause, die Ernst Zanger mitten im Satz gesetzt hatte, das Wörtchen „auch" gehörte.

10

Karin Fux, Chefinspektorin i. F. – abgekürzt für „in Ferien" – drehte sich um die eigene Achse, schwenkte die Arme wie Windmühlenflügel und rief: „Ist das schön oder ist das schön?"

Auf allen Seiten blitzten schneebedeckte Gipfel in der tief stehenden rotgoldenen Nachmittagssonne, mehrere Bergketten hintereinander, ein majestätisches Panorama. „Kannst du mit dem Handy ein 360-Grad-Video machen, Fabi?"

„Schon dabei, Tante Karin."

„Aber noch nicht posten, hörst du?"

„Gar nie?" Er klang enttäuscht. Wozu filmte man dann?

„Nicht, bevor wir wieder zu Hause sind. Muss niemand wissen, wo wir uns aufhalten. Ist das klar?"

„Mm." Die vorbehaltlose Zustimmung der Pubertierenden …

„Einbrecherbanden", sagte sie verbindlich, „durchforsten die sozialen Medien nach Hinweisen darauf, welche Wohnungen urlaubsbedingt leer stehen."

„Speziell in dieser Jahreszeit", pflichtete ihr Sandra Öttl bei.

Die Kollegin vom LKA Oberösterreich hatte sich erbötig gemacht, Fux und Fabian auf ihrer Rückfahrt aus Wien mitzunehmen, und darauf bestanden, sie bis zur Talstation der Fontanara-Gondelbahn zu bringen.

Öttls Eltern, zu denen sie unterwegs war, lebten am Mondsee. Den Umweg von insgesamt rund eineinhalb Stunden nähme sie gern in Kauf, hatte die resolute, etwas pummelige Frau mit der naturblonden Kurzhaarfrisur gemeint.

Sie gezielt über den aktuellen Stand ihrer Beziehung zu Gruppeninspektor Hirschmugl auszuhorchen, hätte Fux sich bei aller Neugierde niemals erlaubt. Aus der einen oder anderen beiläufigen Andeutung schloss sie jedoch, dass der weihnachtliche Wienbesuch erquicklich verlaufen und die Gegeneinladung nach Linz bereits ausgesprochen war. Fux gönnte den beiden Computernerds die Romanze von Herzen. Obwohl sie selbst nicht die besten Erfahrungen mit Liebesaffären unter Polizisten hatte.

„Also nicht mal Landschaftsfotos?", fragte Fabian. „Ohne Leute oder irgendwelche Schilder?"

Öttl zog ihr eigenes Handy, knipste ansatzlos Richtung Talausgang, wischte und tippte. „Gib mir ein paar Sekunden."

Sie hatten die Rucksäcke, das nagelneue Snowboard und die Provianttasche eben ausgeladen, da ertönte ein Piepsen. Öttl zeigte Fabian den Bildschirm. „Bitteschön. Auf Dezimalminuten genau lokalisiert. Und immer bedenken: Die bösen Jungs haben bessere Bilderkennungssoftware als ich."

Kaum setzte Fux den Fuß auf die Nirosta-Gitterstufen des Aufgangs zur Seilbahnstation, wusste sie wieder, was sie am Massen-Skitourismus hasste: ohrenbetäubend hämmernde Ballermann-Musik, Vordrängler mit Schnapsfahne und Solarium-gesellte Möchtegern-Naturburschen, die unverhohlen notgeil ihren Busen taxierten.

Sie tröstete sich damit, dass sie diese Seilbahn nur ein einziges Mal benutzen mussten. Sandra Öttl hatte angeboten, sie über die Mautstraße bis ganz hinauf zu bringen. Aber das hätte die Fahrt zum Mondsee um eine Stunde verzögert, weshalb Fux nicht darauf eingegangen war.

Außerdem entschädigte die Fernsicht aus der Gondel für vieles. Im unteren Teil waren nur die Pisten beschneit; ein perverser Anblick, fand Fux. Das Gewimmel der Ski- und Snowboardfahrer auf den schmalen weißen Serpentinen erinnerte sie an eine Ameisenfarm. Nicht gerade die große Freiheit in unermesslicher Wildnis … Die Szenerie änderte sich frappant beim dritten Stützpfeiler nach einer Geländekante mit breiter, einer Burgmauer ähnelnden Lawinenverbauung. Nun ging es sehr steil aufwärts, entlang einer zerklüfteten Felswand bis jenseits der Baumgrenze. Auch in diesem extremen Terrain entdeckte Fux zwei Skifahrer. Oder waren es Paragleiter? Beides zugleich, stellte sie fest. Mal katapultierten sie sich über eine natürliche Schanze, mal carvten sie mit kurzen Schwüngen eine Rinne hinab, mal umflogen sie ein Hindernis und stachen dann wieder fast senkrecht in eine Tiefschneepassage.

„*Speedriding*", hauchte Fabian andächtig. „*Touch-and-go*. Dazu musst du sowohl Gleitschirm als auch Ski perfekt beherrschen. Manche erreichen dabei hundert km/h und mehr."

„Nichts für mich", sagte Fux. „Und definitiv auch nicht für dich, solange ich die Verantwortung trage."

„Mm."

Auf der Hochfläche trieben Windböen fahnenartige Schleier vor sich her. Die Gondel schwankte leicht. Laut Schild war sie auf 22 Personen zugelassen. Exakt so viele zählte Fux, um sich abzulenken. Sie hatte keine Höhenangst, aber ganz geheuer war ihr nicht.

Die Hälfte der Passagiere bestand aus etwa zehnjährigen Kindern, die pausenlos durcheinanderschatterten: den geknoteten blaugelben Halstüchern nach zu schließen eine Pfadfindergruppe aus Niederösterreich. Die Begleitperson, eine dralle Glucke mit Heidi-Zöpfen, ermahnte sie in regelmäßigen Abständen, leiser zu sein, jedes Mal erneut erfolglos. Ihr Skianzug sah aus, als entstammte er einem Abverkauf knapp nach der Jahrtausendwende. Hingegen hatte sie ein iPhone … und spielte damit *Candy Crush*.

Als der Lärmpegel doch einmal kurz sank, schnappte Fux Gesprächsfetzen in einem merkwürdig gekünstelten Misch-Dialekt auf: „Du, i hab nit gedacht, dass i doort wüüklich soo straggel … Vaschtesch, i war unfassbar naiv, mir is das Leben brutal wiad reingfoorn …" Die Sprecherin war nicht viel kleiner als Fux und ähnlich kurvig gebaut, jedoch deutlich jünger, hatte Piercings in Unterlippe und Ohren und ihre brünetten Rastalocken fielen bis fast zur Hüfte hinab. Die Jeans-Latzhose und der Norwegerpullover wirkten wie direkt aus der Altkleidersammlung oder aber von einem sehr teuren Designerlabel. „Da warsch allweil authentisch, kreirsch tollen content, dann highlighten die nur die gschissensten picks!"

„Medienimmanente Schwäche. Dass Anspruch und Einlösung auseinanderklaffen, ist ein ewiges Kernthema der Existenzphilosophie", sagte das Gegenüber mit samtweicher Stimme, die Fux nicht zum ersten Mal hörte. „Wiewohl Goddards ‚Gesetz der Annahme' postuliert, dass alles, was man sich im Geist vorstellt, irgendwann Realität wird." Auch das markante Gesicht hatte sie schon öfter gesehen. Aber wo?

Jedenfalls handelte es sich um ein ungleiches Paar. Der Mann war in Fux' Alter, äußerst gepflegt, nein: kultiviert, distinguiert, soigniert und noch einiges mehr auf -iert. Der fleischgewordene Traum bürgerlicher Schwiegermütter. Ein Schauspieler? Oder Modell für Nobelmarken? Er schien so gar nicht zu der Rasta-Frau zu passen. Andererseits, Gegensätze zogen sich an. Und genauer betrachtet, hatten sie schon eines gemeinsam: den wie eine Bugwelle vor sich her geschobenen grenzenlosen, unerschütterlichen Glauben an die eigene Wichtigkeit.

Von dem, was sie redeten, erlauschte Fux nichts mehr, da die Pfadfinder zur früheren Lautstärke zurückfanden. Sie stupste Fabian an und flüsterte ihm ins Ohr: „Kennst du die?"

Er folgte ihrem Blick. „Ja, von Tiktok. Sie nervt tierisch."

„Eine Influencerin?"

„Voll. War auch in der letzten Dschungelcamp-Staffel. Ändert alle paar Wochen die sexuelle Orientierung und schildert das bis ins Detail ihren Followern. Früher nannte sie sich Mona Mur, aber da hatte sie fette *troubles* mit einer deutschen Sängerin, die den Namen schon viel länger verwendet. Jetzt heißt sie Mia More."

„Sie bleibt ihrer Linie treu."

„Sonst aber niemandem. – Ihn kenne ich auch."

„Wirklich?" Das überraschte Fux. „Woher?"

„Da gibt's ein *meme* mit ihm. Was ist der Unterschied zwischen dem lieben Gott und Ian Carl Erlenbracht? Der liebe Gott weiß alles, aber Ian Carl Erlenbracht weiß alles besser."

Nun fiel Fux ein, wo sie den graumelierten Feschak hintun musste. Er war Stammgast in den Diskussionsrunden vieler deutscher Privatsender, beliebtester Erklärbär bei jedem Thema außer Fußball. Nein, falsch: Unlängst hatte Ossi Machatsch sein Weihnachtsgeld darauf verwettet, dass der BVB in dieser Saison deutscher Meister würde – weil Erlenbracht das prophezeit hatte, hundertprozentig psychologisch fundiert.

Die Bergstation geriet in Sicht. Noch weiter hinauf wäre unmöglich gewesen, denn die Seilbahn führte bis zum Gipfel. Rundherum war nichts als Schnee, Wind und Kälte, die Fux sogar durch die beschlagenen, teilweise von Eisblumen bedeckten Glasscheiben der Gondel spürte.

„Entschuldigen Sie", sagte sie zu dem neben ihnen stehenden sympathisch unprominent aussehenden Mann. „Auf der Landkarte habe ich gesehen, dass es von hier einen Fußweg zum Alpenfreundehaus gibt."

„Dos is richtig. Im Summer", sagte er mit leichtem Kärntner Akzent. „Im Winter muss ma ein Stückale weit die Familienobfohrt nehman und donn direttissima einen nicht allzu schwierigen Tiefschneehang owe. Wie ihr gebaut seids, schoffts dos sihalich. Ich will eh aa durthin, könnts mir nochfohren."

„Tja, da gibt es leider ein kleines Problem. Ich habe keine Skier. Die wollte ich mir erst morgen ausleihen, weil es sich heute nicht mehr auszahlt. Geht ja bald die Sonne unter."

„Ned schlimm. Wir finden schon a Lösung."

Die Gondel schwebte in die Station ein und wurde abgebremst, sodass man bequem aussteigen konnte. Fux schulterte beide Rucksäcke, damit Fabian die Hände frei hatte, um sein Snowboard an sich zu nehmen.

Draußen erklärte der hilfsbereite Kärntner, nachdem die Pfadfinder vorbeigewurlt waren: „Dos Mobilfunknetz auf da Hocholm is launisch. Hängt mit dem Wetta zsomman. Am besten wortats do herobm. I bin in zehn Minuten bei der Hütten, donn schick ma wen auffa, der eich mit dem Ski-Doo obholt."

Fux setzte die Haube auf und zog den Reißverschluss ihres Anoraks bis zum Hals zu. Die Windstöße waren nicht sehr stark, aber eisig. Winzige Kristalle pieksten ihre Gesichtshaut. Auf einmal erschien ihr die von der Zivilisation unberührte Natur gar nicht mehr so attraktiv.

„Kann nicht wenigstens ich gleich mit ihm hinunterfahren, Tante Karin?"

„Kannst du?" Sie sah Fabian zweifelnd an. Er hüpfte von einem Bein aufs andere und schlug die Arme vor der Brust zusammen, um sich warm zu halten.

„Host du Erfahrung?", fragte der Kärntner.

„Eine Woche Schulskikurs, erste Gruppe Snowboard."

„Das ist ein Dreivierteljahr her", wandte Fux ein.

„Sollte oba reichen, wonn du den Rucksock doolosst. Wie gesogt, technisch gibt's auf der Strecke kane großen Probleme."

„Tante, darf ich? Bitte!"

Fux überlegte. Der Bub hätte eine Freude und würde sich nicht beim Herumstehen verkühlen. Aber konnte sie dem Kärntner trauen? „Das kommt Ihnen vielleicht übertrieben vor", sagte sie, „doch Sie wissen ja, dass man heutzutage vorsichtig sein muss. Würden Sie mir einen Ausweis zeigen? Es ist wirklich nicht persönlich gemeint."

„Vastehe vollkommen." Er nestelte eine ID-Karte hervor, die er an einem Band um den Hals hängen hatte. Das Bild war scharf, aktuell und zeigte zweifellos ihn. Der Name lautete Gert Teuschl, darunter stand „Fontanarena – Bühne – Sektor I bis IV – Gilt als Skipass (Saison)".

Sie fotografierte den Ausweis. „Wunderbar, Herr Teuschl."

„Gert, bitte. Do herobm san olle per Du."

„Danke, Gert, dass du auf meinen Neffen aufpasst. Er heißt Fabian, ich bin die Karin."

„Gern g'schegn. Masegnse. – Kumm, Bua, gemma's on!"

Fabian hielt sich wacker. Seine schwarze Jacke mit der „Monsters of Stunt"-Flammenschrift war bereits um die Kurve verschwunden, als Fux realisierte, dass „Masegnse" kein afrikanischer Gruß gewesen war, sondern die Verballhornung von „Wir sehen uns".

Sie seufzte. Überhaupt schien der erste Eindruck am Land mindestens genauso oft zu täuschen wie in der Großstadt. Oder war das bloß berufsbedingter Argwohn, den sie endlich ablegen musste, um die Ferien genießen zu können?

Fux machte Kniebeugen, ging im Kreis, hüpfte auf der Stelle. Als sie unter das Vordach trat, wo es ein bisschen windgeschützter war, wurde die Scheibe des Kassafensters nach oben geschoben. Ein zerfurchtes, wettergegerbtes Gesicht mit schlohweißen Augenbrauen und Schnauzbart kam zum Vorschein. „Magst einen Tee? Ganz heiß ist er leider nimmer."

Sie beugte sich hinunter. „Gerne."

Er schenkte ein Häferl ein und reichte es ihr heraus. „Paar Vanillekipferl dazu?", fragte der Alte.

„Nein, danke. Ich bin keine Süße." Sie trank. Es stimmte, sonderlich wärmen würde der Tee sie nicht. „Wie lange fährt die Seilbahn?"

„Nach vier Uhr darf niemand mehr zusteigen. Um halb fünf nehme ich die letzte Gondel ins Tal. Dann ist Betriebsschluss. Ungefähr zur selben Zeit wird's finster."

„Verzeih die Frage: Solltest du nicht längst in Pension sein?"

„Bin ich eh. Hab den ganzen Laden schon vor fünfzehn Jahren übergeben." Er lachte heiser. „Aber wenn Not am Mann ist, helfe ich halt aus. Die Leute wollen ja alle nichts mehr arbeiten."

Diese Debatte vermied Fux lieber. „Hast du von da eine Verbindung zum Alpenfreundehaus?"

„Früher gab es CB-Funkgeräte und teilweise Telefonkabel. Ist alles abgeschafft worden, wie sich die Handys durchgesetzt haben, weil sie ja so viel praktischer sind. Bloß, dass das Klumpert die halbe Zeit nicht funktioniert, weil die Netzbetreiber bei der Sendeleistung sparen."

„Wie lange würde ich zu Fuß zur Hinterglan-Alm brauchen?"

„Ohne Ski oder Schneeschuhe ist das nicht mehr vor Einbruch der Dunkelheit zu schaffen. Schon gar nicht mit so viel Gepäck. Hab Geduld, Mädel, bald wird wer von den Hüttenwirten kommen."

Mädel hatte Fux schon lange niemand mehr genannt. „Mit dem Snowmobil."

„Richtig. Das ist unser Hauptverkehrsmittel. Ohne Ski-Doos wären wir aufgeschmissen. Bei Neuschnee haben auch Allrad-Autos keine Chance und die Pistenraupen sind nicht gerade handlich." Er hustete, klopfte sich an die Brust. „Kann mich noch erinnern, wie sie eingeführt worden sind."

„Die Ski-Doos?"

„Ja. Wir Altspatzen sagen dazu auch Kufenhunde. Weil der Joseph Bombardier, der kanadische Erfinder, sie ursprünglich als ‚Ski-Dog' auf den Markt gebracht hat. Das zweite O statt dem G war ein Tippfehler, der geblieben ist."

„Wieder was gelernt." Fux verspürte Unruhe und ihre Zehen wurden kalt. „Wäre es sehr blöd, wenn ich dem Schneetaxi ein paar Schritte entgegengehe?"

„Nein. Nach der Kante führt die Familienabfahrt durch eine Rinne. Solange du in der bleibst, kannst du nicht übersehen werden. Auf deine Sachen passe ich derweil auf. Aber nimm die Wanderstecken, es ist stellenweise eisig. Mit ein bisschen Geschick lassen sich die Schuhe wie Firngleiter einsetzen."

Fux befolgte den Rat, fixierte ihre Teleskop-Stöcke auf 125 cm Länge und machte sich auf den Weg. Nach einigen Versuchen und knapp vermiedenen Stürzen bekam sie den Dreh heraus. Es begann ihr Spaß zu machen, den Hang mit kurzen Schwüngen hinunterzurutschen. Schon bald war ihr nicht mehr kalt. Allerdings ging die Sache auf die Oberschenkelmuskeln.

Die drei, vier Meter breite Rinne, fast ein Hohlweg, lag bereits vollständig im Schatten der Böschung zur linken Hand. Rechts schützte ein Fangzaun vor dem Abgrund. Fux schlitterte dahin, hielt sich mithilfe der Stöcke aufrecht. Ihr Atem kondensierte zu rasch verwehenden Wölkchen. Es war sehr still, von der Seilbahn nichts zu hören, auch sonst kein Geräusch außer ihrem eigenen Keuchen und dem Knarzen der Schuhe.

Dann ein Schrei.

Links oben.

Fux hielt abrupt an, rutschte weiter, verlor das Gleichgewicht, ruderte mit den Armen, fiel nach hinten, landete auf dem Gesäß, rammte die Stockspitzen in den Untergrund, kam zum Stillstand. Vielleicht zehn Meter vor ihr polterte etwas zwischen Felsblöcken und Legföhren die Böschung herab, eine Gestalt, ein Mensch, der sich überschlug, einmal, zweimal, von der gegenüberliegenden Wölbung wie in einer Halfpipe hochgeschleudert wurde, über den Zaun hinaus und, zusammen mit zwei einzelnen Skiern, die wie verrückt gewordene Uhrzeiger rotierten, hinunter in die dunkle Tiefe.

11

„Erschütternd wenig Schnee", sagte Zanger.

„Ironisch gemeint?", fragte Peter Szily. Zu beiden Seiten der Straße türmten sich die Wechten meterhoch auf.

„Nein. Für diese Jahreszeit auf der Hinterglan-Alm ist das *nearly nothing.*"

„Beklag dich nicht, Ernsti", rief Manuel „Track" Brunnmayer über die Schulter nach hinten. Im Laufe der Fahrt war er ein wenig aufgetaut, jedoch noch immer alles andere als ein sprudelnder Quell des Frohsinns. „Sieh es positiv! Dadurch kann ich euch bis vor die Haustür führen."

„In meiner Jugend war das von November bis April völlig undenkbar", sagte Zanger zu Pez und Li Si. „Einmal, Anfang der Achtziger, hat es so stark geschneit, dass man bei der Alpenfreundehütte durch die Fenster im ersten Stock aus und ein steigen musste. So hoch lag Schnee! *No kidding.*"

„Sag jetzt nicht, selten ein Schaden, wo kein Nutzen, Papa! Im Frühling fehlt dann das Schmelzwasser. Wir hatten in der letzten Schulwoche einen Klimaschwerpunkt."

„Das einzige Klima, an das ich glaube, ist ein gesundes Arbeitsklima", rief Brunnmayer, schaltete und ließ den Motor aufheulen. „Nämlich, wenn alle ohne Widerrede tun, was der Chef anschafft."

Pez bedeutete seiner Tochter, keinen Streit vom Zaun zu brechen. Sie verdrehte die Augen, entgegnete aber nichts.

Zwei steile Spitzkehren und eine sanfte Kuppe später rollten sie leicht bergab auf die Hütte zu. Es war ein großes, breites Haus, im Erdgeschoß gemauert, im ersten und zweiten Oberstock mit dunklen Holzbrettern verschalt. Graues Eternitdach, zwei gewaltige Schornsteine.

Auf einem Hügel dahinter drehte sich die in einer Torbogenstütze hängende Seilscheibe eines Schlepplifts. Die Sicht war klar, nur eine Handvoll Schäfchenwolken über den unwirklich blauen Himmel verstreut. Von den Bergzinnen am Horizont warf die Sonne letzte Strahlen auf die Terrasse.

„Wow", sagte Li Si. „Ist das kitschig!" Aber sie verbarg ihre Ergriffenheit schlecht.

„Denn das Schöne", zitierte Pez, während das Gepäck ausgeladen wurde, „ist nichts als des Schrecklichen Anfang, den wir grade noch ertragen."

„Und wir bewundern es so", setzte Zanger fort, „weil es gelassen verschmäht, uns zu zerstören."

„Ein Pyromane, der mehr als eine Zeile von dings, Rilke kennt. Respekt."

„Ich habe mal Feuerwerk für eine *Sound and Light*-Show auf Schloss Duino entworfen. Wurde aber nicht genommen."

„Tut mir leid für dich."

„Was uns nicht umbringt, macht uns härter."

„Und jetzt auch noch Nietzsche! Allerdings sagte er ‚mich' und ‚stärker'."

„Ich bin mit der Sportinternats-Version aufgewachsen. Unsere Lehrer nahmen's nicht so genau. In vielen Dingen."

Abermals verzichtete Pez darauf nachzufragen.

Die Hüttenwirtin trug Dirndl und hatte die Haare zu einem ge-flochtenen Kranz hochgesteckt. Pausbäckig, breithüftig, mit üp-pigem Dekolleté, entsprach sie dem Klischee-Idealbild der alpen-ländischen Hausmutter – bis sie den Mund aufmachte.

„Alla, grieß Gott! Willkumme uff de Hinnerglanhitt!", schmet-terte sie den neuen Gästen entgegen. „Jep, isch bin die Mary, wo fer all die Zimmer zustännisch iss. Vorab, solldeschd noch ebbes fer die Käld brauche, do saa mer dess, do häddemer Debbische iwwerich. Wäschd wie isch mään? Awwer s'erscht saan se mer ehr Nome, bittschää."

Nicht nur Pez stand der Mund offen. Mit Dialekten diesseits des Weißwurstäquators fand er sich normalerweise flott zurecht, ausgenommen natürlich die vorarlbergischen. Aber hier musste er passen.

Mehr als ein paar Brocken hatte er beim besten Willen nicht identifizieren können.

Die sechs aus dem Kleinbus drängten sich um eine Vollholz-Theke, die auch als Souvenirladen und Rezeption diente. Vom Windfang, durch den man hereinkam, ging es auf der einen Sei-te zum großen Speisesaal, auf der anderen in eine Art Bar, sehr rustikal eingerichtet, an den Wänden zahlreiche Geweihe und Gamskrickeln. Geradeaus verlief ein Gang mit mehreren Türen. Bei zwei davon ragten Schilder aus der Wand, die Symbole für das Herren- beziehungsweise Damenklo zeigten.

„Oha Mary, musst du schon wieder die Gäscht so verschre-cken!" Der korpulente Mann, der ein Tablett mit leeren Gläsern auf dem Tresen abstellte, hatte denselben Akzent, bemühte sich jedoch, Hochdeutsch zu sprechen. Er stellte die andere Hälfte des Trachtenpärchens dar: gezwirbelter Schnurrbart, rot-weiß kariertes Hemd, Lederhose, dicke rote Stutzen, die bis fast zu den nackten Knien reichten. „Grüß euch, ich bin der Vido. Mary und ich kommen aus der Kurpfalz, zusammen mit dem Xaverl führen wir diese Hütte seit dreieinhalb Jahren. Unser Familienname lautet Heilig und ja, den Scherz, dass wir die ‚Heilige Familie' wären, haben wir schon das ein oder andere Mal gehört, haha."

Man ließ den portugiesischen Senioren, die schon recht groggy wirkten, den Vortritt beim Einchecken. Mary fand den Namen zuerst nicht auf der Reservierungsliste – „Isch kumm grad net uff Sie druff" –, bis sie entdeckte, dass „De la Ossa Carrasco" nicht unter C oder D, sondern unter O eingeordnet worden war.

Da auch Pez und Li Si im ersten Stock untergebracht waren, versprachen sie Hilfe beim Transport der riesigen Alukoffer über die Treppen. Kurz überlegte Pez, ob die Beobachtung, dass es auf der Alm zwar viele Lifte gab, aber immer nur draußen, für einen Witz taugte. Nein, eher nicht.

„Carrasco heißt Henker", sagte der Feuerteufel versonnen.

„Man kann sich nicht aussuchen, in welche Familie man hineingeboren wird", sagte Li Si. „Ich weiß, wovon ich rede. – Verwendest du bei der Arbeit eine Zange?"

„Sicher!" Zanger lachte. „Verstehe. Dann wollen wir hoffen, dass die Portugiesen keine Guillotine dabeihaben."

Pez füllte den Meldezettel aus. Am Zimmerschlüssel, den ihm Mary aushändigte, hing ein holzgeschnitzter Tannenzapfen mit der eingebrannten Zahl 12. Einen zweiten, bedauerte sie, hätte sie gerade nicht übrig, da ein früherer Gast ihn versehentlich mitgenommen hatte. Abendessen bitte zwischen 18 und 19 Uhr, im Rahmen der Halbpension gäbe es heute „Dreggische Grumbeere", auf österreichisch: Blunzengröstel.

Als sie mit vereinten Kräften die Gepäckstücke den Gang entlangwuchteten, hörte Pez noch, wie der Hüttenwirt zu Mary sagte: „De Kutteforzer un de dappisch Wescha sinn schun werre zammegerasseld."

„Jesses, können die Klotzkebb kän Friede halde? Waromm gehn se uff enanner los? Imme un ewich derselbe Krakeel."

„Dollbohrer. Do kännsch doch uff de Sau naus reide!"

Pez beschloss, sich nicht länger vergeblich den Kopf zu zerbrechen. Sollten sie brabbeln, wie sie wollten!

12

Mit äußerster Vorsicht näherte sich Karin Fux dem Fangzaun. Sie rüttelte am Stamm einer Krüppelfichte, vergewisserte sich, dass er festen Halt bot, neigte sich vor und blickte hinunter.

Im Zwielicht war von der abgestürzten Person nichts zu sehen, nur eine Schneise im Gestrüpp und eine lotrechte, meterbreite Furche durch Schnee und Geröll. Tief unten, hinter Felsen verborgen, erklang leises Rauschen.

Fux trat zurück auf den Weg und merkte, dass sie zitterte. Es wurde nun rasch dunkler und kälter. Sie überlegte, ob sie retour zur Bergstation gehen oder bei der Unfallstelle bleiben sollte. Konnte sie diese eventuell für einen Suchtrupp markieren?

Die Entscheidung wurde ihr abgenommen. Ein helles Licht näherte sich aus der Gegenrichtung und entpuppte sich als Scheinwerfer eines Motorschlittens. Fux wedelte mit den Armen. Der Fahrer verlangsamte und hielt vor ihr an. Sein rotbrauner Vollbart war gespickt mit Eiskristallen. Er setzte die Skibrille ab.

„Bischd du die Karin?"

„Karin Fux, ja. Wurdest du geschickt?" Beinahe hätte sie auch von ihm einen Ausweis verlangt.

„Ajo, vun de Hinterglanhütt. Doin Neffe iss heil o'kumme."

„Sehr gut. Du bist …?"

„Der Xaverl. Steig auf, holen wir euer Zeug."

„Warte. Es ist etwas passiert." Sie schilderte den Vorfall.

„Au weh. Wir fahren trotzdem hoch zur Seilbahn. Der Vinzenz soll gleich die Bergrettung verständigen. Die werden sich freuen, dass sie so spät nochmals ausrücken dürfen!"

Das Snowmobil hatte Kufen, eine Gleiskette aus Gummi und einen wannenförmigen Anhänger. Fux schwang sich hinter Xaverl auf den Sitz, der dem eines Motorrollers glich. Allerdings befand sich am Lenker ein Daumengashebel wie bei Quads. Der Motor klang nach Zweitakter-Moped und sorgte für ordentlich Schub.

Sie flogen förmlich über die Piste. „Gut festhalten!" musste man Fux kein zweites Mal sagen.

Wieder vereint mit Fabian, der von seiner sturzfrei überstandenen Snowboardfahrt schwärmte, checkte Fux ein. Dann bezogen sie Zimmer 14 im ersten Stock.

Wie in vielen Hotels gab es keine Nummer 13, stattdessen zwei Gangduschen. Im Keller, hatte die resche Hüttenwirtin erklärt, stünden zwei weitere Duschkabinen zur Verfügung, allerdings mit Münzeinwurf; ein Erbe ihrer Vorgänger. Bei Bedarf bekam man an der Theke 50-Cent-Stücke.

Zur Beschreibung des Zimmers wäre niemandem das Wort „geräumig" eingefallen. Stockbett, vor dem Fenster Tisch und ein Sessel. Waschbecken nur benutzbar, wenn die Schranktüren verschlossen blieben. Aber das durchs Fenster sichtbare Bergmassiv im Abendrot wog jede Unbequemlichkeit auf. Fabian hatte festgestellt, dass es WLAN gab. Nun schickte er seinen Eltern die ersten zirka 300 Fotos.

Er wollte oben schlafen. Dagegen hatte Fux nichts einzuwenden. Sie teilten sich die Fächer und Kleiderbügel im Schrank und verstauten die leeren Rucksäcke unterm Bett. Die Plastiktasche mit dem Proviant stellte Fux außen aufs Fensterbrett und nahm sich vor, sie in der Nacht hereinzuholen. Dann warf sie sich auf die Matratze, die – upps! – wohl im früheren Leben ein Trampolin gewesen war, schloss die Augen und dachte: So, und jetzt könnt ihr mich alle kreuzweise!

Sie musste eingenickt sein. Als sie Fabian rascheln hörte und auf die Uhr sah, war es fünf vor halb sieben. Fux fuhr hoch, schlug sich prompt den Kopf am Lattenrost an und unterdrückte einen Aufschrei.

„Schon so spät! Hast du noch keinen Hunger?", fragte sie.

„Voll."

„Fertig in einer Minute?"

„Voll."

Bereits auf der Treppe roch es so köstlich nach Essen, dass Fux das Wasser im Mund zusammenlief. Gemurmel, Gelächter und Geklirr erfüllten den Speisesaal, und natürlich das unvermeidliche Volksmusik-Gedudel.

„Siehst du, was ich sehe, Fabian?"

„Voll."

„Rammelvoll." Fünf Dutzend Leute, schätzte Fux. Einige kannte sie bereits aus der Seilbahngondel.

Sie trat zur Seite, um Xaverl vorbeizulassen, der über dem Kopf auf den Fingerspitzen ein Tablett balancierte. „Für euch gibt es zwei Plätze an Tisch sieben", schrie er gegen den Lautstärkepegel an. „Guten Appetit, lasst es euch schmecken!"

Fabian fand den Ecktisch zuerst, weil ihm von dort eine Jugendliche heftig winkte. Als Fux und ihr Neffe näherkamen, rief sie: „Fabi! Du hast es doch geschafft! Ich freu mich fix."

„Ihr kennt euch? Wer ist das?", zischte Fux ihm zu.

„Li Si, aus der Parallelklasse. Wir waren auf Projektwoche."

Der Mann, der mit dem Rücken zu ihnen am Tisch saß, drehte sich um. Wie in Superzeitlupe verschwand das Lächeln aus seinem Gesicht. „Gu-guten Abend", sagte er schwerfällig, als habe er einen Knödel im Mund, „Frau …"

Sie legte den Finger über die Lippen. „Fux", sagte sie eisig. „Einfach Frau Fux. Auch Ihnen einen guten Abend, Herr Szily."

27. Dezember

Namenstag: Fabiola

Die aus vornehmer Familie stammende Römerin trennte sich entgegen den Regeln der Kirche von ihrem gewalttätigen Ehemann und heiratete erneut. Als der zweite Gatte starb, erkannte sie darin ein Eingreifen Gottes, büßte so inbrünstig, dass die Priester mit ihr zusammen weinten, und spendete ihr gesamtes Vermögen für karitative Zwecke.

27.12.1594: Ein Attentat auf Henri IV. misslingt.

Der Jesuitenzögling Jean Chatel schlägt dem König nur einen Zahn aus und verletzt ihn mit dem Messer an der Lippe. Chatel wird gefoltert, gerädert und geviertelt. Alle Angehörigen der „Societas Jesu" und deren Schüler müssen innerhalb von drei Tagen Frankreich verlassen.

27.12.1851: Britische Truppen erobern

Lagos, die zu einer Handelsniederlassung ausgebaute Insel und Lagunenstadt im Königreich Benin, um den atlantischen Sklavenhandel der Portugiesen zu unterbinden. 2100 könnte Lagos, einer Bevölkerungswachstums-Prognose zufolge, mit 88 Millionen Einwohnern die größte Stadt der Erde sein.

27.12.1982: Das US-Nachrichtenmagazin

Time wählt den Computer zur „Person of the Year".

13

Es knallte.

Fabian hatte noch nie live einen Schuss gehört, bloß in Filmen. Er stellte sich das jedoch lauter und länger nachhallend vor. Dem Geräusch folgten klackende Schritte und ein Türknarren.

Des Rätsels Lösung bot sich im Stiegenhaus. An der Biegung der Treppe stand der graumelierte Tiktok-Besserwisser Erlenbracht und rieb sich die gerötete Wange. Er hatte eine Ohrfeige gefangen! Fabian huschte vorbei und tat, als sähe er nichts außer den Stufen, die er immer zwei auf einmal nahm.

Er hatte am Eingang des Speisesaals umgedreht und war zurück aufs Zimmer gegangen, weil er sein Handy vergessen hatte. Das war gelogen, Teil eines Plans. Der Aufmerksamkeit seiner Tante zu entfliehen, gehörte nicht zu den einfachsten Übungen. Fabian wollte es zumindest versuchen.

Hinter dem Tresen hantierte Xaverl mit der Espressomaschine. Rechts in der Stube mit den *creepy* ausgestopften Tieren, Geweihen und bleichen Schädeln saß Mia More auf einem Barhocker. Hatte sie Erlenbracht eine geknallt? Die Influencerin mit der Rasta-Mähne wirkte nicht, als hätte sie gerade einen Streit hinter sich. Angeregt sprach sie mit einem Mann, dessen Bizeps und Brustmuskeln seinen Tarnfarben-Sweater zu sprengen drohten. Auch ihn glaubte Fabian vom Sehen zu kennen. Aber in dieser Hütte war sowieso fast jeder auf irgendeine Weise prominent.

„Was darfs denn sein?", fragte Xaverl.

Fabian zeigte auf die Souvenirvitrine. „Wie viel kostet das?"

„Moment, muss isch nochgugge." Er kramte in einer Lade.

Das Ding war eine Art Kulturbeutel, eine Waschtasche, die man auseinanderfalten und am Haken wie ein Mini-Regal aufhängen konnte. Grottiges Design mit einem unscharfen Foto der Hütte, dem Aufdruck „Hinterglan-Alm" und Verzierungen im Stil von Bauernmalerei. Andererseits sah es praktisch aus, und soweit Fabian wussste, besaß seine Tante nichts Derartiges.

„Neunedreissschneunzsch", las Xaverl von einem Zettel ab. „Für dich Sonderpreis vierzsch Euro gradaus."

Humor der Bergvölker, dachte Fabian.

„Nää, Spaß beiseide, saa mer fünfunddreißig."

Das entsprach immer noch einem Gutteil von Fabians Taschengeld für die ganze Woche. Aber er hatte das Gefühl, er schuldete Tante Karin ein verspätetes Weihnachtsgeschenk, das mehr hermachte als der bereits zu Hause überreichte selbst gebastelte Kerzenständer. Schließlich erduldete sie wegen Fabian allerhand Verdruss. „Gekauft", sagte er. „Hätten Sie ... hättest du vielleicht noch Einwickelpapier?"

Die Atmosphäre beim gestrigen Abendessen war angespannt gewesen. Nie zuvor hatte Fabian den Ausdruck „dicke Luft" so real erlebt. Zum Schneiden regelrecht, *ultra-cringe*.

Kurz hatte sich die Stimmung aufgehellt, als sich herausstellte, dass niemand anderer als Li Sis Vater es gewesen war, der knapp vor Weihnachten eine Reservierung storniert hatte. Gewissermaßen verdankten ihm Tante Karin und Fabian, dass sie doch noch im Gebiet der Fontanara-Skischaukel urlauben konnten! Deswegen wohnten sie auf Zimmer Nummer 14 und die Szilys auf 12, direkt benachbart, getrennt nur durch die beiden Duschen. Ein lustiger Zufall, eigentlich. Aber die Erwachsenen fanden das nicht so prickelnd. Unzweifelhaft hatten sie eine gemeinsame Vergangenheit, über die sie nicht reden wollten. Die Tante hatte bloß gesagt, dass Herr Szily ihr ein-, zweimal behilflich gewesen sei.

Inwiefern?, hatte Li Si gefragt.

„Das Übliche. Bissel moderieren", hatte ihr Vater ebenfalls abgeblockt. „Fachauskünfte, harmlose Unterhaltung." Offenbar hatte ihm Fabians Tante nonverbal signalisiert, dass er nicht preisgeben sollte, was sie beruflich machte.

Schon klar, sie wollte ihre Privatsphäre schützen. Inkognito bleiben, eine Urlauberin unter vielen sein. Damit wäre es vorbei, sobald sie den Stempel „Polizei" auf der Stirn trug, Ferien hin oder her. Fabian war diese Sonderstellung noch nie so bewusst gewesen. Aber es leuchtete ihm ein. Beispielsweise hätte Mia More, falls sie das mitkriegte, sich sofort auf die „führende Mordkommissarin" gestürzt. Tante Karin weigerte sich generell, Fabian von ihrer Arbeit zu erzählen. Aber allein aus Andeutungen seiner Eltern wusste er, dass sie schon einige spektakulär schauerliche Fälle gelöst hatte. Grusel brachte Klicks – bis zur Abreise würde ihr die bekannt schambefreite Influencerin immer wieder auf die Pelle rücken, sobald jemand Karin Fux als Chefinspektorin enttarnt hatte.

Insofern waren sie und Li Sis Vater gewissermaßen Komplizen dabei, ihr Geheimnis zu wahren. Was jedoch weder ihr noch ihm zu behagen schien. Fabian hatte keineswegs den Eindruck, dass sie einander überhaupt nicht leiden konnten. Trotzdem war ihnen dieses Zusammentreffen … nicht direkt peinlich, auch nicht durch und durch zuwider, aber mehr als nur unangenehm. Naja, eben *cringe*.

Zu Fabians freudiger Überraschung teilten er und die Tante sich beim Frühstück weiterhin mit den Szilys den Ecktisch. Die Erwachsenen hatten sich damit abgefunden, dass im Speisesaal eine einmal etablierte Sitzordnung beibehalten wurde, um dem Servierpersonal das Bonieren der Getränke zu erleichtern.

Beim Büffet stellte sich Fabian hinter Gert an, dem Kärntner, der ihn am Vortag zur Hütte gelotst hatte. Sie beluden ihre Teller mit Eierspeise, Wurst und Käse. Es gab auch eine Karaffe Orangensaft und eine, auf der „Granderwasser" stand.

„Was ist das?", wollte Fabian wissen.

„Dihydrogenmonoxid", antwortete Gert. „Ha zwei O. Sprich, gonz normales Wossa. Dos aber ongeblich energetisiert und mit speziellen Informationen aufgeloden worden ist. A Schmäh, mit dem sich ein Heidengeld mochn losst, ähnlich wie bei der Homöopathie. Wonn du mi frogst, is Wossa nur donn a Informationsträger, wonn ma a Floschnpost eineschmeißt." Er lachte und schüttelte den Kopf. „Sogor Kunstschnee mochens damit. Monche Leit schlucken holt jeden Bledsinn. Vor hundert Johr hom se begeistert radioaktiven Kakao getrunken."

„Voll?"

„Als energetisches Allheilmittel. Hob i unlängst gelesen. Der Werbeslogan hot gelautet: ‚Das ganze Jahr im Radiumbade durch Radium-Edelschokolade.'"

„Aber der Kakao hier …?"

„I hob ihn nit mit dem Geigerzähler überprüft, oba i glaub, du konnst ihn bedenkenlos trinken. Obwohl, es hot auch schon Fälle von gestrecktem chinesischen Milchpulver gegeben."

„Aus China? Wir sind doch auf einer Alm!"

„Auf ana Olm, die dos gonze Johr ka anzige lebende Kuah sieht." Er legte Fabian den Arm um die Schulter. „Loss di von mir nit demoralisieren, Bub. Es is erstens olles irgendwie giftig, zweitens dos Leben im Endeffekt tödlich und drittens monchmol gscheiter, ma frogt nit zu genau noch."

Tante Karin zeigte sich gerührt über das Geschenk, „obwohl das wirklich nicht nötig gewesen wäre". Li Si und ihr Vater gratulierten Fabian dazu, die originelle Waschtasche entdeckt und erworben zu haben. Sogar vom Nebentisch erntete er anerkennende Blicke.

Vido Heilig, der Hüttenwirt, hatte mit den dort sitzenden Gästen geplaudert. Nun drehte er sich um und sagte: „Karin, es wird dich interessieren, dass der verunglückte Freerider gestern Abend spät, aber doch gefunden wurde. Der Bergrettungshubschrauber hat ihn ins Krankenhaus geflogen und von dort kam heute früh die Mitteilung, dass er noch nicht bei Bewusstsein, aber außer Lebensgefahr ist."

„Sehr gut. Er hatte also Glück im Unglück."

„Das kannsch laud sage! Vor allem, weil du den Absturz gesehen und gemeldet hast. Sonst wäre er über Nacht wohl erfroren. Gut möglich, dass er dir sein Leben verdankt."

„Jeder hätte in dieser Situation dasselbe getan."

„Da wäre ich mir nicht so sicher. Manche Leute schauen nur

auf sich, die fänden so was nicht der Mühe wert, vielleicht bekämen sie es auch gar nicht mit. Oder sie kümmern sich um andere ausschließlich, wenn sie sich davon einen Nutzen versprechen."

Fabian und die anderen folgten seinem Blick. Auf der gegenüberliegenden Seite des Saals bedrängte Mia More gerade die Pfadfinder-Gruppenleiterin, die den Tränen nahe schien. Der hagere Mann daneben trug unter der grauen Wollweste ein schwarzes Hemd mit dem weißen, ringförmigen Stehkragen eines Priesters. Er gestikulierte energisch, mal abwehrend, mal unterstreichend.

Was die drei redeten, hörte Fabian auf die Entfernung nicht und Lippenlesen konnte er nicht.

„Probleme?", fragte Li Si den Hüttenwirt. Sie war die neugierigste Person, die Fabian kannte. Aber auch das mochte er an ihr.

„Nichts Schlimmes", sagt Vido gedämpft. „Pater Meinrad hat schon vor einer halben Ewigkeit das Massenlager im Dachboden für seine Pfadfinder gebucht. Ein anderer Gast regt sich darüber auf, jetzt gibt's Klumpatsch."

„Klumpatsch?", echote Li Sis Vater.

„Stunk. Ärger, Zoff. Das ließe sich leicht pegeln, würde sich nicht diese publicitygeile YouTuberin einmischen und versuchen, das Ganze ohne Rücksicht auf Verluste zu einem Skandal aufzublasen. ,Die lügd stärker wie das e Kuh trämbelt', sagen wir in der Pfalz, die lügt lauter als eine Kuh trampelt."

„Trampel dürfte hinkommen", sagte Li Si trocken. „Ich werde mal schauen, was ich im Netz so über die Dame finde."

„Dabei könnte ich dir helfen", bot Fabian an. Zu eifrig: Er merkte, dass seine Wangen heiß wurden.

Der Hüttenwirt legte die Handflächen aneinander. „Bitte haltet euch zurück und stiftet nicht noch mehr Unruhe!"

„Ihr habt's gehört, Kinder", sagte Tante Karin. „Keine Einmischung in Dinge, die euch nichts angehen. Verstanden?"

Sie brummelten bestätigend.

„Was anderes", sagte Vido. „Ihr solltet den prächtigen Tag nutzen, aber euch keine zu langen Touren vornehmen. Auf uns zieht eine gewaltige Schlechtwetterfront zu."

„Es wird Schnee geben?", fragte Fabian. „Cool! Wann?"

„Die Vorhersage meint, voraussichtlich in der Nacht. Vielleicht schon früher. Hier oben kann es blitzartig umschlagen. Es heißt nicht umsonst Wettersturz. Also Obacht, dass ihr am Nachmittag nicht zu weit von der Hütte entfernt seid. Was plant ihr denn für heute?"

„Rodeln", sagte Li Si.

„Snowboardfahren", sagte Fabian fast gleichzeitig. Zu schnell. „Oder ... doch rodeln?" Er spürte, dass ihm unter dem Tisch jemand einen Klaps versetzte. Seine Tante sah ihn mahnend an.

„Die Rodelbahn ist ab der Hälfte gesperrt", sagte der Hüttenwirt. „Ich würde dazu raten, euch mit Skiern zu bewegen, wenn ihr nicht von den Shuttle-Bussen abhängig sein wollt, die sind selten pünktlich. Und bleibt unbedingt auf den Pisten, wir haben höchste Lawinenwarnstufe."

„Definitiv Piste", sagte Fabians Tante in einem Tonfall, der jeden Widerspruch erstickte. „Beziehungsweise Loipe."

„Ausrüstung kannst du bei uns ausleihen. Xaverl gibt dir alles, was du brauchst, gleich nach dem Frühstück."

„Da werden Papa Pez und ich uns wohl anschließen müssen", sagte Li Si schmunzelnd. „Aber sobald es genug geschneit hat, wird gerodelt!"

„Voll."

„Fix."

14

„Was steht da laut und deutlich, hä? Durchgang verboten!"

„Kein Grund zur Aufregung, guter Mann. Wir wollen nur ein wenig schauen."

„Hier gibt's nix zu sehen." Pongo hatte nicht die geringste Lust auf eine Debatte mit deutschen Rentnern. „Weitergehen!"

„Sie können uns den Zutritt zum Festgelände verwehren", sagte die Frau spitz, „aber Sie haben kein Recht, uns fortzuweisen. Dies ist ein öffentlicher Weg. Im Übrigen sollten Sie sich eines höflicheren Tons befleißigen. Unsereins berappt ständig Ausländersteuer in Form exorbitant überhöhter Preise, da darf man sich doch wohl vonseiten der Eingeborenen einen zuvorkommenden Umgang erwarten."

Pongo überflog seine Optionen. A: Wortlos weggehen und die Piefkes ignorieren. B: Fünf Schritte vom Zauntor zurücktreten und weiter grimmig dreinschauen. C: Der Alten mit dem Brecheisen eine über den Scheitel ziehen.

Letzteres hätte Pongo am besten gefallen, wäre aber unschlau gewesen. Erst am Vorabend hatte ihm der Security-Boss eine Verwarnung erteilt, wegen eines Streits, der aus dem Ruder gelaufen war. Ohne gröbere Folgen, der Kollege konnte auch mit Prellungen und Blutergüssen Wache schieben. Trotzdem: Noch so eine Aktion und Pongo müsse die Uniform abgeben, hatte es geheißen. Dann nützten ihm auch seine Beziehungen nichts mehr.

Somit fielen leider die Optionen A und B ebenfalls aus. Die Piefkes waren von der Sorte, die einen bei Vorgesetzten anschwärzte. Pongo sagte: „Gehen S' außen herum auf die andere Seite, Gnädigste. Dort hören Sie vielleicht einen Soundcheck und sehen ein bisschen was von der Bühne."

„Na bitte, warum nicht gleich zivilisiert. – Nun sach halt auch mal was, Jens-Henning!"

„Meine Frau sammelt Autogramme. Das ist so ein Hobby von ihr, verstehen Sie? Irgendwie müssen wir ja den Tach totkriegen … Jedenfalls, wir haben gehört, hier rückwärts käme man zu Autogrammkarten von Künstlern, die für die Silvesterparty üben. Gegen …", er rieb die Fingerspitzen aneinander, „'ne kleine Spende."

Pongo verstand. Er nickte und sah auf die Uhr. „Ich werde in einer halben Stunde abgelöst. Seien S' so knieweich, drehen S'

eine Runde ums Gelände, und wenn Sie zurück sind, fragen S'
den Tagdienst. Der checkt was für Sie."

„Herzlichen Dank. Komm, Carmen, wir tun, was uns der net-
te Herr empfohlen hat."

Als sie endlich außer Sichtweite waren, lehnte Pongo sich an
den Container und warf Tabletten ein. Seine letzten, wie er erschrocken feststellte.

So ging das nicht weiter. Ihm brummte der Schädel. Er konnte kaum klar denken, sah immer wieder mal Doppelbilder. Zu
wenig Schlaf, logo. Oder er hatte sich mit alkoholfreiem Bier
und anderen Gratiskostproben den Magen verdorben. An Viren
glaubte er seit den Impfdemo-Sternfahrten nicht mehr. Man
musste der Big-Pharma-Verschwörung etwas entgegensetzen.

Fazit: Er brauchte dringend Nachschub.

Die Nachtschicht dauerte zehn Stunden. Dennoch wurde sie
gleich bezahlt wie die vierzehn am Tag. Nicht berauschend,
deutlich unter Mindestlohn, aber schließlich stand man im We-
sentlichen bloß rum, meinte der Partieführer. Nach Kollektivvertrag flennten nur linke Warmduscher. Logo, dass man sich
einen Nebenverdienst zulegte.

Wie Pongos Ablösung, die Kickboxerin, die einen schwung-
haften Handel mit geklauten Autogrammkarten und gefälschten
Unterschriften betrieb. Persönliche Widmungen kosteten extra.
Die Leute zahlten gerne. Faire Sache, fand Pongo, wenn sie glücklich und ihre Freunde neidisch waren. Machte es denn einen
Unterschied, ob „Timo der Torftepp", das Zaubererduo „Magic
Harry & Sally", die kaum von ihren Vorbildern zu unterschei-
denden „Original Sulztal-Dirndln", der siebenköpfige „Chippen-
dales"-Verschnitt „D'Holzg'schnitzt'n" und so weiter bis zum
Superstar Frenzyss wirklich eigenhändig ihre Namen gemalt
hatten? Die ganze Szene war sowieso ein einziger Fake!

Pongos eigener Nebenjob ließ sich auch nicht schlecht an. Er
hatte der Society-Tussi vom Fernsehen per SMS schon einige
Hinweise auf Techtelmechtel oder halb lustige Ausrutscher be-
kannter Visagen geliefert. Blöd nur, dass er die Kohle dafür erst

zu Neujahr bekam. Bis dahin hielt er den ganzen Zirkus unmöglich ohne Pillen aus.

Endlich erschien die Ablösung. Pongo machte sich flott vom Acker und sah nach Tanuki.

Dem ging es auch nicht so gut. Bis vor Kurzem war er kaum zu bändigen gewesen. Heute jedoch wirkte er ähnlich geschlaucht wie sein Herrchen. Lag schlapp vor der Behelfshöhle und glotzte belämmert, wenn er überhaupt die Augen aufbrachte. Immerhin stellte er nichts an und ließ auch die im Matsch herumpeckenden Vögel in Frieden.

Du kannst wenigstens schlafen, dachte Pongo. Ihm schwirrte zu viel im Kopf herum.

Substitol, das war super gewesen. Herrliche Jahre! Pharmafritzen hatten die glorreiche Idee gehabt, ein Krebskranken-Schmerzmittel in den Ersatzmarkt für Opiatsüchtige zu pressen. Das lief wie geschmiert, die Wiener Ärzte verschrieben kübelweise Substitol, direkt zur Mitnahme in der Ordination. Natürlich gaben alle ihren Bedarf doppelt so hoch an. Ein gigantischer Schwarzmarkt entwickelte sich, vom Burgenland bis Vorarlberg konnten Fünfzehnjährige das Zeug in jeder Dorfdisco kaufen.

Pongo fuhr tierisch ab auf Substitol. Zu Heroin hätte er nie gegriffen. Er verachtete Junkies. Nicht zuletzt, weil sie die Hauptschuld daran trugen, dass die paradiesischen Zeiten endeten. Diese Vollkoffer spritzten sich das Zeug, das zum Schlucken konzipiert war, in die Venen! Fatal, denn es verstopfte beim Drücken die feinen Blutgefäße. In der Gerichtsmedizin lagen zwar fast keine Heroin-Toten mehr am Tisch, dafür massig Substitol-Tote mit zugekleisterten Hirnwindungen. Darum wurde das Programm zurückgefahren. Seither durfte das Medikament nur in der Apotheke eingenommen werden, beschränkt auf die Tagesdosis.

Apotheke. Pongo kam ein Geistesblitz. Er warf Tanuki ein paar Pizzareste ins Gehege, dann trottete er zu seinem Pick-up.

Einbruch stellte für Pongo kein Neuland dar. Bei Apotheken hatte er allerdings nicht die besten Erfahrungen gemacht. Die Sicherheitsvorkehrungen zu unterschätzen – diesen Fehler hatte er mehrere Monate lang in sehr karger Umgebung bereut. Keine gute Idee, schon gar am helllichten Tag. Er musste sich einen besseren Plan einfallen lassen.

Wenn bloß sein Kopf nicht so schwammig gewesen wäre!

Alle wichtigen Gebäude von Bad Bründlmoor lagen an der Hauptstraße, die sich in zwei Schlingen durch den Ort zog. Die Fontanarena, neben der gerade die Sattelschlepper der „Monsters of Stunt" entladen wurden. Das Grand Hotel Manantial, das den internationalen Jet-Set beherbergte. Die Therme, die der Ortschaft den Namen gab, mit der angeblich größten Saunalandschaft Mitteleuropas. Der „Champagnerstadel" und der „Bunga Bunker", Ecksäulen einer mehrere Hundert Meter langen Lokalmeile, wo in einem Monat mehr hochprozentiger Alkohol floss als am Ballermann von Mallorca im ganzen Sommer. Und schließlich ein Bau, der aussah wie eine ins Riesenhafte aufgeblasene Kuckucksuhr: die *Medalp*-Privatklinik samt angeschlossener Apotheke.

Laut Kickboxerin passierten österreichweit durchschnittlich 60.000 Skiunfälle pro Jahr. Täglich flogen „Gipsbomber" der Austrian Airlines Schwerverletzte in ihre Heimat Deutschland, Belgien, Niederlande, Großbritannien aus. Rund 20.000 Touristen hingegen, etwa die Hälfte davon Kinder, mussten eine Woche oder länger in hiesigen Spitälern behandelt werden. Sollte heißen: Da drin lagerte mehr Morphium als Zement in einer Baufirma. Aber Pongo kam nicht ran! Etliche gute Sachen waren ganz legal erhältlich, beispielsweise Fentanyl-Pflaster; manche sogar rezeptfrei, wie das ADHS-Medikament Elvanse. Eine 30-Milligramm-Dosis *turnte* spitzenmäßig. Doch die Packung mit 30 Stück kostete 250 Euro: Geld, das Pongo nicht hatte.

Verdammt, verdammt, verdammt!

Er fand eine Parklücke schräg gegenüber der Klinik und beschloss, sich auf die Lauer zu legen. Vielleicht hatte er Glück und der Wagen eines Lieferanten blieb unbewacht abgestellt. Manchmal verabsäumten es Pharma-Vertreter, den Kofferraum zu versperren. So hatte Pongo schon öfter fette Beute gemacht.

Hier tat sich nicht viel. Zeit verging. Pongos Magen knurrte. Er hatte Hunger, zugleich grauste ihm beim Gedanken an Essen. Der Pressluftbohrer im Kopf wurde eher noch stärker.

Pongo dämmerte weg, döste ein und schreckte hoch, als Kirchenglocken läuteten. Mittagsglocken! Auf der Windschutzscheibe klebte ein Strafzettel, Überschreitung der Ladetätigkeit. Pongo fluchte. Er hatte nicht einmal registriert, wer ihm den Schein verpasst hatte.

Aus dem nächstgelegenen Geschäft, „Sport- und Trachtenmoden Brunnmayer – Tradition, die pfeift", trat eine Frau, stöckelte hüftschwingend über den Gehsteig und stieg in den schwarzen Sechser-BMW unmittelbar vor Pongos Pick-up. Er kannte sie vom Sehen, sie war zuständig für die Betreuung der Stargäste. Wozu ziemlich sicher die Versorgung mit den jeweils gewünschten Drogen gehörte.

Das Sportcoupé parkte aus. Pongo warf den Motor an. Marihuana oder Kokain waren eigentlich nicht so sein Ding. Trotzdem fuhr er der Frau hinterher. Besser das Spatzi in der Hand als ein Täubchen am Dach, oder wie der Spruch lautete.

Die Kickboxerin hatte erzählt, dass nur die wenigsten Köche oder Kellner in solchen Skigebieten eine volle Saison ohne Drogen bewältigten. Das sei mit ein Grund für den aktuell grassierenden Personalnotstand: Im Lauf der Corona-Lockdowns hätten viele Saisonniers verblüfft festgestellt, dass ihnen fast gleich viel im Börsel verblieben war wie nach monatelanger Schufterei unter der Fuchtel tyrannischer Hotelbesitzer, die ihrerseits zur Entspannung auf Safari nach Südafrika flogen. Pongos Erfahrungen sprachen nicht dagegen. Fast alle in der Gastro Beschäftigten brauchtes es zum seelischen Ausgleich, immer wieder mal „auf der richtigen Seite der Budel" zu stehen. Nach der Sperrstunde gab man dann leicht mehr Trinkgeld aus, als man davor eingenommen hatte.

Die Starbetreuerin, erinnerte er sich, hieß Nevada und beherrschte einen Haufen Fremdsprachen. Eben bog sie in eine Seitenstraße ab. Wegweiser zeigten Frühstückspensionen an, auf einem stand „Bergbaumuseum". Sobald sie aus dem Ortsgebiet draußen waren, beschleunigte der BMW sprunghaft. Pongo musste seinen treuen fünfzehn Jahre alten Pick-up ordentlich treten, um nicht den Anschluss zu verlieren.

15

„Spielst du eh nicht mit Fabians Gefühlen?"

„Ach woher!", antwortete Li Si. „Seit einem halben Jahr wissen wir beide, dass er chancenlos in mich verschossen ist. Trotzdem sehen wir uns gern. Ich mag ihn, er ist lustig."

Fabian fuhr mit dem Snowboard vor ihnen am Schlepplift, den Bügel zwischen die Beine geklemmt. Manchmal geriet er ins Schlingern, stabilisierte sich aber rasch wieder. Li Si fand ihn süß, weil er nicht versuchte, seine Unsicherheit durch Macho-Gehabe zu übertünchen.

„Respekt", sagte ihr Vater. „Als ich in eurem Alter war, sind wir nicht so achtsam miteinander umgegangen."

„Irgendwas muss sich ja zum Positiven verändern."

„Ich würd's gern glauben. Aber sag, ist dann diese Gangsta-Rap-Sache nicht eigentlich ein Rückschritt? Da geht's doch fast nur um dicke Hose, Angeberei und gnadenlose Herabwürdigung, insbesondere aller Frauen als dings, *bitches*."

„Fix. Obwohl die Hip-Hoper das keineswegs erfunden haben. Horch dir mal diese Hüttengaudi-Songs an, die teilweise seit Jahrzehnten kursieren! Und Frenzyss ist sowieso die große Ausnahme. Der beweist Stil, auch in den ärgsten *beefs*."

„Ein *woker* Rapper?"

„Im Vergleich zu vielen anderen, ja."

„Dass gerade er momentan ganz oben steht, gibt also zu Optimismus Anlass."

„Voll. – Was ist eigentlich mit dir und Fabians Tante?"

„Was soll sein?"

„Ihr umschleicht einander wie Hund und Katz. Ein Blinder sieht, wie unwohl du dich in ihrer Gegenwart fühlst. Und umgekehrt … Sagen wir so, Papa: Ein Glück, dass Blicke nicht wirklich töten können. Von wegen ‚harmlose Auskünfte und bissel moderieren'!"

Er wand sich dermaßen, dass sie beinahe aus der Spur kamen. „Wir hatten bei unseren, dings, Begegnungen nicht immer das beste Einvernehmen."

„Liegt es daran, dass sie bei der Kripo ist?"

„Woher weißt du das? Hat Fabian …?"

„Nein, der war brav und verschwiegen. Aber es fiel mir auf, dass beide partout nicht damit herausrücken wollen, was das liebe Tantchen beruflich macht. Also habe ich sie gegoogelt. Ganz, ganz wenige Treffer, rein gar nichts auf *social media*. Ungewöhnlich, heutzutage. Nur in einem alten Zeitungsartikel wird Karin Fux doch erwähnt: als Wiener Kriminalistin."

„Ah ja."

„Hat sie die Morde bearbeitet, in die du verwickelt warst?"

Er druckste herum. „Das tut nichts zur …"

„Leugnen ist zwecklos, Papa. Und Zeitschinden auch. Wir fahren noch mindestens drei Minuten bis oben."

„Na schön. – Ja, hat sie. Und sie ist nicht gut auf mich zu sprechen. Weil in beiden Fällen, obwohl sie zufriedenstellend aufgeklärt wurden, aus ihrer Sicht Fragen offengeblieben sind."

„Du hast auch Mama und mir kein Sterbenswörtchen mehr erzählt als das, was ohnehin alle Medien brachten."

„Li Si, mein Schatz, solltest du da weiterbohren, beende ich dieses Thema auf der Stelle." Mit einem Mal war er ungewöhnlich ernst.

„Du musst mich nicht schützen. Ich bin kein Baby mehr!"

„Schmollen ist zwecklos. Und ich sehe mich sehr wohl dazu

berechtigt, dich möglichst nicht in Gefahr zu bringen. Es gibt da einige Details, die darf niemand von mir erfahren. Niemand, hörst du? Nicht du, nicht deine Mutter, schon gar nicht die Chefinspektorin Fux."

„Verdächtigt sie dich, der raffinierteste Auftragsmörder Mitteleuropas zu sein? Dass sie einen gewissen Bravo jagt, stand in dem Artikel."

Er lachte auf.

„Nein. Nicht mehr. Für eine Weile hatte sie mich tatsächlich im Visier, aber … Wie auch immer, sie traut mir allerhand Unsauberkeiten zu. Hast ja gemerkt, wie widerwillig sie Fabian erlaubt hat, mit uns zu fahren."

„Dann hoffen wir, dass nicht wieder etwas dergleichen passiert. Zweimal kann Zufall sein. Drei wären eine Serie."

Gegen 15 Uhr zog es zu und es begann zu schneien. Fabian jubelte. Bald aber fielen die Flocken so dicht und die Sicht wurde so schlecht, dass sie froh waren, noch den Rückweg zu finden. Die Warnung des Hüttenwirts erwies sich als berechtigt.

Li Si staunte, wie radikal sich die Verhältnisse änderten, wie fremd, kalt und feindlich die Umgebung auf einmal wirkte, wie schwer die Orientierung fiel.

Vor dem Alpenfreundehaus knatterte die Vereinsfahne im Wind. Sie klopften den patzigen Schnee von der Kleidung, dann versorgten sie die Ausrüstung im Skikeller.

„Puh", sagte Fabian. „Viel länger hätte ich nicht da draußen bleiben mögen. Aufruhr der Elemente und so. Das *humblet* einen gewaltig."

„Macht demütig", übersetzte Li Si ihrem Vater.

„Ah ja. Durchaus. Brrr!" Er schüttelte sich. „Und macht dankbar für ein gut geheiztes Quartier."

Im Erdgeschoß empfing sie der scharfe Geruch von Jagatee. Aus der Bar erklangen Stimmen und Ziehharmonikamusik. Da Li Sis Brille beschlug, konnte sie keine Einzelheiten erkennen.

Mary Heilig, die Hüttenwirtin, grüßte freundlich, als sie an der Theke vorbeigingen, und hakte dreimal hintereinander etwas auf einem Blatt Papier ab.

„Führst du Buch, wer heil heimgekehrt ist?", fragte Li Si.

„Nadierlich. Mer misse do denne Iwwerblick driwwer behalle. Weeschd wie isch mään?"

„Allmählich verstehe ich mehr", sagte Pez. „Wenn du ‚pälzisch babbelst', meine ich. Vielleicht kannst du mir ja in den nächsten Tagen, wenn Zeit ist, ein paar Vokabeln beibringen."

„*Falls* Zeit is." Sie wechselte auf Hochdeutsch. „Ihr bleibt also noch, trotz des Wetterumschwungs."

„Klar doch", sagte Fabian. „Bis Neujahr, wie reserviert." Er klang, als fürchte er, man könnte ihnen abermals das Zimmer wegnehmen.

„Einige Gäste spekulieren bereits mit einer verfrühten Abreise. Das portugiesische Ehepaar, zum Beispiel." Mary seufzte. „Ihr glaubt nicht, wie häufig greise Verwandte daheim unerwartet schwer erkranken, sobald mehr als ein Schlechtwettertag droht."

„Keine Angst. Wir halten durch, komme, was wolle."

„Heute kämt ihr sowieso nicht mehr runter."

„Ah ja. Warum?"

„Die Seilbahn stellt jeden Moment den Betrieb ein. Das ist eine übliche Vorsichtsmaßnahme. Soeben wurde uns außerdem mitgeteilt, dass es eine Hangrutschung gab, weshalb die Mautstraße nicht befahrbar ist. Frühestens morgen wieder."

„Hat das auf uns negative Auswirkungen?"

„Wüsste nicht, welche. – Deine Tante", sagte Mary zu Fabian, „ist schon vor einer halben Stunde vom Langlaufen zurückgekommen. Sie erwartet dich oben. Sähnsichdich."

„Sehnsüchtig?"

„Du lernschd, Biewel."

16

„Wir sind mehr oder minder von der Umwelt abgeschnitten?", fragte Fux, nachdem ihr Fabian, rotwangig und mit glänzenden Augen, Bericht erstattet hatte.

„Ja. Ist das nicht romantisch?"

„Nein."

„Ganz so stimmt es auch nicht." Ernüchtert zog er einen Flunsch. „Die Wirtsleute sind zuversichtlich, dass die Straße morgen im Lauf des Tages wieder frei gemacht werden kann. Im Winter kommt so was immer wieder mal vor. Und da sind ja noch die Snowmobile."

„Damit möchte ich bei diesen Bedingungen aber auch nicht unterwegs sein." Vor dem Fenster stürmte es wie in einer heftig geschüttelten Schneekugel. Man sah keine fünf Meter weit.

„Zum Haus gehört außerdem eine Pistenraupe. Mary sagt, die kommt *basically* überall hin."

„Na, wenn Mary das sagt … Ich gehe duschen, okay?"

„Voll. Du musst ja deine neue Waschtasche einweihen."

„Unbedingt." Wie könnte sie das potthässliche Ding vergessen.

Die erste Tür war verschlossen, die zweite nicht. Eben wollte Fux sich entkleiden, da fiel ihr ein, dass sie doch etwas vergessen hatte, nämlich das Duschgel. Also, Handtuch noch überm Arm, zurück ins Zimmer, mit der Tube retour – und zwei Schritte vor ihr schlüpfte eine Gestalt hinein, hochgewachsen, mit unverkennbaren hüftlangen brünetten Rastalocken.

„He!", rief Fux. „Ich war zuerst da."

„Kann jeder sagen." Mia More drehte sich nicht einmal um.

„Meine Waschtasche ist dort …" Die Tür schlug zu. „Drinnen", sagte Fux zum leeren Gang. Beweisführung definitiv nicht gewürdigt. „Mistvieh, arrogantes!"

Durfte das wahr sein? Die verflixte Influencerin brauchte sicher ewig, um sich fürs nächste Selfie-Video aufzutakeln. Hinter der anderen Türe begann gerade Wasser zu rauschen; das würde wohl ebenfalls eine Weile dauern. Fux erspürte Münzen in der Tasche ihrer Trainingshose. Falls ein 50-Cent-Stück dabei wäre … Das Schicksal meinte es gut mit ihr.

Rudimentär versöhnt, aber immer noch mit einer Mordswut im Bauch, schlapfte sie zur Treppe. Die Duschkabinen im Keller waren frei, offenbar frisch geputzt und seither unbenutzt. Immerhin etwas. Und hurra, das Wasser wurde keine fünf Sekunden nach dem Münzeinwurf heiß.

Fest entschlossen, Pech in Genuss umzuwandeln, kostete Fux das teure Vergnügen bis zum letzten Tropfen aus. Wohlig warm durchweikt, stieg sie aus der dampfenden Kabine, trocknete sich ab, zog die frische Wäsche an, freute sich, dass ein Haarfön am Haken hing und tadellos funktionierte. Sie verließ den Waschraum und machte sich auf den Weg nach oben. Kurz kam ihr vor, als nähme sie aus dem Augenwinkel eine Bewegung wahr, eine Gestalt im grauen Arbeitsmantel. Vielleicht der Hausmeister? Aber als sie stehen blieb und sich umdrehte, war da nichts. Wahrscheinlich hatten ihr die Schatten im spärlich beleuchteten Keller einen Streich gespielt. Den Lärm aus der Bar hörte man durch alle Wände. Gelächter, Gläserklirren, insbesondere eine verstimmte Ziehharmonika, die Fux bereits von ihrem Telefonat kannte. Das hätte ihr eine Warnung sein sollen … Sie tröstete sich damit, dass um 22 Uhr Hüttenruhe einkehren würde.

Aus Zimmer Nummer 12 drang Schnarchen. Wenig überraschend war die Dusche daneben immer noch besetzt. Oder schon wieder – im Schnitt kam eine Kabine auf zehn Hausgäste, die wetterbedingt an diesem Tag alle um dieselbe Zeit den Schweiß abspülen wollten. Nun, ihre Waschtasche vermisste Fux einstweilen nicht wahnsinnig schmerzlich.

Zum Abendessen gab es Erbswurstsuppe und Grenadiermarsch, beides Schutzhütten-Klassiker, jedoch wahlweise auch vegetarisch, mit Tofu statt Frankfurtern. Erfreulicherweise verstummte die Ziehharmonika um Punkt 18 Uhr.

Fabian kam als Letzter zum Tisch. „Sorry, wurde vorm Klo aufgehalten. Der deutsche Bodybuilder-Cornetto hat mir das da in die Hand gedrückt." Er legte eine Broschüre hin. „Falls ich darüber reden will, dass ich mit meiner Tante im selben Zimmer schlafen muss."

„Wie bitte?" Fux schnappte sich den Wisch.

Auf der Titelseite stand „Paulchen Panda weiß Bescheid" sowie, unter einer Comic-ähnlichen Zeichnung, „Kinderschutz-Korps Deutschland/Österreich (KSK D/Ö)". Fux faltete das Blatt auseinander und überflog den Text. Es ging um Aufklärung und Prävention von Kindesmissbrauch, wobei ziemlich suggestive Fragen gestellt wurden.

Derweil hatte Li Si Stielaugen bekommen und auf ihrem Smartphone getippt. „Die Homepage müsst ihr euch anschauen. Massig Kampfsportler und als einzige Frau eine, die in diesem legendären Video mitgespielt hat. Nein, nicht die falsche Oligarchin. Die andere, die mit dem abgehalfterten Politiker verheiratet ist." Sie zeigte das Display herum.

Fux kniff die Augen zusammen. KSK-Schrift und -Wappen erinnerten verdächtig an das „Kommando Spezialkräfte" der deutschen Bundeswehr, das mit der Cobra-Einheit der österreichischen Polizei freundschaftliche Beziehungen pflegte. Einige der Abgebildeten kannte sie aus ihrer aktiven Karateka-Zeit. Einer betrieb in der Wiener Innenstadt ein Fitnessstudio, das einmal recht aufdringlich um sie als *testimonial* geworben hatte. Und war nicht kürzlich ein Missbrauchsverdacht in einer Skischule am Arlberg durch einen etwas zwielichtigen deutschen Kinderschützer publik gemacht worden?

„Aus", sagte Fux, „wir sind auf Urlaub und haben damit", sie zerknüllte die Broschüre, „nichts zu tun."

„Genau das habe ich dem Muskelmann auch gesagt."

„Obwohl ich mir inzwischen vorstellen könnte", sagte Li Si verschwörerisch, „wer der andere Gast ist, mit dem der Pfadfinder-Pater Zores hat."

„Aus!", wiederholte Fux, noch um einen Grad schärfer. Was

sie gleich darauf reute. „Das war übertrieben. Tut mir leid", sagte sie. Und zu Szily: „Entschuldigung, ich wollte Ihre Tochter nicht anpfauchen."

„Schon in Ordnung. Ich verstehe Sie vollkommen. Li Si ist ein überaus reizendes Mädchen. Manchmal kann sie einen aber auch zur Weißglut reizen."

„Seeehr witzig, Papa. Solltest Komiker werden. – Apropos, findet ihr es nicht komisch, euch immer noch zu siezen? Auf der Alm sind alle per Du, hat es geheißen."

Fux und Szily tauschten Blicke, die lange Geschichten beinhalteten. Schließlich hob er die Schultern. „Ja, warum eigentlich? Ich bin der Ältere, glaube ich. Also, äh …?"

„Das mit dem Alter nehme ich als charmantes Kompliment", sagte sie. „Und ich weigere mich strikt, Bruderschaft zu trinken. Aber na gut." Sie streckte ihm die Hand entgegen. „Ich bin, wie du weißt, die Karin."

Er schlug ein. „Dings, Pez. – Gilt auch für dich, Fabi."

„H-hm." Fux ließ wieder los. „Tja, und jetzt … sollten wir uns um die Suppe anstellen."

Beim Grenadiermarsch, einer Mischung aus Spiralnudeln, Kartoffeln, Zwiebeln und Wursträdern – die Tofu-Variante hätte man vorbestellen müssen –, sagte Li Si, die Augen am unvermeidlichen Handy: „Der Blogger, du weißt schon, Papa, von dem ich dir erzählt habe, der ist fix ein Wahnsinn."

Szily nickte kauend.

„Er nennt sich Lamentor, das heißt Nörgler. Die Leute, schreibt er, ‚skifahren sich in einen Rausch, sie werden wie besoffen'. Es liegt am Höhenunterschied."

„Sag ich doch."

„Im Ernst, durch den oft wiederholten, schnellen Wechsel von zum Beispiel tausend Meter Seehöhe auf zweitausend, wieder runter auf tausend, wieder rauf und den ganzen Tag lang so weiter, schüttet das Hirn Endorphine aus. Schmerzstillende Hormone, die ähnlich wie Morphium wirken."

„Ich weiß, was Endorphine sind."

„Glückwunsch. – Verstehst du, Skifahren ist eine Einstiegsdroge. Wenn die Dosis nachlässt, steigt der Drang, mit Alkohol aufzufüllen."

„Da könnte was dran sein", sagte Fux. „Bei keinem anderen Breitensport verursachen Betrunkene so viele Unfälle."

„Paradoxerweise, schreibt Lamentor, war der Vater des Massentourismus, ein englischer Baptist namens Thomas Cook, Vorsitzender einer Abstinenzlervereinigung! Er hoffte, die Eisenbahn würde die Menschen aus den Schnapsläden bringen."

„Ah ja. Langfristig leider schiefgegangen. Cook hat seine Rechnung ohne die Bierfirmen gemacht", sagte Pez. „Die wissen schon, warum sie am liebsten mit", er krümmte die Finger zu Anführungszeichen, „‚Ski-Legenden' werben."

„Gibt's heute auch eine Nachspeise?", fragte Fabian den Hüttenwirt, der sich grade durch die Stuhlreihen zwängte.

„Ein Dessee? Loss mich noodenke …" Vido Heilig grinste verschmitzt. Er war sich der Wirkung seiner Kunstpause bewusst. Es wurde merklich stiller im Saal; hauptsächlich, weil er schlagartig das Interesse der Pfadfindergruppe geweckt hatte.

In diesem Moment donnerte es, dass die Fensterscheiben erzitterten. Als hätte nicht weit entfernt ein Blitz eingeschlagen. Fux ertappte sich dabei, dass sie im Kopf mitzählte, einundzwanzig, zweiundzwanzig, dreiundzwanzig … Sekunden mal Schallgeschwindigkeit, hatte sie als Kind gelernt, also mal 330, ergab die Distanz in Kilometern. Unsinn, dafür müsste es ja zuerst geblitzt haben! Aber durch alle Fenster hatte sie nur Schwärze gesehen und draußen blieb es weiter finster, während der Donner nicht und nicht aufzuhören schien.

Dann ging das Saallicht aus.

Männer, Frauen und Kinder kreischten auf. In dieser Reihenfolge.

„Alles gut, Leute!", rief der Hüttenwirt. „Bitte Ruhe bewahren!"

„Was ist das?", fragte Li Si, schneller als alle anderen. „Besser gesagt, was war das?"

Fux' Augen passten sich an die Finsternis an. Es war nicht gänzlich dunkel geworden im Saal. Die schwache Beleuchtung der Notausgang-Schilder legte einen grünen Schimmer über die Umrisse der Sitzenden.

„Stromausfall", sagte Mary, die schemenhaft im Türrahmen zu erkennen war.

„Ein Kurzschluss?"

„Nein. Alles weg. Die Zuleitung ist tot."

„Kein Grund zur Panik", beschwichtigte Vido. „Wir haben ein Diesel-Notstromaggregat. Xaverl?"

„Schon unterwegs", antwortete die Wirtin.

„Dieses grollende Geräusch vorhin", sagte Fux. „Das war kein Donner, nicht wahr?"

„Nein", sagte Vido. „Ich denke, es war ein Bergsturz. Ein Lawinen- oder Murenabgang, der das Trafohäuschen unten am Schlepplift erwischt hat. Oder zumindest einen Masten der Zwanzig-Kilovolt-Anspeisungsleitung, die vom Tal herrührt. – Schaut einmal nach, hat irgendjemand von euch Netzempfang? Und falls ja, welche Signalstärke?"

Dutzende Hände griffen nach Handys. Mehrere Stimmen verneinten. Andere meldeten ja, aber schwach, zwei Stricherl, jetzt nur noch eines. Fux sah ihrem Smartphone dabei zu, wie das letzte Stricherl erlosch. Irgendwie fühlte sich das fürchterlich an. Als würde ein Haustier eingeschläfert.

„Derselbe Transformator versorgt auch den Sendemast für unsere Alm", erklärte Vido mit betont sachlich-bedachtsamer Stimme. „Seine Pufferbatterien halten nur wenige Minuten. Ihr habt es gerade erlebt. Aber wie gesagt, es besteht kein Grund zur Aufregung. So etwas kommt im Hochgebirge schon mal vor. Wir sind dafür gerüstet und nahezu autark. Unser Notstromaggregat kommt nicht zum ersten Mal zum Einsatz und der Heizöltank ist zu drei Viertel voll. Und das Wichtigste: Auch das Bier wird noch lang nicht knapp."

Applaus brandete auf, dann nochmals und stärker, als die rustikalen Wagenrad-Luster wieder angingen.

Sie spendeten nun deutlich gedämpfteres Licht. Fux hielt das eher für eine psychologische Maßnahme: Die Energiesparlampen fielen kaum ins Gewicht, da verbrauchte die Küche ungleich mehr Strom. Aber zusammen mit den Kerzen, die Mary auf die Tische verteilte, wurde den Gästen die Sondersituation bewusst gemacht und alle rückten instinktiv enger zusammen.

Zum Dessert, erklärte Vido, gäbe es übrigens Erdbeereis mit Vanillekipferln und für die Erwachsenen eine Runde Zirbengeist aufs Haus.

Während alle noch ihr Eis löffelten, setzte draußen in der Bar die vermaledeite Ziehharmonika wieder ein.

Fux bemerkte, wie Gert Teuschl, der zwei Tische weiter saß, gequält das Gesicht verzog. Am Vortag hatte er sich ihr gegenüber mit einem Backstage-Pass ausgewiesen, der ihm Zutritt zur Bühne der Fontanarena gestattete. Möglicherweise war der freundliche Kärntner ja Musiker und litt unter dem verstimmten Instrument noch mehr als sie.

Anders als am Nachmittag, lagen nun zwischen den schrillen Polkas und Landlern längere Pausen. In diesen wurden anscheinend Witze erzählt, denn sie endeten stets mit brüllendem Gelächter. Hier bahnte sich wohl ein sogenannter „Hüttenzauber" an. Fux lief es kalt den Buckel hinunter.

Ihr Neffe entdeckte im angrenzenden Extrastüberl ein Regal mit Gesellschaftsspielen. Er vergatterte die anderen zu einer Partie „Siedler von Catan", die er klar gewann. Dank der größten Rittermacht, vor allem aber, weil Fux und Szily sich ständig gegenseitig mit dem Räuber blockierten.

„Revanche?", fragte Fabian.

„Heute nicht mehr", sagte Pez. „Ich bin hundemüde, obwohl ich ein Nachmittagsschläfchen eingelegt habe. Es liegt …"

„… am Höhenunterschied", ergänzte Li Si feixend.

„Mir reicht's auch für heute", sagte Fux. „Lang ausschlafen können, ist für mich ein seltener Luxus. Ein Tag Schlechtwetter passt mir gut ins Konzept."

Da es Fabian nicht gelang, ein Gähnen zu unterdrücken, brachen alle zugleich auf. Als sie an der Theke vorbeikamen, blieb Li Si so ruckartig stehen, dass Szily in sie hineinlief und sie beinahe umgefallen wären. „Au! 'tschuldige, Papa."

„Nix passiert. Was ist los?"

„Pscht! Ich hab grad was gehört", flüsterte sie.

„Was denn?"

Alle vier lauschten. In der Bar dozierte jemand mit rauer, lauter, schleppender Stimme: „Die Kunstschneebänder sind in Wahrheit Leimruten. Sie locken Menschenmassen an, die dann dort festkleben. Würde jemand bei klarem Verstand sich freiwillig in Eiseskälte auf ein Drahtseil über gähnende Abgründe hängen? Beschwert mit Plastikklumpfüßen? Eingepackt in Polyester-Scheußlichkeiten? Aber sie sind auf der Flucht, sage ich euch, und sie haben bereits Unsummen an Schlepperbanden bezahlt, an Liftbetreiber, Busunternehmen, Reisebüros. Verzweifelt versuchen sie, die Grenzzäune ihrer Alltagsexistenz zu überwinden, den Ski-‚Pass' um den Hals."

Der Sermon wurde mit Gelächter quittiert.

„Das ist mein Blogger", hauchte Li Si. „Ihr wisst schon, der Lamentor! Oder zumindest wird er zitiert, fast wortwörtlich."

Neugierig geworden, schoben sie sich weiter in die schummrige Bar hinein. Der Sprecher war ein alter Zausel mit grauem Vollbart, struppig abstehenden Haarbüscheln und leberfleckiger Halbglatze. Ein echtes Original, wie man in ländlichen Gegenden gern zu Sozialfällen sagte, reichlich ramponiert wirkend, mit verschlissenem Steieranzug und knotigen tabakbraunen Fingern.

Die Ziehharmonika auf dem Schoß, predigte er in die Runde. „Verzweiflung – das ist der Grund dafür, dass sich viele Urlauber so widerlich aufführen. Die Jungen brüllen ihren Schmerz über mangelnde Zukunftsperspektiven hinaus, in Bad Bründlmoor und allen anderen Tourismushochburgen, Nacht für Nacht bis vier Uhr früh. Sie schreien um Hilfe. Sie schlagen Radau und meinen Alarm. Jeder hört sie, aber niemand hört zu. In der brutalen Wirtschaftsschlacht Europas sind die Alpen das Feldlazarett. Der Auffangkübel sind wir für den Menschenmüll, für die ausgelaugten, ausgebrannten Massen. Die Großindustrie, egal ob Chemie-, Auto-, Fleisch- oder Schwerindustrie, rotzt sie uns bis in die entlegensten Täler hinein. Ju-chu-chui!" Er riss die Ziehharmonika hoch und orgelte einen zornigen Landler.

Die Umsitzenden paschten enthusiastisch mit. Einige hatten schon recht glasige Pupillen.

„Drastisch, aber treffend ausgedrückt", sagte Szily.

„Ein bisschen zu pathetisch für meinen Geschmack", sagte Fux und wandte sich zum Gehen. „Komm, Fabi, Federnball! – Matratzenhorchdienst", übersetzte sie, da er sie baff anglotzte. „Zapfenstreich? – Na schön: Schlafenszeit. Keine Widerrede!"

Aus dem Korridor kam ein rothaariger Mann in die Bar geschlendert. Auch er wirkte jählings konsterniert. Den Blick auf den Harmonikaspieler gerichtet, stand er erstarrt wie schockgefroren, die Hände zu Fäusten geballt. Dann wirbelte er herum und eilte hinaus, als habe er einen Geist gesehen.

„Seltsam. Wisst ihr, wer das war?", fragte Fux.

„Der Feuerteufel", sagte Li Si.

„Ein Pyrotechniker namens dings, Zanger", erklärte Pez. „Netter Kerl, ist mit demselben Zug gekommen wie wir."

„Soso. – Na, jetzt aber endgültig: Gute Nacht!"

Fabian hatte kaum das Stockbett erklettert, da war er auch schon weggepennt. Einen knappen Meter darunter hoffte Fux auf die einschläfernde Wirkung seiner regelmäßigen, tiefen Atemzüge – vergeblich.

Sie fühlte sich körperlich erschöpft, spürte auch die Nachwirkungen der Langlaufrunde als beginnender Muskelkater, aber geistig war sie hellwach. Es ließ ihr einfach keine Ruhe, dass sich die Tür der Gangdusche, als sie daran vorbeigekommen waren, erneut als versperrt erwiesen hatte. Schon wieder – oder noch immer?

Du hast Ferien. Es geht dich nichts an, schärfte sie sich ein. Vielleicht, nein: sehr wahrscheinlich ist nur das Schloss kaputt.

Und selbst, falls etwas geschehen wäre, ein Unglück oder gar ein Verbrechen, fiele es nicht in den Zuständigkeitsbereich des LKA Wien. Mach dich nicht wichtig, Fux. Mach dich nicht lächerlich vor Fabian, den Szilys, der Hüttenbelegschaft!

Sie wälzte sich hin und her. Andererseits hätte sie eine gute Ausrede: die Waschtasche. Und obwohl es schon nach halb elf war, hörte sie von unten noch Stimmengewirr … Gegen ihren tief verwurzelten Argwohn kam sie nicht an. Sinnlos, länger Widerstand zu leisten. Sie stand auf, schlüpfte lautlos in den Trainingsanzug, verließ auf Zehenspitzen das Zimmer. Beinahe wäre sie gestolpert, weil etwas vor der Türschwelle lag: ein Cellophansäckchen Vanillekipferln, zugebunden mit einer roten Schleife. Irritiert hob sie es auf und steckte es ein.

Im Treppenhaus schwankten ihr mehrere Personen entgegen, deren Alkoholisierungsgrad locker für einen Führerscheinentzug gereicht hätte. Mit größter Mühe hielten sie das Gleichgewicht. Fux wich ihnen so gut wie möglich aus.

Am Windfang verabschiedeten Vido und Xaverl gerade den Harmonikaspieler. Fux traute ihren Augen nicht. „Ihr lasst den alten, betrunkenen Mann allein hinaus in den Schneesturm?"

„Ignaz wird hoffentlich mal so alt, wie er jetzt schon aussieht", sagte Xaverl amüsiert. „Und sei unbesorgt, er ist stocknüchtern."

Einer spontanen Eingebung folgend, rief Fux: „He, Ignaz!"

Als er sich umdrehte, warf sie ihm das Kipferlsackerl zu. Er fischte es mit einer Hand aus der Luft und bewies damit beachtliche Reaktionsschnelligkeit. „Danke", sagte er, schlug den Kragen hoch und trat ins Freie. Obwohl die Tür gleich wieder zufiel, wehte eine kalte Bö weißes Gestöber herein.

Test gelungen, Einsatz verloren, dachte Fux.

„Ignaz Stejskal gibt rundenweise Zirbenen aus", sagte Xaverl. „Aber in sein Stamperl schenken wir nur Apfelsaft ein. Er will das so."

„Du kennschd doch den Spruch, ‚Kinner, Narre un Besoffene saan die Wohred'. Auf die Art bringt er seine Bodschaften noch am ehesten unter die Leute", sagte Vido. „Er wohnt in einem

Chalet keine 500 Meter von da, hat Schneeschuhe und eine Stirnlampe. Der findet bei jedem Wetter heim. – Und du, Karin? Tut mir leid, falls dich der Lärm gestört hat."

„Nein." Sie erläuterte ihr Anliegen.

„Wenn's weiter nichts ist. Das werden wir gleich haben."

Xaverl drehte den Knopf der Verriegelung mit einer Kneifzange, zog die Tür auf, schaltete das Licht ein – und prallte zurück: „Jesses, Maria un Joseff!"

Fux schob die korpulenten Männer mit Leichtigkeit zur Seite. Schlagartig gewann ihre Polizeipersönlichkeit die Oberhand. „Nichts anfassen!", zischte sie. „Bleibt draußen!"

„Aber … wieso du … nicht?", stammelte Vido.

Sie zog den Dienstausweis, den sie vorhin fast unbewusst zusammen mit dem Handy eingesteckt hatte, und klappte ihn auf. „Ich bin Chefinspektorin bei der Wiener Kripo", sagte sie leise. „Im Urlaub. Gewesen. Bis vor drei Sekunden."

Die Wirtsleute prüften ID und Kokarde keinen Augenblick nach, sondern glaubten ihrem eindringlichen Tonfall. Sie hielten einander umfasst und stützten sich gegenseitig. „Was … was sollen wir jetzt tun?", fragte Xaverl.

„Erst einmal kein Aufsehen erregen. Stellt euch links und rechts von der Tür auf. Sollte wider Erwarten jemand aus einem Zimmer kommen, scheucht ihr ihn wieder hinein. Sagt, es gäbe eine Reparatur an der Gasleitung oder so."

„Wir haben kein Gas …"

„Du weißt, was ich meine. Euch fällt schon etwas ein."

Sie gehorchten. Fux setzte vorsichtig einen Schritt in den Raum und schloss hinter sich die Tür.

Tja, Frau Chefinspektorin, das ist eben nicht Wien. Hier gibt es nicht nur kein Erdgas, sondern auch keine Abteilung „Leib und Leben", die sofort die Ermittlungen aufnehmen könnte. Keine Uniformierten, die den Zugang abriegeln, keine Tatortgruppe zur Spurensicherung. Kein Einsatzkommando Cobra, um das Alpenfreundehaus zu umstellen, damit der Täter nicht entwischt.

Weil momentan niemand, absolut niemand davon erreichbar ist. Wie lange nicht, das musste sie alsbald klären. Aber eins nach dem anderen.

Fux sondierte die Kammer. Im vorderen Teil, an der Garderobe, hingen Damenkleidung und ein Frotteehandtuch, daneben ihre peinliche Waschtasche. Den Fliesenboden bedeckten Scherben, die von einer Hälfte der eigentlichen Duschkabine stammten. Einscheiben-Sicherheitsglas, schätzte Fux aufgrund der kleinen, stumpfkantigen Bruchstücke. In der Wanne lag verkrümmt ein nackter weiblicher Körper. Eine Badehaube verbarg die Dreadlocks, aber das gepiercte Gesicht war halb der Türe zugekehrt und gehörte eindeutig Mia More. Eher verwunderter als ängstlicher Ausdruck. An der Stelle des „dritten Auges", exakt mitten auf der Stirn, ein Einschussloch. Noch eines an der linken Hüftseite, nicht ganz auf Höhe des Herzens. Das, mutmaßte Fux, war der erste Schuss gewesen. Der Mörder hatte sich auf dieselbe Weise wie Xaverl Zutritt verschafft, sofort durch die Glaswand geschossen, dann blitzschnell und eiskalt aus nächster Nähe sein Werk vollendet. Unzweifelhaft ein Profi, der höchstwahrscheinlich einen Schalldämpfer benutzt hatte. Das Splittern des Glases war vom allgemeinen Krach im Haus übertönt worden, aber zwei Schüsse kurz hintereinander hätte ziemlich sicher jemand gehört.

Fux atmete mehrmals tief durch. Dann fotografierte sie mit dem Smartphone die Leiche und alles andere aus jedem Winkel, den sie erreichen konnte, ohne etwaige Spuren zu verwischen. Keine sichtbaren Abdrücke von Füßen oder Schuhsohlen am Boden, nirgends Patronenhülsen.

Sie öffnete die Tür einen Spalt und winkte Vido zu sich. „Hat außer diesem Ignaz jemand nach Einbruch der Dunkelheit das Haus verlassen?"

Der Hüttenwirt dachte kurz nach. „Glaub nicht." Er gab die Frage an Xaverl weiter, der den Kopf schüttelte. „Einem von uns wäre das ziemlich sicher aufgefallen. Man sorgt sich ja um seine Gäschde."

„Und vor dem Nachtmahl, hat da jemand anderer als Ignaz Ziehharmonika gespielt?"

„Garantiert nicht. Das alte Ding gehört zwar zur Hütte, aber außer ihm rührt es keiner an."

Zur Tatzeit, die sich auch ohne Pathologen dank einer verlässlichen Zeugin – Fux – recht genau bestimmen ließ, hatte die Harmonika fast unaufhörlich gedudelt. Jedenfalls war keine Pause zwischen den Musikstücken lang genug gewesen, um in den ersten Stock zu schleichen und die Influencerin zu ermorden. Der schräge Alpinprophet schied also als Täter aus. Das bedeutete: Fux musste davon ausgehen, dass sich unterm selben Dach wie sie nach wie vor ein Profikiller aufhielt.

„Realistisch betrachtet", flüsterte sie, „wie lange wird es dauern, bis wir wieder Kontakt zur Außenwelt bekommen?"

„Nach dem letzten Wetterbericht, den wir empfangen haben, mindestens einen Tag", antwortete Vido, „eher zwei. Wohlgemerkt, bis die Räum- und Reparaturtrupps überhaupt in Marsch gesetzt werden können."

„Die Bergstation der Gondelbahn …?"

„Wäre unter Umständen erreichbar, bringt aber nichts. Bei solchen Bedingungen nehmen sie die Bahn keinesfalls in Betrieb."

„Euer Pistengerät?"

„Käme nur bis zur Steilhangkante hinunter. Von dort wäre es auch mit Verankerung durch eine Seilwinde ein Selbstmordkommando. Abgesehen davon, dass man bei einer derartigen Masse Neuschnee, der sich noch nicht gesetzt hat, mit hoher Wahrscheinlichkeit eine Lawine auslösen würde."

„Haben wir nicht Extremskiläufer im Haus?"

„Sogar einen Freeriding-Weltmeister, Dominik Kaltenbäck. Doch der hat das fragliche Gelände nicht mal ansatzweise studiert und die Sicht wird auch tagsüber beschissen sein, wenn der Schneesturm anhält. Im Prinzip gilt dasselbe wie bei der Pistenraupe, höchste Lebens- und Lawinengefahr. Und selbst wenn jemand heil hinabkäme – es kommt derzeit niemand bis zu uns herauf. Kein Geländefahrzeug, auch kein Hubschrauber. Das ist das Risiko nicht wert."

Fux musste ihm recht geben. Aber noch einen, zwei oder gar drei Tage konnten sie den Leichnam nicht so in der Duschwanne liegen lassen. Die Hornhäute des Opfers waren bereits getrübt, gewiss hatte auch die Leichenstarre schon eingesetzt. Sie ging nach 24 bis 48 Stunden in die Autolyse über, die anaerobe Selbstauflösung abgestorbener Zellen durch körpereigene Enzyme, mitsamt der Verflüssigung der inneren Organe. Spätestens dann trat starker Verwesungsgeruch auf. Sauerstoff und Wärme beschleunigten diesen Prozess, Kälte verlangsamte ihn.

Der Duschraum hatte kein Fenster, nur einen Dunstabzug. Auch wenn die warme Zuluft abgedreht werden konnte, würde die Temperatur bei Weitem nicht bis zum Nullpunkt sinken, da ja alles nebenan, darüber und darunter beheizt wurde. Die Idee, kübelweise Schnee zur Kühlung zu verwenden, verwarf Fux gleich wieder. Das hätte mehr Schaden angerichtet, als wenn sie die Leiche vorsichtig bewegten. Ohnedies glaubte sie nicht, dass der Täter Fingerabdrücke oder DNA-Spuren hinterlassen hatte. Alles deutete auf höchste Präzision hin.

„Wir müssen sie hier rausschaffen. Noch in dieser Nacht."

Ein Verbrechen gleichsam zu vertuschen, sei es auch nur für begrenzte Zeit, schmeckte Fux gar nicht. Aber die Alternative erschien ihr noch übler. Falls bekannt würde, dass ein Mord verübt worden war und sich der Täter unerkannt mitten unter ihnen herumtrieb, ergäbe das ein Horrorszenario. Psycho-Drama pur! Fünf Dutzend teilweise recht exzentrische Hausgäste, plus die insgesamt rund zwanzig Kinder der Pfadfindergruppe – da waren Nervenzusammenbrüche und panische Auszucker vorprogrammiert. Eingeschlossen mit einem kaltblütigen Killer!

Und weit und breit nur eine einzige Polizistin: sie.

Immerhin lag den Wirtsleuten ebensoviel wie ihr daran, ein solches Chaos zu vermeiden. Nach eingehender Beratung in der anderen Duschkammer organisierten Vido und Xaverl einen

Skisack und eine Transportkarre mit Treppenrutsche. Bemüht, möglichst wenige Geräusche zu verursachen, verfrachteten sie die Leiche gemeinsam in einen auf der Hinterseite des Haupthauses angebauten Schuppen, der zur Aufbewahrung von Gartengeräten und anderen Utensilien für die Sommersaison diente.

„Schafft ihr es, die Sache vor eurer Mary geheimzuhalten?", fragte Fux. „Ist schwer, ich weiß. Aber je weniger Mitwisser, desto geringer die Gefahr, dass sich wer verplappert."

„Wir können's versuchen", sagte Vido. „Dass die Dusche defekt ist, wird sie uns glauben." Sie hatten die Tür von außen verriegelt und ein entsprechendes Schild angebracht. „Falls sie oder jemand anderer die aufdringliche Influencerin vermisst …"

„Im allgemeinen Wirbel kaum", beruhigte ihn Xaverl. „Und wir können immer sagen, sie kränkelt, hat sich in ihr Einzelzimmer zurückgezogen und will nicht gestört werden."

„Sie ist ohne Begleitung angereist?"

„Ja. Übrigens hat sie auf dem Meldezettel ihren bürgerlichen Namen eingetragen, Monika Murlaschitz."

Mona Mur war als Pseudonym vergeben gewesen, erinnerte sich Fux. „Wer arbeitet eigentlich sonst noch im Haus?"

„Nur die drei von der Küchenbrigade. Den Rest machen wir."

„Es gibt keinen Hausmeister?"

Vido lachte tonlos. „Hätten wir gern. ‚Der Hätt un der Hatt waren zwää Brieder, un 's hatt kenner nix ghatt', heißt es in der Pfalz."

Fux nickte. „Ich brauche einen Sitzplan vom Speisesaal. Mit allen Zimmernummern und Namen. Die habt ihr in der Bonkassa gespeichert, oder nicht?"

„Wenigstens das sollte kein Problem sein."

„Gut. Jetzt sehen wir uns das Zimmer des Mordopfers an."

Der erste Eindruck trog gewaltig. Nicht, dass das an diesem verwünschten Ort eine Neuheit darstellte, dachte Fux. Mittlerweile würde sie eher überraschen, wenn eine Person tatsächlich das wäre, als was sie sich ausgab.

Sie hatte Vido und Xaverl wieder am Gang postiert. Im Einzelzimmer der toten Influencerin herrschte heilloses Durcheinander. Oberbekleidung und frische Seidenunterwäsche lagen herum, mehrere Hauben und Handschuhpaare, zahlreiche Kosmetikartikel. Allerdings deutete das piccobello gefaltete Bettzeug darauf hin, dass Monika Murlaschitz alias Mia More eigentlich sehr ordentlich gewesen war.

Schlussfolgerung: Jemand hatte das Zimmer durchsucht und in Eile Kasten und Koffer durchwühlt. Wer immer das war, schien fündig geworden zu sein. Fux konnte weder ein Smartphone noch einen Laptop entdecken. Steckte dahinter das Tatmotiv? Hatte man die bekannt freizügige Influencerin ermordet, um zu verhindern, dass sie bestimmte Videoaufnahmen veröffentlichte oder auch bloß intime Details? Um ein Verbrechen im Affekt konnte es sich wohl kaum handeln. Wer hatte schon eine Schusswaffe samt Schalldämpfer im Urlaubsgepäck!

Enorme Müdigkeit übermannte Chefinspektorin Karin Fux. Sie fühlte sich ratlos und sehr alleingelassen. Die beiden netten, behäbigen Pfälzer waren bemüht, aber keine große Hilfe und ganz gewiss kein Ersatz für die gut geölte Maschinerie des Wiener Landeskriminalamts. Fux schickte sie zu Bett.

Zurück in ihrem und Fabians Zimmer, wusch sie sich gründlich Hände und Gesicht. Dann legte sie sich hin im vollen Bewusstsein, dass der Versuch runterzukommen zum Scheitern verurteilt war. Sie benötigte dringend Schlaf, um für den kommenden Tag gewappnet zu sein.

Stattdessen spielten ihre Gedanken Abfangen, Schneiderleih-mir-die-Scher und natürlich Räuber-und-Gendarm, alles gleichzeitig.

28. Dezember

Namenstag: Thaddäus

Der Sklave aus dem Skythenland wurde Mönch, nachdem ihm die zum Christentum konvertierte Familie die Freiheit geschenkt hatte. Er widersprach im Bilderstreit dem oströmischen Kaiser, erhielt 130 Hiebe mit dem Ochsenziemer und verstarb zwei Tage später an Wundfieber.

An jedem 28.12. feiert man im Alpenraum

den „Tag der Unschuldigen Kinder". Laut Matthäusevangelium hatten Sterndeuter aus dem Osten dem Despoten Herodes von der Geburt eines neuen Königs berichtet. Daraufhin ließ er in Bethlehem vorsichtshalber alle Knaben bis zum Alter von zwei Jahren töten. Daran erinnert der Brauch, dass Kinder von Haus zu Haus ziehen und die Erwachsenen mit Zweigen züchtigen. In Südösterreich sagen sie dabei folgenden Vers auf:
„Frisch und g'sund, frisch und g'sund,
lang leben und g'sund bleiben,
nix klunzn, nix klogen,
bis i wieder kumm schlogen."

28.12.1924: Die Schwebebahn auf den Fichtelberg

bei Oberwiesenthal im Erzgebirgskreis nimmt als erste Luftseilbahn Deutschlands ihren Betrieb auf.

17

„Papa. Hal-lo. He, Papa, aufwachen! Sonst versäumst du noch das Frühstück. PAPA!"

„Nicht nötig, so zu schreien. Bin putzmunter." Pez setzte sich auf und knallte mit dem Kopf gegen die Decke. „Wrgs." Er ließ sich zurückfallen und gab vor, ohnmächtig geworden zu sein.

„Tja, der Höhenunterschied … Komm schon, Papa! Das nimmt dir keiner ab. Mama hat recht, Charakterschauspiel ist nicht deine Stärke."

„Sagt sie das?"

„Nur, wenn man fragt."

„Ich bin von Verrätern umgeben." Pez reckte und streckte sich, stöhnte ein wenig, dann kletterte er ungelenk die senkrechte Leiter hinunter. „Wie spät ist es?"

„Fünf vor halb neun."

„Ah ja." Er blickte zum Fenster. Grauweißes Gewirbel wie das Bullauge einer Waschmaschine bei Schleudergang. „Heute hat es Familie Heilig nicht eilig, das Buffet abzuräumen."

„Oder erst recht. Weil sämtliche Gäste die ganze Zeit im Haus herumhocken müssen."

„Auch wieder wahr. Geh schon mal vor und nimm für mich zwei Semmeln, Wurst und Käse mit. Ich komme gleich nach."

„Fix." Li Si rauschte ab.

Pez tauschte den Pyjama gegen Schlabberhose und Sweater, dann schlurfte er ins WC. Als er auf dem Rückweg an den Duschen vorbeikam, bemerkte er das Schild „DEFEKT". Darunter stand in kleinerer Schrift, man möge in Oberstock oder Keller ausweichen. Während Pez vorgebeugt las, wurde er plötzlich hart von hinten gepackt. Ein muskulöser Arm schlang sich um seinen Hals, sodass er nur ein ersticktes Röcheln herausbrachte. Rücklings wurde Pez, vergeblich strampelnd, in die zweite Duschkammer gezerrt, herumgedreht und gegen die Wand geschubst, wodurch er sich erneut den Hinterkopf anschlug. Eine Hand umfasste seine Kehle, ohne zuzudrücken, die andere hielt Pez etwas, das er als Pfefferspraydose erkannte, vor die Nase.

„Schnelle Antwort", herrschte ihn eine dunkle Frauenstimme an. „Keine Ausflüchte, oder ich drücke ab. Weißt du, ob sich der Bravo im Haus befindet?"

„Nein! Darüber weiß ich nichts. Ehrlich!"

Die blitzblauen Augen verengten sich. Pez hatte das Gefühl, geröntgt zu werden. Er blinzelte. Nach endlosen Sekunden löste sich der Griff und der Spray wurde einige Zentimeter zurückgezogen.

„Ich glaube dir", sagte Chefinspektorin Fux.

Pez rang nach Luft. „Wa-wa-was soll das? Ums Haar hätte ich mich ei-ei-eingenässt!"

„Sorry, aber ich musste mich vergewissern."

„Wovon? Wie kommen Sie … kommst du überhaupt …" Er merkte, dass er sich auf einem schmalen Grat bewegte, und versuchte abzulenken. „Was du grad machst, grenzt hart an Foltermethoden."

„Kannst gern eine Dienstbeschwerde einreichen." Sie ließ ihn vollständig los und senkte die Arme. „Reden wir Klartext, Szily. Ich bin mir sicher, dass dich irgendetwas mit dem mysteriösen Bravo verbindet. Nein, halt die Klappe, warte. Ohne spezielle Hilfe hätten wir niemals so schnell die Kabarettistenmorde aufklären können. Und genauso wenig im Jahr davor den Fall am Dombrowskiplatz. Das war mir immer klar."

„Ich darf ni… Sagen wir es so. Angenommen, du hättest recht. Rein theoretisch." Pez wischte sich Schweiß von der Stirn. „Nein, andersrum. In einem Paralleluniversum. Wo deine … Unterstellung zutrifft. Dort und nur dort existiert jemand, der sich Bravo nennt, aber ich hatte seit … rund eineinhalb Jahren keinerlei Kontakt mehr mit ihm. Ich schwör's!" Er legte die Hand aufs Herz. *Overacting* in Reinkultur, dachte er dabei.

„Okay. Gut."

„Du meinst, er könnte …" Unwillkürlich irrten Pez' Augen in der Kammer umher. „Theoretisch hier im Haus sein?"

„Möglich. Mir kam vor, als hätte ich gestern im Keller ganz kurz einen Hausmeister gesehen. Grauer Arbeitsmantel, Schirmkappe und so, glaube ich. Bloß dass es keinen Hausmeister gibt. Kann mich nicht genauer erinnern, schon gar nicht ans Gesicht. Perfekte Verkleidung und gespenstische Unauffälligkeit – das ist doch sein Ding, nicht wahr?"

„Äh … im Paralleluniversum."

„Sicher. – Hör zu, Pez. Gestern am späten Nachmittag wurde Mia More erschossen. Die Frau mit den Rastalocken. In der Dusche nebenan", Fux tippte an die Wand, „die direkt an euer Zimmer grenzt. Ist dir etwas Ungewöhnliches aufgefallen? Hast du Schüsse gehört? Oder trockenes Ploppen, zweimal kurz hintereinander?"

„Nein. Nichts. Ich … habe ein Nickerchen gemacht. Die Influencerin, sagst du? Gütiger Himmel! Ein Mord." Ihm lief es kalt über den Rücken.

„Du scheinst das anzuziehen wie Mist die Fliegen."

„Also bitte! Mit dieser Dame habe und hatte ich nicht das Geringste zu tun."

„Scheint so. Derzeit. Wir müssen herausfinden, ob nicht doch eine verborgene Beziehung besteht, zu dir oder anderen."

„Wir?"

„Wir."

„Ah ja. Ich werde also wieder mal zum Hilfssheriff ernannt."

„Spar dir die Scherze für die Bühne! Das ist keine Comedy."

„Aber du willst etwas von mir. Sonst würdest du mich nicht einweihen."

„Ungern." Fux war anzusehen, dass sie wenig Freude damit hatte, jedoch blieb ihr keine Wahl. Sie steckte den Pfefferspray weg. „Gehen wir rüber."

Sie wechselten in das Zimmer, das Fux mit ihrem Neffen teilte. Fabian sei ebenfalls bereits unten, erklärte sie.

Mit halblauter, aber nachdrücklicher Stimme informierte sie Pez über ihre bisherigen Erkenntnisse und Maßnahmen. „Du kommst auch deswegen ins Spiel", endete sie, „weil du relativ geschickt im Umgang mit Menschen bist."

„*Ev'rybody loves me, baby*", zitierte er Don McLean. „*What's the matter with you?*"

„Szily!"

„Und weiter: *Tell me, what did I do to offend you …*"

„Pez, du verfluchter Idiot, trampel du nicht auch noch auf meinen Nerven herum. Ich hab's schon schwer genug."

Jetzt erst fiel ihm auf, wie abgespannt, ja zerschlagen Fux war. Sie wollte es sich nicht anmerken lassen und hielt sich mit eiserner Selbstbeherrschung aufrecht, aber wenn er genauer hinsah, wirkte sie übernächtig, zugleich fahrig und für sie untypisch verkrampft. Kein Wunder. An ihrer Stelle hätte er auch nicht viel geschlafen, wenn überhaupt.

„Entschuldigung", sagte er. „Blödeln ist nun mal meine Art, mit Stress umzugehen."

„Weiß ich. Reiß dich trotzdem zusammen."

„Hast du einen Verdacht, warum die junge Frau sterben musste, und vor allem …"

„Wer der Täter ist, beziehungsweise als wer oder was er sich ausgibt? Nein. Ob wir es tatsächlich mit dem Bravo zu tun haben, ändert einstweilen nichts. So oder so sollten wir den Mörder möglichst bald enttarnen. Er hat einen Vorsprung, der nicht kleiner wird, wenn sich die Verhältnisse normalisieren und wieder alle ausschwärmen."

„Wettersturz, Hangrutsch und Stromausfall müssen ihn genauso überrascht haben wie uns", dachte Pez laut nach. „Damit konnte niemand rechnen. Insofern steckt auch er in der Klemme."

„Das Schild an der Duschraumtür sagt ihm, dass die Hüttenwirte die Leiche gefunden haben, jedoch den Mord aus naheliegenden Gründen nicht an die große Glocke hängen wollen. Also wird er sich bedeckt halten, aber nicht im Zimmer vergraben, um nicht gerade dadurch Verdacht zu erregen." Sie stieß ihm den Zeigefinger gegen die Brust. „Spitz die Ohren. Stößt du auf den geringsten Hinweis, gibst du mir sofort Bescheid. Klar?"

„Klar." Pez wollte sich drücken. Ihr Blick nagelte ihn fest.

„Hier, ein Sitzplan vom Speisesaal. Auswendig lernen!" Sie gab ihm den Zettel. „Noch etwas. Die Kinder dürfen auf keinen Fall in diese Sache hineingezogen werden."

„Schwierig. Li Si weiß bereits, dass du bei der Kripo bist. Nicht von mir!", kam er hastig einem Rüffel zuvor. „Sie hat dich gegoogelt."

„Und den alten Zeitungsartikel gefunden?"

„Ja."

„Mist. Die Rappold schwört, ihn längst aus dem Archiv der Online-Ausgabe gelöscht zu haben. Aber er geistert immer noch durchs Netz. – Überhaupt ein kluges Kerlchen, deine Tochter."

„Es heißt, die Intelligenz wird zum größten Teil von der Mutter vererbt."

„Das erklärt vieles."

„Wo wart ihr so lang? Ich muss euch was zeigen", sprudelte Fabian hervor, als sie sich an den Ecktisch zu den Kindern setzten.

„Nicht auf nüchternen Magen", sagte Fux ungnädig. Ihr Neffe platzte fast vor Ungeduld. Nach der zweiten Tasse Kaffee nickte sie ihm zu.

„Ich bin ein menschlicher Lügendetektor", sagte er theatralisch. „Das glaubt ihr mir nicht? Ha! Ich werd's euch beweisen." Er reichte Pez eine Packung Spielkarten. „Schau sie dir genau an, ob sie irgendwie gezinkt oder markiert sind, oder in einer speziellen Reihenfolge geordnet."

Pez gehorchte. Es handelte sich um ein doppeldeutsches Preference-Blatt, 36 Karten jeweils von Sechser bis As in den Farben Herz, Schelle, Eichel und Laub, schon ein bisschen vergilbt und abgegriffen. „Alles sauber", bestätigte er.

„Mischen", kommandierte Fabian. „So oft du willst." Nachdem Pez auch das getan hatte, fächerte Fabian die Karten am Tisch auf, die gemusterte Rückseite oben.

„Nimm eine beliebige Karte und sieh sie dir an. Nicht zeigen, nichts sagen!"

Da Pez wusste, dass viele Kartentricks auf der Methode des *Forcierens* beruhten, zog er nicht aus der Mitte, sondern griff weit nach links. Er erwischte den grünen Buben. Am Rand der Karte stand „Walter Fürst", warum auch immer.

Fabian raffte die übrigen Karten wieder zusammen. „Leg deine oben drauf. Gut. Wer möchte abheben?"

Li Si, wer sonst, meldete sich als Erste. Nach ihr schob er Fux den Stapel hin, die ebenfalls abhob, zuletzt Pez. „Deine Karte ist jetzt irgendwo da drin, ich habe keine Ahnung, wo. Okay? Darum muss ich meine Fähigkeit als Lügendetektor einsetzen.

Diesmal fächerte er die Karten so auf, dass die Bildseite sichtbar war. „Gib mir deine Hand und streck den Zeigefinger aus." Während er Pez' Arm langsam über die Auslage schwenkte, tat Fabian, als messe er an der Speichenarterie den Puls. „Hmm … Nein, da ist nichts." Er wischte einen Teil der Karten weg. „Andere Seite … Oh, da rührt sich was." Schließlich drückte er die Hand nach unten. „War das deine Karte?" Der Finger zeigte auf Blatt-Bube.

„Ja", sagte Pez. „Wow. Ich bin beeindruckt."

Auch Fux und Li Si gratulierten. Fabian ließ sich ausgiebig feiern, dann sagte er: „Das hat mir Harry beigebracht, während wir auf euch gewartet haben." Am Nebentisch drehte sich ein Mann mittleren Alters zu ihnen um. Kahler Spitzkopf, penibel gestutzer schwarzer Henri-Quatre-Bart, gewinnendes Lächeln. Und eine tragende, sprechtechnisch geschulte Stimme: „Fabian hat sich als äußerst gelehriger Schüler erwiesen. – Toll gemacht, Junge! Nur den *reveal* könntest du noch etwas mehr zelebrieren. Aber fürs erste Mal for-mi-da-bel!"

Fabian strahlte. Pez rekapitulierte den Sitzplan. Außer den De la Ossa Carrascos, die selig-verständnislos dreinguckten, waren an diesem Tisch Harald Brenneis und Sara Dubois verzeichnet, *a/k/a* „Magic Duo Harry & Sally", ebenfalls gebucht für die Silvester-Megaparty.

„Hübscher Trick", sagte Pez. „Auch gut präsentiert."

„Das klingt, als wärst du vom Fach", sagte die mandeläugige

Sally. Sie hatte bordeauxrotes, zum Mini-French-Bob geschnittenes Haar und war sehr zart gebaut; ideal für Zaubertricks, die primär auf Gelenkigkeit basierten.

„Nur ganz am Rande", winkte Pez ab. „In der Jugend habe ich mir das Taschengeld durch Kartenspielen aufgebessert. Ohne zu schummeln, wohlgemerkt."

„Aber du wüsstest, wie man's macht, nicht wahr?"

„Um es mit Rod Steward zu sagen: *First cut is the deepest …*"

„*Baby, I know*", setzte Harry fort und zwinkerte. „Wir verstehen uns. – Wusstet ihr, dass das in Österreich so beliebte doppeldeutsche Blatt ursprünglich aus Ungarn stammt? Zur Zeit der Aufstände gegen die Habsburger griff man in Siebenbürgen auf Figuren aus der Wilhelm-Tell-Sage zurück. Walter Fürst aus Uri, der grüne Unter, war einer der drei ersten Eidgenossen. Tell ist übrigens der Eichel-Ober."

„Interessanterweise kennt trotzdem in der Schweiz fast niemand dieses Blatt", sagte Sally.

„Meine Partnerin kommt aus Grindelwald. Aber wir leben schon länger in Las Vegas."

„Ah ja."

„Grindelwald?", echote Fabian.

„Ein durchaus mondäner Tourismusort. Seht ihr, so ändern sich die Zeiten. Früher hieß es ‚Oh, Las Vegas?' – Aber seit den Filmen über die ‚Fantastischen Tierwesen' …" Harry lachte herzlich, wobei er ein makelloses Gebiss zur Schau stellte.

Pez hatte ihn auf Anhieb nicht gemocht. Zu glatt, *slimfit*-schlüpfrig, stromlinienförmig. Ein Aal im Maßanzug, mit einem Porzellanpüppchen als *sidekick*. Dieser Sorte begegnete man im Showbusiness oft, je internationaler, desto häufiger. „Vielleicht", sagte Pez, gerade um den Tick lauter, dass der halbe Saal aufhochte, „mögt ihr ja heute Nachmittag oder Abend eine kleine Kostprobe eurer Zauberkunst geben? Um die Tristesse unserer Eingeschlossenheit zu mildern?"

„Oh bitte, das wäre super!", rief Li Si.

„Voll", sagte Fabian.

„*Close-up* ist eigentlich nicht unsere Spezialität", sagte Harry. „Sondern die große Bühnenillusion. Aber schön, ein kurzes Set sollte sich machen lassen."

In Wirklichkeit hasste er so etwas, dessen war sich Pez hundertprozentig sicher. So wie er selbst, wenn jemand seine Stimme erkannte und ihn nötigte, für irgendeinen Kumpel „Ich bin's, dein Geschirrspüler" ins Handy zu schnarren. Gleichwohl machte Harald Brenneis aus Las Vegas gute Miene zum bösen Spiel, verneigte sich und wehrte dann mit gespielter Bescheidenheit den Applaus der Umsitzenden ab. Innerlich perfide grinsend, wahrte auch Peter Szily sein Pokerface.

„Das bringt mich auf eine Idee", sagte Fux.

18

„Taphephobie ist die Angst, lebendig begraben zu werden", sagte eine Krankenschwester in Pongos Traum. Dass er träumte, erkannte er daran, dass ihm im Wachzustand nie ein Wortungetüm wie Taphephobie eingefallen wäre.

„Viele berühmte Persönlichkeiten litten darunter", dozierte die fette Schwester: „Edgar Allen Poe, Arthur Schnitzler, Johann Nestroy … Hans Christian Andersen befahl, seinem Leichnam die Pulsadern aufzuschneiden, und Arthur Schopenhauer verfügte, er dürfe erst bestattet werden, wenn deutliche Anzeichen der Verwesung zu erkennen wären."

Pascal „Pongo" Pongrac ärgerte sich über sein Unterbewusstsein, das irgendwo eine Handvoll Irrer gespeichert hatte, von denen er keinen einzigen kannte. Vor Zorn wachte er auf.

Oder auch nicht.

Als er die Augen öffnete, blieb es dunkel. Komplett schwarz. War er blind? Oder ging der Albtraum weiter?

In Pongos Kopf dröhnte ein Bohrhammer. Mehr noch, etwas

drückte auf seine Stirn. Eine Art Spange. Hatte man ihn festge-
schnallt? Er tastete danach: zwei Finger dick, gebogen. Auch um
die Brust spürte er Widerstand. Viel, wenn er schnelle Bewegungen versuchte, weniger bei langsamen.

Vorsichtig richtete er sich auf. Da war ja doch ein bisschen
Licht. Sehr matt. Kontrolllämpchen. Am Armaturenbrett. Für
Motor und Standheizung.

Jebem ti majku! Er saß im Pick-up, hatte mit dem Gesicht am
Lenkrad geschlafen. Wie lange? Was war davor passiert? Pongo
konnte sich nicht erinnern. Totaler Filmriss. Ihm war übel und
schwindlig. Gegen einen normalen Kater war das, was er hatte,
ein sechsbeiniges Monstervieh, das Feuer spuckte.

Er löste den Sicherheitsgurt und schaltete die Innenbeleuch-
tung ein. Am Beifahrersitz lag ein Plastiksack voller Medikamen-
tenschachteln. Pongo hatte Beute gemacht. Sehr gut. Wo und wie,
würde ihm schon noch einfallen. Er warf je ein Modasomil und
Mirtabene ein, zwei Thomapyrin als Unterlage. Dann sah er aus
dem Fenster: Schnee.

Schnee auf allen Seiten. Eine grauweiße Mauer links, vorne
und rechts.

Pongo schaltete die Scheibenwischer ein. Sie ruckelten nur,
steckten fest. Nicht die geringste Veränderung bei der kompak-
ten Masse. Dasselbe bei den Türen: Mehr als ein paar Millimeter
gingen sie nicht auf.

Er war eingeschneit. Lebendig begraben. Ohne Heizung wäre
er vermutlich bereits erfroren.

Die Tankanzeige stand bei knapp vor Reserve. Sollte er einfach losfahren? Aber Pongo wusste nicht, wo er war, und be-
zweifelte, dass der Schnee auf der Windschutzscheibe sich nach
wenigen Metern lockern würde. Falls er überhaupt wegkam, All-
radantrieb hin oder her. Selbst wenn, konnte es sein, dass er ein
anderes geparktes Auto rammte, ehe er es sah.

Er suchte und fand die Arbeitshandschuhe. Dann kurbelte er
langsam das Seitenfenster herunter. Obwohl er mit der freien
Hand gegen den Schnee drückte, konnte er nicht verhindern,

dass weiße kalte Batzen ins Wageninnere fielen. Er presste die Faust in die Masse, schob mit aller Kraft nach, bis der ausgestreckte Arm fast bis zur Schulter drinsteckte, und kam doch nirgends ins Freie. Um den Pick-up musste sich ein Berg aus Schnee gebildet haben.

Verdammt, wie lange hatte Pongo geschlafen? Die Uhr zeigte 11:20. Das beantwortete seine Frage: jedenfalls zu lange. Vor etwas weniger als 24 Stunden, als er den Sechser-BMW der Stargast-Betreuerin verfolgt hatte, waren die Straßen noch staubtrocken gewesen.

Was war danach geschehen? Er wusste es nicht mehr. Hatte er zu viel Alkohol getrunken? Pongo hielt sich die Hand vor Nase und Mund und hauchte hinein. Gut roch das nicht, aber auch nicht nach Vollrausch.

Fast halb zwölf! Er musste zu Tanuki, schoss ihm ein. Das arme Tier war sicher schon halb verhungert. Pongo dachte scharf nach. Er hatte Werkzeug, auch eine Schaufel … hinten auf der Ladefläche. Aber am Boden zwischen den Sitzen lag das Brecheisen. Damit als Verlängerung der Reichweite stieß er abermals in die Schneewand zur Linken – und hindurch!

Na also. Ein Teilsieg. Pongo schloss den Zipp der Uniformjacke bis zum Hals, setzte die Kapuze auf und verschnürte sie unterm Kinn, dann begann er, sich mit Händen und Kopf voran durch das Fenster in den Schnee zu wühlen.

Beinahe wäre er im Rahmen stecken geblieben und elend erstickt. So ähnlich musste es sich anfühlen, von einer Lawine verschüttet zu werden. Pongo nahm sich fest vor, diese Erfahrung zukünftig zu vermeiden.

Als er sich endlich befreit hatte, war er schweißgebadet, glühte vor Anstrengung und fror zugleich, weil ihm der scharfe Wind unter die feuchte Wäsche fuhr. Es schneite dicke Flocken aus einem eintönig grauen Himmel. Die Sonne war nicht einmal zu erahnen, ringsum alles weiß. Etwa ein Meter Neuschnee lag auf dem Dach einer nahen Scheune. Der Pick-up steckte unter einer Wechte neben der Landstraße, in der Ausbuchtung vor einem

Holzhäuschen. Darauf stand „Hofladen – Selbstbedienungsbox". Vielleicht war er deswegen hier stehen geblieben.

Pongo benötigte zehn Minuten, um sich zur Schaufel durchzubuddeln, und eine weitere halbe Stunde, um sein Auto einigermaßen freizulegen. Kurz bevor er damit fertig war, kam auf der Straße ein Räumfahrzeug vorbei, ein hupender, orange blinkender Unimog mit Pflug und Schneefräse, und machte Pongos Arbeit größtenteils wieder zunichte. Der hinterher gebrüllte Racheschwur verhallte ungehört.

An der Glastür des Häuschens leistete das bewährte Brecheisen gute Dienste. Pongo versorgte sich mit Bauernbrot, Selchwürsteln und Eiern, die er roh schlürfte. Dazu trank er picksüßen Holundersaft. Unverdünnt, da sich sein Magen beim Anblick der Mineralwasserflaschen zusammenkrampfte, wahrscheinlich wegen der Kohlensäure. Mit der Treibstoffreserve schaffte er es gerade noch bis zur nächsten Tankstelle.

Etliche Kilometer und eine Handvoll Pillen später fand Pongo zurück zum Festgelände. Dort tat sich nicht viel. Die große Bühne und die Technikstationen waren mit Zeltplanen dichtgemacht worden, daher konnten keine Proben stattfinden.

Bei der Zufahrt zum Containerdorf schob wie am Vortag die Kickboxerin Wache. „Na, du hast Nerven", sagte sie, als sie Pongo erkannte. „Dass du dich überhaupt noch hertraust! Unentschuldigt vom Dienst fernbleiben, ausgerechnet in der Nacht, in der wegen des Sauwetters am meisten zu tun ist, das lässt dir keiner durchgehen."

„Der Boss ist sauer?"

„Ist der Papst katholisch?"

„Weiß ich nicht. Wieso?"

„Vergiss es. – Du wurdest fristlos gefeuert. *Game over.* Geld siehst du hier keines mehr."

„He, ich hab Kaution für die Uniform hinterlegt!"

„Heute morgen verfallen. Kannst froh sein, dass sie nicht als Pönale dein Auto konfiszieren. Dein Glück, dass die alte Rostschüssel nichts wert ist. Was war los? Hast du dich zur Besinnungslosigkeit gekokst?" Pongo wischte sich über den Mund. Vanillezucker von der Kekspackung, die er mitgenommen und während der Fahrt vertilgt hatte. „Geht dich nichts an."

„Jedenfalls, du bist raus. Tschau mit Au. Am besten verziehst du dich ganz aus Bad Bründlmoor."

Das war vielleicht kein schlechter Plan, in Anbetracht des geknackten Hofladens, der Flucht vor dem nicht bezahlten Tankwart und der mutmaßlich ebenso irregulären Herkunft der Medikamente.

„Logo. Muss nur noch meinen Tanuki holen."

„Zu spät, der ist weg. Der Sturm hat das Gitter davongeblasen. Und du warst ja nicht da. Also ist er wohl in der Nacht ausgebüchst."

„Verdammt!" Pongo drosch sich mit den Fäusten gegen die Schläfen, was an seinen Kopfschmerzen nichts änderte. „Wohin?"

„Woher soll ich das wissen? Falls du ihn suchst, würde ich an deiner Stelle vorsichtig sein. Waschbären …"

„Er ist kein Waschbär!"

„Ja doch, lass mich ausreden. Die und anderes Kroppzeug wie dein Seefuchs sind ganzjährig zum Abschuss freigegeben. Weil sie Tollwut übertragen können. Darfst dich nicht beschweren, wenn du ebenfalls eine Schrotladung abkriegst."

Wollte sie ihm Angst einjagen? Da hatte sie den Falschen erwischt. War Tanuki gar nicht entlaufen, sondern von jemandem gemopst worden, der ein Geschäft witterte?

„Hau ab, ehe ich dich melden muss", sagte die Kickboxerin.

Während er wendete, beschloss Pongo, nun erst recht der Sache auf den Grund zu gehen. Dezent, wohlüberlegt und mit Fingerspitzengefühl, wie es nun mal seine Art war.

19

„Aussichtslos", sagte Fux. „Im wahrsten Wortsinn. Man sieht keine zehn Meter weit." Sie setzte die Skibrille ab, schüttelte sich, zog die Handschuhe und den Anorak aus. „Binnen kürzester Zeit würde ich die Orientierung verlieren. Und jeder Schritt ist eine Qual, weil man so tief einsinkt."

„Aber du hast es versucht", sagte Mary, die hinter dem Tresen Gläser in den Geschirrspüler schlichtete. „Wolltest dir selbst ein Bild machen."

„Ja."

„Und?"

„Ihr habt nicht übertrieben."

Die Hüttenwirtin lachte. „In der Pfalz sagen wir, ‚Wann's net glääbscht, kannsch's bappe'."

„Äh …?"

„Wenn du es nicht glaubst, kannst du es leimen", übersetzte Vido. Er legte mehrere Bestellzettel in die Durchreiche zur Küche. „Ein Wortspiel. Auf Pfälzisch klingen ‚glauben' und ‚kleben' gleich. Schon lange vor den fanatischen Klimaaktivisten."

„Gab es eigentlich", nahm Fux spontan den Faden auf, „in der Region jemals Probleme mit militanten Umweltschützern?"

„Nicht, dass ich wüsste. An wen sollten die appellieren? Die Einheimischen leben vom Tourismus, die Saisonarbeiter detto und die Fremden kommen deswegen her."

„Der Lamentor ist also ein einsamer Rufer in der Wüste."

Vido schnaubte abfällig. „Bis auf den Ignaz und ein paar andere versprengte Fans nimmt ihn niemand ernst, allerhöchstens als Teil der Folklore."

„Verstehe." Fux registrierte erst jetzt die wohltuende Abwesenheit der Ziehharmonika. „Ignaz ist heute nicht da?"

„Gewöhnlich kommt er nur jeden zweiten oder dritten Tag. – Übrigens, deine Idee mit dem Hüttenabend finde ich wirklich super."

„Ich auch", sagte Mary. „Das nimmt einigen Druck aus der Situation. Herzlichen Dank dafür!"

„Nichts zu danken. Die Hauptarbeit macht ohnehin Peter Szily."

In diesem Augenblick setzte Musik ein. Nicht aus der Bar, sondern aus dem Extrastüberl neben dem Speisesaal; nicht Ziehharmonika, sondern Gitarre; etwas weniger laut und schrill – aber mindestens ebenso falsch. Der hinzukommende Gesang machte nichts besser, im Gegenteil: Jede der hohen Stimmen schien sich in einer anderen Tonart zu bewegen: *„Now I've heard there was a secret chord / That David played, and it pleased the Lord ..."*

„Himmelherrgottkruzifix!" Aus dem Saal kam händeringend Gert Teuschl. „Die reinste Folter is des!"

„But you dont really care for music, do ya?"

„Solhane Banausen", schimpfte der Kärntner weiter. „Des holtat do kana aus, der zwa gsunde Ohren hot!"

Er stürmte ins Stüberl.

Fux folgte ihm.

Der kleinere Aufenthaltsraum diente als Spielzimmer. Es gab eine Dartscheibe, einen Drehfußballtisch, ein Regal mit Taschenbüchern, Comics, Illustrierten, Karten- und anderen Spielen. Laut Sitzplan nahmen die jüngeren Pfadfinder in diesem Raum mit ihrer Gruppenleiterin Waltraud Wotruba die Mahlzeiten ein.

Nun war die gesamte Truppe um die dralle Matrone und Pater Meinrad versammelt und mühte sich nach Leibeskräften, Cohens *„Halleluja"* zu intonieren. Beziehungsweise zu malträtieren – bis Teuschl dem Priester die Wanderklampfe aus der Hand nahm. „Sei mir bittscheen net bees, Herr Kaplan", sagte er. „Owa so geht des nit. Loss mi hööfn."

Während er die Gitarre Saite für Saite stimmte, erklärte er, dass der Reiz dieses Liedes im Wechsel zwischen Dur und Moll bestand und man deshalb nicht einfach denjenigen Akkord, der am ehesten richtig klang, gnadenlos durchschrummen durfte. „Es wird sogar im Text wortwörtlich beschrieben: vierte Stufe, fünfte, enharmonisch absteigend, aufsteigend zur Septim. Und dann sollat ma halt auch auf dem richtigen Ton einsetzen, net imma justament a Terz drunter, sonst landet ma in Teifels Küche." Er begann zu zupfen. „So: *It goes like this, the fourth, the fifth ...* Na, kommt's, Kinder!"

Die Pfadfinder fielen zögerlich, dann immer beherzter ein und auf einmal klang das Ganze wirklich nach einem hymnischen Chor. Auch Fabian, der in der Ecke beim Regal stand, und Fux klatschten am Ende ehrlich begeistert.

Teuschl reichte die Gitarre zurück. „,Es ist ein guter Song', hat Cohen in einem Interview gesagt, ,aber er wird von zu vielen Leuten gesungen.'"

Pater Meinrad entging die Ironie oder er setzte sich mit klerikaler Ignoranz darüber hinweg.

„Wir würden ihn gern heute Abend vortragen. Wärst du so nett, uns dabei zu begleiten, lieber ..."

„Du kannst das so viel besser als ich, Gert. Würdest Du?"

Wotruba und einige Kinder bettelten ebenfalls. Schließlich willigte Teuschl ein. Eine subtile Form der Erpressung, fand Fux: Mach mit oder leide darunter, wie wir es verhunzen.

Ganze Weltreligionen fußten auf diesem Schema.

Sie winkte Fabian zu und zeigte ihm vier Finger. Nicht auf die Besprechung um 16 Uhr vergessen, bedeutete das. Er signalisierte mit hochgerecktem Daumen okay.

Aber nichts war okay, grübelte Fux auf dem Weg nach oben. Nach wie vor fehlten brauchbare Hinweise darauf, wer der Mörder war. Beziehungsweise, welche Rolle er spielte.

Sie ging von einem Profi aus, der nicht vorschnell überreagierte, jedoch keine Skrupel kannte, falls er sich ernstlich in die Enge getrieben fühlte. Ihre größte Sorge galt Fabian und Li Si. Ihnen würde, aufgeweckt und clever wie sie waren, nicht entgehen, dass Fux und Szily Nachforschungen anstellten. Deshalb hatte sie den Hüttenabend initiiert. Als Deckmantel, der ihnen erlaubte, unter allen Gästen herumzufragen – vorgeblich, wer etwas zum Programm beisteuern könnte. Überdies sollten die Jugendlichen die „Lügendetektor-Fähigkeit" einsetzen, nämlich darauf achten, ob jemand sich merkwürdig verhielt, beispielsweise so, als hätte er oder sie etwas zu verbergen. Rechtfertigung: Damit Pez als Organisator und Moderator des Abends dann nicht versehentlich in ein Fettnäpfchen tappte. Auf diese Weise wurden sie beschäftigt und die Aktivitäten aller vier Beteiligten glaubwürdig begründet. Trotzdem war es ein gewagtes Spiel … Aber die Hände in den Schoß zu legen und auf Schönwetter zu warten, wäre wohl noch gefährlicher gewesen.

Wie vereinbart, trafen sie sich um vier Uhr Nachmittag im Zimmer der Szilys. Fabian brachte aus dem Stüberl ein Sportmagazin mit, dessen Aufmacher „Höchster Einsatz" ihm ins Auge gestochen war. Die Titelgeschichte widmete sich den zuletzt gehäuft aufgetretenen, teilweise mysteriösen Todesfällen in der Extremsport- und Stadionspektakel-Szene.

Sowohl die „Monsters of Stunt" wurden prominent erwähnt als auch Freeriding-Jungstar Dominik Kaltenbäck, der mit ihnen schon öfters für Filme oder Live-Galas zusammengearbeitet hatte. Zwei seiner engsten Freunde waren vor wenigen Monaten bei einem Hubschrauberabsturz umgekommen, darunter sein Mentor, der ihn vom ÖSV-Jugendkader zu diesem Sport gelotst hatte. Die „Monsters" beklagten gleich drei Tote: eine Motorrad-Akrobatin infolge eines explodierten Tanklastwagens in Bologna; ein Rallye-As nach einem missglückten Snowmobil-Weitsprung-Weltrekordversuch in Aspen, Colorado; sowie eine Mitbegründerin, die in San Francisco von der Golden Gate Bridge, dem weltweit populärsten Ort für Selbstmorde, gefallen war – verkleidet als Superheldin „Captain Marvel".

Eventuell etwas für Interpol, überlegte Fux. Aber die zuständigen Kollegen im Bundeskriminalamt konnte sie momentan genausowenig erreichen wie alle anderen. Kaltenbäck war außerdem erst 21, sehr jung für einen erfahrenen Profikiller. Definitiv jünger als der Bravo, der seit mindestens 15 Jahren sein Unwesen trieb.

„Ebenfalls keine Witze reißen solltest du über die Verhandlungen zwischen der ‚Freeride World Tour' und der FIS", sagte Fabian und blätterte zum nächsten Artikel. „Kaltenbäck tritt für eine Kooperation ein. Seine Sportart bekäme dadurch die Chance, olympisch zu werden. Er wird deswegen aber auch ziemlich angefeindet. Weil man befürchtet", las Fabian vor, „‚nach den Snowboardern und Freestylern könnten auch die Freerider ihre Seele verkaufen'."

„Der Internationale Skiverband ist doch so eine Art Mafia, oder?", sagte Li Si. „Haben die nicht kürzlich bis aufs Blut über Marketingrechte gestritten?"

„Im Sommer, glaube ich. Gallaun hat was davon erzählt", sagte Fux. Ihr Gruppeninspektor gehörte der Wiener Skisektion des Polizeisportvereins an, der traditionell gute Verbindungen zum ÖSV pflegte. Schließlich waren zahlreiche Skirennläufer im Zivilberuf Polizisten. Das lag daran, dass kaum ein anderer Dienstgeber Spitzensportler für die Dauer ihrer aktiven Laufbahn freistellte und später jederzeit wieder aufnahm, allenfalls noch das Bundesheer. „Um die Intrigen der Alpinen habe ich mich nie gekümmert."

„Dominik Kaltenbäck wird am Abend sowieso nicht mitmachen", sagte Szily. „Ich habe ihn angesprochen und vorgeschlagen, er könne ja z. B. Bodenakrobatik zeigen. Er war grob abweisend und meinte nur, er finde das saudoof, und ich solle ihn nicht mehr behelligen. Nicht grade der umgänglichste Zeitgenosse." Dabei warf er Fux einen bedeutungsvollen Blick zu.

Aber zu jung, dachte sie. Oder?

„Das hättest du auch früher sagen können", maulte Fabian und warf die Zeitschrift in den Mistkübel. Sofort hellte sich sein Gesicht wieder auf. „Was anderes. Ich hab mit einem der älteren Pfadfinder geredet. Über den Wickel, den ihr Pater Meinrad mit dem germanischen Muskelprotz hat."

„Ah ja."

„Was hat er erzählt?", fragte Fux. In diese Angelegenheit hatte Monika Murlaschitz alias Mia More sich eingemischt, wenige Stunden vor ihrem Tod.

„Dass bei ihnen alles sauber ist. Also, Missbrauchs-mäßig", konkretisierte Fabian. „Falls der Pater jemanden angrapscht, dann die fe…, die mollige Gruppenleiterin Waltraud."

„Dein Informant meint, die zwei …?"

„… haben ein Gspusi, voll. Wenn sie glauben, dass alle Kinder schlafen, verziehen sie sich ins hinterste Eck des Dachbodens."

„Weder strafbar", sagte Szily, „noch sensationell unüblich. Das Priesterzölibat ist eine der fatalsten Dummheiten, die der Menschheit je eingefallen sind. Bloß weil die Kirche Personalkosten sparen will …"

„Jedenfalls", unterbrach Fux die drohende Litanei, „gibt es da ein Geheimnis und Fabi kriegt einen Lügendetektor-Punkt."

„Yes!", rief ihr Neffe.

Bei sich dachte sie: Wollte die Murlaschitz daraus einen Skandal machen? Und wenn auch – würde, um das zu verhindern, ein Priester oder seine heimliche Geliebte wirklich morden? Ein Motiv, okay. Aber ein stärkeres, schon gar um einen Profikiller zu beauftragen, wäre wohl, dass die Influencerin Einfluss auf die Entscheidungen von Weltverbänden nehmen könnte, die viele Millionen bewegten! Bloß wussten sie von keiner Verbindung zu Kaltenbäck …

„Vielleicht interessiert ihr euch jetzt ja doch auch für den Muskelprotz", sagte Li Si und hielt ihr Smartphone hoch.

„Du hast wieder Netzempfang?", fragte Szily perplex.

„Nein. Aber meine letzten Suchergebnisse sind immer noch im Cache des Handys."

Der Mann, den Fabian am Morgen des Vortags in der Bar mit Murlaschitz gesehen hatte, hieß Thilo Eisner. Er war gebürtiger Hamburger und blickte auf eine äußerst bewegte Vergangenheit zurück: *Mixed Martial Arts*-Kämpfer, Bodyguard und Türsteher auf der Reeperbahn, führendes Mitglied einer weltweiten Motorradgang, von der er sich losgesagt hatte, um Karriere als Selbstverteidigungs-Trainer und Vortragender für Gewaltprävention zu machen. Auftritte in TV-Reality Shows – nie zugleich mit Murlaschitz, aber beim selben Privatsender –, schließlich Gründung des „Kinderschutzkorps".

„Die Typen hauen mächtig auf die Pauke", sagte Li Si. „Fordern ‚Null Toleranz für Kinderschänder', demonstrieren bei jeder Gelegenheit für härtere Gesetze, auch gegen Homosexuelleninitiativen und Drag Queens, zerren vermeintliche Täter und Opfer an die Öffentlichkeit, klagen Kritiker, andere Vereine und Behörden, sogar aus ihrer Sicht lasche Polizeibeamte."

„Und sie sammeln fleißig Spenden", sagte Szily, der seiner Tochter über die Schulter lugte und mitlas.

„Fix. Alles angeblich im Dienst der guten Sache. Dabei drängen sie sich dermaßen rein, dass Richter nicht mehr sicher sein können, ob das betroffene Kind nicht vorab von ihnen beeinflusst wurde. Kommt es deshalb zu keinem Urteil, werten sie das erst recht als Bestätigung, dass alle außer ihnen zu zahnlos vorgehen."

„Sieht mir ganz danach aus, als wollten sie das Thema Missbrauch in Beschlag nehmen. Seit Jahren bemühen sich Rechtsextreme, politische Gegner als Pädophile zu *framen*. Bis hin zur völlig hirnrissigen Verschwörungstheorie", Szily griff sich an die Stirn, „Hillary Clinton, diverse Hollywoodstars und andere Promis würden, um langsamer zu altern, entführten Kleinkindern in Kellergefängnissen das Stoffwechselprodukt Adrenochrom abzapfen!"

„Das glaubt aber nicht wirklich jemand, oder?", fragte Fabian. „Obwohl ... allein an der Schule kenne ich zwei."

„Ich leider auch." Li Si wischte mit dem Finger übers Display. „Nur ein paar Links weiter finden sich Indizien, dass der feine Herr Eisner durchaus noch Kontakt zu seiner Bikergang hat. Über ein Neonazi-Nest in Oberösterreich, das auch als Drehscheibe für Kampfsportgruppen und Fußball-Hooligans fungiert, mit dem Rotlichtmilieu vernetzt ist, Menschenhandel betreibt und illegale Billigarbeiter in deutsche Schlachthöfe schleust."

„Ah ja. Die lassen nicht viel aus. – Ich denke, ich werde Thilos Angebot, heute Abend einen kurzen Vortrag zu halten, abschlägig bescheiden müssen", sagte Szily. „Nicht nur aus Rücksicht auf die Pfadfinder."

„Bekomme ich aber schon auch einen Lügendetektor-Punkt?", fragte Li Si.

„Mit Plus und Sternchen", sagte Fux.

Nach dem Abendessen – drei Sorten Nudeln und drei verschiedene Soßen, beliebig kombinierbar – wurde die Hälfte der Tische hinaus in den Gang geräumt, um Platz für eine Bühne aus Bierkästen und Tischtennisplatten zu schaffen.

Szily moderierte die Veranstaltung routiniert und launig, mit Stimmparodien und stellenweise gar nicht mal so üblen Scherzen. Es gab überraschend viele Beiträge. Der Pyrotechniker Ernst Zanger bastelte aus Klopapierrollen und Küchenzutaten ein hübsches kleines Tischfeuerwerk, das jedem Chemiebaukasten zur Ehre gereicht hätte. Mehrere ältere Gäste sagten Mundartgedichte auf. Hochrot vor Aufregung führte Fabian seinen Zaubertrick vor. Als dieser gelang, stellte Fux bei sich ungeahnte Ausmaße von Tantenstolz fest. Gert Teuschl steuerte den Pfadfinderchor relativ unfallfrei durch Cohens „Halleluja" und das Jungscharlied. Später begleitete er Mercedes de la Ossa Carrasco beim Bossanova-Hit „Desafinado" sowie ein Trio schon recht illuminierter Alpenfreunde bei Wolfgang Ambros' unvermeidlichem „Schifoahn". Ian Carl Erlenbracht referierte ein Kapitel aus seinem populärwissenschaftlichen Bestseller Das Glück der Züchtigen über das Spannungsfeld zwischen Askese und Leichtsinn: langweilige Binsenweisheiten, aber er hatte die Haare sehr schön. Seine Gattin Neelke Lutz-Erlenbracht erzählte ebenso harm- wie witzlose Schmankerln aus dem Nähkästchen der Gestalterin eines Society-Magazins – wobei Fux einfiel, dass nicht sie es gewesen war, die am Stefanitag in der Seilbahngondel mit ihrem Mann geschäkert hatte, sondern das spätere Mordopfer. Das wiederum keinem abzugehen schien. Zumindest wäre Fux nicht aufgefallen, dass sich jemand nach Mia More erkundigt hätte. Freilich wurde reichlich Ablenkung geboten.

Der programmierte Höhepunkt war „Magic Harry" Brenneis. Ohne Sally, denn die für die spektakulären Illusionen benötigten *Props*, wie sie ihre Requisiten bezeichneten, lagerten bereits bei der Fontanarena. Vielleicht war die zierliche Frau ja irgendwo versteckt, als Helferin. Fux sah sie jedenfalls nicht.

Harry ging zügig durch das Publikum nach vorne, wechselte hier und da ein paar Worte, blieb dabei nie stehen. Trotzdem präsentierte er gleich darauf drei Armbanduhren, die er *en passant* erbeutet hatte. Das gefiel Fux. Üblichen Zaubertricks konnte sie wenig abgewinnen. Taschendiebe jedoch beneidete sie um ihre Fingerfertigkeit. Die Besitzer der Uhren, zwei Männer und eine Frau, bat Harry zur Bühne, ließ sie nebeneinander auf Stühlen Platz nehmen und sich bestätigen, dass sie nichts abgesprochen hatten. Überhaupt sollten sie sich im Folgenden strikt an die Wahrheit halten, was sie feierlich gelobten. Harry trat hinter sie und erklärte, er wolle nun mit ihnen ein telepathisches Experiment durchführen. Gedankenlesen sei schon schwierig, Gedanken an andere zu übermitteln jedoch die hohe Schule. Der Reihe nach werde er die drei so anstupsen, dass nur die jeweilige Person es bemerke, und dieser eine Zahl suggerieren, als Bestandteil einer Uhrzeit. Die erste, die für den Stundenzeiger stehe, diene hauptsächlich als Beispiel. Dabei hob Harry fürs Publikum gut sichtbar die Hand und führte sie hinter den Rücken des Mannes in der Mitte.

„Bleibt bitte alle ganz ruhig und gebt noch nichts preis", sagte Harry, locker hin und her tänzelnd. „Aber wenn du die Person bist, die ich ausgewählt habe, dann denk jetzt an eine Zahl zwischen eins und zwölf, die häufig in Märchen vorkommt. Bei Geißlein, bei Raben und Schwaben, bei einem tapferen Schneider. Nichts sagen! Du hast die Zahl, gell? Ihr alle", er wandte sich ans Publikum, „wisst inzwischen, welche Zahl gemeint ist. Das war billig. Doch für die Minuten und Sekunden machen wir es uns nicht mehr so leicht. Einerseits, weil wir unter sechzig Zahlen auswählen, andererseits, weil nicht ich entscheide, nach welchen Kriterien, sondern einer von euch. Soll es sich um das Alter eines lieben Verwandten handeln? Um eine Adresse? Oder um eine bedeutsame Jahreszahl? Du!" Er zeigte auf ein Pfadfindermädchen. „Wie heißt du?"

„Edith."

„Ein schöner Name. Applaus für Edith! – Was bevorzugst du: Jahr, Alter oder Hausnummer?"

„Äh ... Hausnummer."

„Danke dir. – Edith, meine Damen und Herren!" Während die Leute klatschten, ging Harry zurück und beugte sich leicht hinter die Frau. „Falls ich jetzt dich gestupst habe", sagte er hernach laut und eindringlich, „dann denk an eine Hausnummer nicht höher als sechzig. Ich beeinflusse dich nur so weit, dass ich dir das Bild eines Vorgartens schicke ... mit einem Apfelbaum ... und einer Schaukel. Nichts sagen! Merke dir die Nummer gut, sie entspricht den Minuten der gesuchten Uhrzeit."

„Hast du eine Ahnung", raunte Fabian, „wie er das macht? Mir würde sich da keine bestimmte Zahl aufdrängen."

Fux schüttelte den Kopf.

„Es gibt gewisse Stereotype", flüsterte Szily. „Manche Impro-Gruppen machen sich das zunutze. Beim Stichwort Farbe kommt meistens rot, als Werkzeug Hammer ... Aber mit Hausnummer, Alter oder Jahr kenne ich so was nicht."

„Für die Sekunden", verkündete Harry, „erhöhen wir abermals den Schwierigkeitsgrad. An die Person, die ich noch nicht angestupst habe: Denk dir eine Zahl unter sechzig. Eine vollkommen beliebige, einfach so! Und bleib dabei, was auch immer geschieht."

Er trat an die Bühnenkante und breitete beschwörerisch die Arme aus. „Jetzt kommt es auf euch an. Ich werde versuchen, zwischen uns allen einen telepathischen Rapport herzustellen, der uns zum Sekundenwert führt. Wenn ich bis drei gezählt habe, steht ihr auf – oder auch nicht. Ganz wie ihr wollt. Habt ihr verstanden? Hoch oder hockenbleiben. Hokus Pokus Fidibus, eins … zwei … drei!"

Stühle quietschten, dann setzte Gelächter ein, weil mehr als zwei Drittel der Anwesenden sich nicht vom Fleck gerührt hatten. „Faules Pack!", schimpfte Harry und fletschte grinsend die blendend weißen Zähne. „Aber schön, man nimmt, was man kriegt. Wie viele sind die Bewegungsfreudigen …" Er zählte langsam, mit ausgestrecktem Zeigefinger und kam auf zwanzig. „Richtig?"

Alle nickten, auch Fux, Fabian und die Szilys.

„Die gesuchte, per Gedanken übertragene Uhrzeit ist also …", Harry lief zum am Rand aufgebauten Flipchart, griff sich einen Marker, zeichnete einen Kreis und mit schnellen Strichen drei Zeiger. „Sieben Uhr, dreiundfünfzig Minuten und zwanzig Sekunden. Meine lieben Testpersonen! Falls ich soeben diejenige Zahl genannt habe, an die ihr jeweils gedacht habt, dann steht bitte auf, und zwar – jetzt!"

Alle drei erhoben sich simultan. Erstauntes Gemurmel, dann „Bravo!"-Rufe und tosender Applaus.

Fux zuckte zusammen, weil ihr jemand auf die Schulter tippte. Es war Xaverl. „Komm mit", hauchte er ihr ins Ohr.

Sein verstörter Gesichtsausdruck erlaubte kein Zögern.

„Was ist passiert?", fragte Fux, während sie durch den Korridor hasteten.

„Vido hat die Servierpause ausgenutzt, um im Schuppen nachzusehen. Du weißt schon."

„Nach der Leiche."

„Ja. Er hatte … irgenwie ein komisches Gefühl."

„Und?"

„Sie ist noch da. Tiefgefroren, sonst unverändert. Aber …"

„Aber was?"

„Neben ihr", keuchte der rundliche Mann, „liegt eine zweite."

Im eiskalten Schuppen erwartete sie Vido Heilig, ebenso bleich und aufgewühlt. „Ich schwöre, wir waren das nicht. Keine Ahnung, wie …" Seine Stimme erstarb.

„Wann hast du sie gefunden?"

„Vor ein paar Minuten. Ich habe Xaverl geholt und ihn dann … dann, dann … gleich zu dir geschickt." Der Hüttenwirt schnappte nach Luft.

„Ihr habt nichts angefasst?"

„Nein." Seine Unterlippe zitterte. „Natürlich nicht." Er schien dem Herzinfarkt nahe.

Fux blickte zu Boden. Raureif bedeckte den Skisack, in dem Monika Murlaschitz' Leichnam steckte. Sara „Sally" Dubois hingegen lag offen da, auf der Seite, fast wie in Embryonalhaltung, die Augenlider geschlossen. Sie trug einen modischen eierschalenfarbenen Skianzug. Aus der schmalen Brust ragte die Spitze eines Wanderstocks, wie ihn auch Fux besaß, nur ohne Schneeteller.

Sie ließ sich auf die Fersen nieder, um besser sehen zu können. Zugefeilt, messerscharf. Verkrustetes Blut. Sally war von hinten erstochen worden, mit erheblicher Wucht. Am merkwürdigsten jedoch war, dass sie eine Pistole in der rechten Hand hielt, eine kompakte Glock 45 mit Rotpunktvisier und Schalldämpfer. Der Lauf war auf den Skisack gerichtet, als ziele Sally dorthin, wo sich der Kopf der Influencerin befand.

„Ich hab Angscht", würgte Xaverl hervor. „Geht das jetzd so weider? Jeden Daag ään annare?"

Fux richtete sich wieder auf. „Mal nicht den Teufel an die Wand. Derzeit können wir nur kühlen Kopf bewahren und uns genauso verhalten wie bisher." Sie erinnerte sich an Marys Liste. „Dubois und Brenneis haben Einzelzimmer, stimmt's?"

Vido bejahte.

„Dann unterrichten wir ihn vorerst nicht über das Ableben seiner Bühnenpartnerin." Falls er nicht ohnehin bestens Bescheid wusste … Fux brauchte Abstand, wenigstens einige Stunden, um die neue Entwicklung zu überdenken. Insbesondere die seltsame Lage des zweiten Opfers beschäftigte sie. Nach Zufall sah das nicht aus. Wollte der Mörder auf diese Weise eine Botschaft übermitteln?

„Und wenn Harry nach ihr fragt?"

„Bis auf Weiteres behaupten wir, nicht zu wissen, wo sie ist. – Wie schätzt ihr die Wettersituation ein?"

„Der Sturm flaut ab", sagte Vido, nun etwas gefasster. „Auch der Schneefall lässt nach. Falls es morgen aufklart, können die Arbeiten in die Wege geleitet werden. Mit etwas Glück hätten wir dann am Nachmittag wieder Verbindung zur Außenwelt."

„Strom, Netzempfang, vielleicht auch Beseitigung der Straßensperre", ergänzte Xaverl.

„Seilbahn?"

„Nur, wenn die Pistenraupen schon in aller Früh loslegen. Tiefschnee auf sämtlichen Abfahrten wäre viel zu gefährlich. Warnschilder ignorieren die meisten Leute prinzipiell."

Die größte Gefahr lauert sowieso woanders, dachte Fux mit Blick auf die Leichen. „Hört zu. Ihr verständigt mich unverzüglich, sobald ich irgendjemanden im Tal erreichen kann. Wann und wie auch immer. Ist das klar?"

„Klar", sagten die Heiligs wie aus einem Mund.

„Gut. Geht jetzt wieder ins Haus und lasst euch nichts anmerken. Seht zu, dass ihr nicht spät ins Bett und zu etwas Schlaf kommt. Wir müssen bei Kräften bleiben, um durchzuhalten, bis die Kavallerie alarmiert ist."

Ohne Widerrede zogen sie ab.

Fux machte mit dem Handy, mit dem sie auch Fabians Auftritt festgehalten hatte, zahlreiche Fotos und einige Videos. Jedes Detail konnte wichtig sein, wenn die Aufnahmen endlich zu ihrem Team gelangten. Wenn! Sie hatte große Lust, den gesamten Alpenraum zu verfluchen. Oder gegen die Bretterwand zu treten. Fröstelnd mahnte sie sich zur Besonnenheit.

Hatte sie etwas übersehen? Welche Verbindung gab es zwischen der Influencerin, der Zauberkünstlerin und deren Mörder? Wo kam die Pistole her und war Murlaschitz mit dieser Waffe getötet worden? Dubois jedenfalls nicht. Warum?

Es nützte nichts, sich das Hirn zu zermartern, bis sie sich eine Lungenentzündung geholt hatte. Fux rief sich den eigenen Appell ins Gedächtnis: Bei Kräften bleiben, durchhalten.

Sie verließ den Schuppen und verriegelte ihn sorgfältig. Zurück im Gang des Vorderhauses, kam ihr Peter Szily entgegen.

„Was ist los?", rief er schon von Weitem. „Wo warst du, Karin? Du hast das große Finale verpasst. Ah ja, und mittlerweile hätte ich ebenfalls einen Lügendetektor-Bonus verd… Pass auf!"

Sie spürte Bewegung und fuhr herum. Etwas Silbriges sauste durch die Luft. Ein grauer Schemen schoss auf sie zu und riss sie von den Beinen, so brutal, dass sie mit dem Kopf gegen eine Kante knallte.

Dann schlagartig Stille.

Schwärze.

Oder wie Szily gesagt hätte: *Blackout.*

Zwischenspiel
Der Fehler

Habe ich bereits erwähnt, wie sehr ich diesen Auftrag hasse?

Kein Grund zu nicken. Das ist eine rhetorische Frage.

Ich weiß, dass ich mich wiederhole. Aber selbst ich benötige manchmal Trost. Wenn ich Fehler begehe, notgedrungen, die mir auf vertrautem Terrain nie und nimmer unterlaufen wären.

Diese Hütte! Diese gottverlassene Alm, diese ganze grässliche Bergwelt mit ihrem sinnlosen, menschenfeindlichen Wetter! Mit all den schrecklichen Leuten eingeschlossen zu sein, denen sogar ich nur mühsamst ausweichen kann, das strapaziert meine Geduld und Disziplin wie kaum eine Situation zuvor.

Der Lamentor hat recht: Wohin du schaust, von präpubertärer Unschuld schwärmende „Buam" und „Dirndln", Jünger eines flächenversiegelnden Regressionskults, Apostel der geistigen Selbstverstümmelung. Bedenkenlos verdrängen sie Logik und allgemein zugängliche Bildung durch „Bauernschläue" und „Hausverstand". Hierzulande muss ein Lump nur stolz darauf pochen, ein Volldepp zu sein, schon fliegen ihm die Herzen zu. Dabei findet sich in jedem Plattenbau eines Glasscherbenviertels am Rande der Großstadt mehr Bodenständigkeit als in allen provinziellen Heimatkitschtempeln der rot-weiß-roten Kleinkariertheit zusammen!

Pardon, das musste einmal raus.

Immerhin, einen Vorteil hat der Berghüttenwahnsinn: Mit steigendem Alkoholspiegel sinkt die Aufmerksamkeit. Ich konnte mich unbemerkt im Hinterglanhaus einnisten und in den wichtigsten Räumen Wanzen platzieren. Dadurch war ich nahezu lückenlos über die Bewegungen und Vorhaben der Zielperson informiert. Gern mache ich das nicht, aber ich habe keine Wahl. Denn der ursprüngliche Auftrag lautete: Karin Fux, Chefinspektorin der Abteilung „Leib und Leben" im Wiener Landeskriminalamt, ist unbedingt zu eliminieren.

Um mein Dilemma zu verstehen, müssen wir noch einmal drei Tage zurückschwenken. Zu jener Botschaft, die mich auf ungemein kompliziertem Weg erreichte.

Den Absender kennen nur sehr wenige. Fast niemand ist ihm je von Angesicht zu Angesicht gegenübergestanden. Ich schon; ein Privileg, das mich teuer zu stehen kommt.

Man nennt ihn Pluton, den Herrn der Schatten. Er haust in den Katakomben Wiens, aber seine Sinne reichen weit über die Unterwelt hinaus, denn er ist ein Inselbegabter, ein *Savant*. Sein Bewusstsein spukt durchs Internet, gespalten und zersplittert, verteilt auf Hunderte Avatare und Tausende Bots. Ihm entgeht fast nichts, was im Netz auch nur die geringste Spur hinterlässt. Wer dieses Orakel befragen will, muss den Weg durch die dunkelsten Kanäle nehmen und Drogen mitbringen, die ihm sein Pfleger und Medium, ein geschlechtsloser Zerberus, in regelmäßigen Abständen verabreicht.

Plutons kryptische Antworten haben zur Aufklärung einer Mordserie beigetragen, die zeitweise mir angelastet wurde. Jedoch bezahlte ich dafür einen hohen Preis. Meine Fingerabdrücke und meine DNA befinden sich in Plutons Bunker. Sie sind nicht unmittelbar verwertbar, da sie in keiner polizeilichen oder sonstigen Datei aufscheinen. Aber der Schattentänzer weiß jetzt als Einziger, wer ich wirklich bin.

Darüber hinaus stehe ich in seiner Schuld. Ich habe mich verpflichtet, einen Dienst beliebiger Art für ihn auszuführen, wann immer es ihm beliebt. Diese Weihnachten war es soweit: Mich ereilte die Nachricht, dass ich unverzüglich mein Versprechen einlösen muss – und zwar auf eine für mich höchst ungewöhnliche Weise.

Wie erwähnt, lautet der ursprüngliche Auftrag, Fux zu töten. Wohlgemerkt: der ursprüngliche, von dem Pluton Wind bekommen hat. Jemand wie ihm bleibt nicht verborgen, wenn auf die bekannte Chefinspektorin ein Kopfgeld ausgesetzt wird.

#Mein# Auftrag besteht darin, sie zu beschützen.

Pluton und sein Zerberus sind absolut autark. Sie gehen keinerlei Bündnisse mit irgendwelchen Machtgruppen ein. Nur äußerst selten benutzen sie die ungeheure gesammelte Wissensmenge, um selbst Einfluss zu nehmen. Wieso, darüber sind sie keine Rechenschaft schuldig; mir sowieso nicht. Ich kann nur vermuten, dass Pluton ein gewisses Gleichgewicht in Stadt und Land erhalten will, ein *Equilibrium*, das gestört, eventuell unwiederbringlich zerstört wäre, würde Fux beseitigt.

Weshalb liegt ihm so sehr daran, an ihr? Keine Ahnung. Die Gedankengänge eines *Savants* vermag ich nicht nachzuvollziehen. Hingegen ist auch mir die Redensart vertraut, man brauche einen Dieb, um einen Dieb zu fangen. Oder eben einen Mörder, um andere abzuwehren: mich, den Bravo.

Umgekehrt muss, wer in der Lage ist, kurzfristig gleich mehrere Profikiller zu aktivieren, über große Macht verfügen; oder zumindest über ausgezeichnete Beziehungen zu einem derart eminenten Fädenzieher. Zur Stunde sind Spekulationen in diese Richtung jedoch entbehrlich.

So oder so habe ich es mit mächtigen Widersachern zu tun.

Der erste wartete in der Talstation der Gondelbahn auf Fux. Wann ungefähr sie ankommen würde, wusste sein Auftraggeber ebenso wie meiner. Er bemerkte mich nicht. Oben folgte ich ihm zwischen die Felsen, wo er seinem Rucksack die Teile eines Scharfschützengewehrs entnahm und sie zusammenbaute. Ich überwältigte und entwaffnete ihn, konnte aber nicht verhindern, dass er in den Hohlweg und hinunter in die Schlucht stürzte.

Den zweiten Gegner zu identifizieren, fiel mir ungleich schwerer. Wann immer sich eine Chance bot und ich Fux in Sicherheit, also in Gesellschaft mehrerer Personen, wusste, durchforstete ich Gästezimmer, deren Bewohner anderswo beschäftigt waren. So fand ich schließlich das Töpferset, das mir bei der Landung in Innsbruck aufgefallen war, und außer der Garotte noch einige andere potenzielle Mordinstrumente.

Von da an behielt ich nicht nur Fux weiterhin im Auge, sondern auch die enttarnte Kollegin. Ich hatte schon öfter von einer vielseitig versierten Frau gehört, die hauptsächlich für die Mafia arbeitete, und zwar unter dem Decknamen „La Fantasma". Das bedeutet Gespenst, Spuk, Geist und verlangt eigentlich den männlichen Artikel. In gewisser Weise wurde ihr also das Gendern zum Verhängnis. Ohne diesen Hinweis hätte ich wohl eher ihren Partner ins Visier genommen.

Als Fux am frühen Nachmittag eine Runde ums Haus drehte, schlich Sally alias Fantasma ihr nach. Zum Glück war ich bereit und konnte verhindern, dass sie die Chefinspektorin erschoss.

Mein Fehler bestand darin anzunehmen, als Warnung vor weiteren Anttentaten würde es ausreichen, die frische Leiche signifikant neben jener der Influencerin zu platzieren.

Ich hatte geglaubt, die Symbolik wäre unmissverständlich. War sie nicht. Fux ist kein Vorwurf zu machen. Wie gut sich eine Botschaft vermittelt, hängt stark vom Sender ab.

Nicht, dass ich die Zügel hätte schleifen lassen. Aber ich unterschätzte, wie bald der nächste Killer zuschlagen würde und dass er, anders als Sally Dubois, keine Rücksicht auf eventuelle Zeugen nahm.

Ich sah ihn nur flüchtig. Er war groß, kräftig, vermummt durch eine Sturmhaube und Skibrillen. Nachdem ich Fux gerade noch aus der Schusslinie gestoßen hatte, konnte ich den Angreifer nicht sofort verfolgen, da ich vordringlich Szily instruieren musste; als ich das erledigt hatte, war er spurlos verschwunden.

Zwei ausgeschaltet, einer abgewehrt. Wird er es erneut versuchen? Wann? Wo?

Und wie viele lauern noch?

29. Dezember

Namenstag: David

Populär geworden durch seinen Sieg über den
riesenhaften Goliath, machte er als König das 1004 eroberte
Jerusalem zur Hauptstadt Israels.
David hatte neun Ehefrauen und zahlreiche,
untereinander tödlich verfeindete Söhne.

29.12.1170: Die vier Ritter

Reginald Fitzurse, Hugh de Moreville, William de Tracy und
Richard Brito erschlagen in Canterbury
den Erzbischof Thomas Becket. Sein Gehirn wird
auf dem Kirchenboden verteilt.

29.12.1890: Bei Wounded Knee

(South Dakota) eskaliert die Deportation der Sioux unter
Häuptling Spotted Elk zu einem Massaker an 350 Männern,
Frauen und Kindern. Auch 25 Soldaten des 7. US-Kavallerie-
regiments sterben durch die Granaten der
eigenen Hotchkiss-Gebirgskanonen.

29.12.2017: Immobilien-Tycoon René Benko kauft

das Stammhaus der Möbelkette Leiner in der Wiener
Mariahilferstraße. Um den Deal abzuwickeln, lassen
Bundeskanzler und Finanzminister eigens das zuständige
Bezirksgericht aufsperren und einen leitenden
Beamten aus dem Urlaub zurückholen.

20

Chefinspektorin Fux blinzelte, stöhnte, schloss die Augen, schlug sie wieder auf, verengte sie geblendet zu Schlitzen, stöhnte abermals und sagte: „Szily. Mist. Ich bin gestorben und in der Hölle."

Pez war zu froh, dass sie ihn erkannt hatte, um sich beleidigt zu fühlen. „Alles okay? Hast du Schmerzen?"

„Geht. Wie spät ist es?"

„Halb elf."

„Oh. Täusche ich mich oder scheint die Sonne?"

„Seit ein paar Minuten. Sieht aus, als wäre der größte Teil der Schlechtwetterfront vorübergezogen."

„Wo sind die Kinder?"

„Unten im Saal."

„Was hast du ihnen erzählt?"

„Dass du auf dem nassen Boden ausgeglitten bist."

Sie legte den Kopf zurück aufs Polster. „Berichte."

„Du hast eine Gehirnerschütterung."

„Sagt wer?"

„Mary Heilig. Sie ist gelernte Krankenschwester und hat dir dings, Paracetamol gegeben. Und ein Beruhigungsmittel."

„Welches?"

„Ein Antihistaminikum. Du warst desorientiert, hast um dich geschlagen; mir eine verpasst, nebenbei."

„Wollte ich immer schon mal." Fux verzog das Gesicht. „Im Ernst, tut mir leid. Können wir Mary vertrauen?"

„Denke schon. Obwohl …"

„Was?"

„Später. Jedenfalls hat Vido sie mittlerweile eingeweiht."

„War auf Dauer unvermeidlich." Sie stemmte sich auf dem Ellbogen hoch. „Durst."

Er reichte ihr die Wasserflasche. „Hier. – Woran kannst du dich erinnern?"

Fux trank und überlegte. „Ich bin vom Schuppen gekommen. Hab dich gesehen. Du wolltest mir etwas sagen und dann …" Sie schüttelte den Kopf, verzerrte das Gesicht. „Au."

„Du wurdest angegriffen."

„Vom Bravo?"

„Im Gegenteil. Er hat dich gerettet."

„Was!"

„Ein vermummter Unbekannter hat einen Grillspieß geschleudert und hätte dich getroffen, wenn dich der … du weißt schon, nicht umgeschubst hätte. Der Spieß steckte zentimetertief in der Holztür. Im Sommer werden damit Spanferkel gegrillt."

„Hast du …?"

„Ihn mit Handschuhen rausgezogen und achtgegeben, dass ich möglichst wenig abwische. Allerdings hatte der Vermummte ebenfalls Handschuhe an."

„Wo ist er hin?"

„Entwischt. Der dings …" Pez brachte das Wort schwer über die Lippen. Jahrelang hatte er sie diesbezüglich belogen. „Der Bravo ist ihm nicht gleich hinterher, sondern hat mir etwas eingeschärft: ‚Sag Fux, *sie* ist das Ziel. Sie war es immer, *nur* sie.'"

„Ich? Immer? Wie kommt er …?"

„Warte. Du sollst doch Aufregung vermeiden. – Er hat noch mehr gesagt: ‚Ich bin als ihr Schutzengel engagiert und passe weiter auf. Aber sie muss mich in Frieden lassen.' Dann ist er verschwunden."

„Engagiert. Der Bravo! Er. Wacht. Über. Mich?"

„Kaum zu glauben, gell? Du hast einen Killer als Beschützer."

„Und wenn das ein Bluff ist?"

„Wozu sollte er bluffen? Er hätte dich töten können, statt zu verhindern, dass es ein anderer tut, oder nur schlicht nicht einzugreifen brauchen."

„Auch wieder wahr. Trotzdem, das ist alles … völlig irre."

Draußen im Korridor näherten sich Schritte, dann klopfte es an der Tür.

Fux fuhr mit der Hand unter den Kopfpolster und ertastete

den Pfefferspray. Das war der Moment, in dem sie sich damit abfand, dass sie weder träumte noch halluzinierte.

„Wer ist da?", rief Szily.

„Ich bin's, Mary."

„Komm rein", sagte Fux. Vorsicht war gut, Paranoia jedoch lähmend. Obwohl in ihrer Lage die Grenzen verschwammen.

Die Hüttenwirtin zwängte sich an Szily vorbei und stellte ein Tablett mit Wurstsemmeln und einer Teekanne auf den Tisch. „Friher Dunner, spooder Hunger, sagen wir. Wie geht es dir?"

„Soso lala. Danke."

„Brauchst du sunschd noch was?"

Fux warf Pez einen auffordernden Blick zu.

Er verstand. „Ich habe eine Frage. Wie du weißt, Mary, beschäftige ich mich beruflich mit Sprachparodien. Im Lauf der Tage ist mir etwas aufgefallen. Nämlich, dass der Dialekt von Xaverl um Nuancen von deinem und Vidos abweicht. Bei einzelnen Wörtern."

Mary nickte bedächtig. „Die O-Ä-Linie verläuft zwischen Weinheim und Mannheim. Zum Beispiel Eimer: ,Woinem Ooma, Mannem Eema'."

„Ah ja. Siehst du, ihr erweckt den Eindruck, du und Vido, ihr wärt ein Ehepaar und Xaverl der Schwager."

Bei Fux fiel der Groschen. „Während in Wirklichkeit …"

„In Wahrheit bin ich Vidos Schwester und er ist mit Xaverl zusammen. Verheiratet, ganz offiziell." Mary zuckte die Achseln. „Die Hüttenverantwortlichen der Alpenfreunde wissen Bescheid, wir streiten es auch sonst nicht ab, wenn jemand draufkommt. Wir binden es bloß nicht allen von vornherein auf die Nase."

„Verstehe. Ihr lasst die Leute glauben, was sie glauben wollen."

„Übrigens eine Tradition", sagte Szily, „die Jahrhunderte zurückreicht, vor allem bei Sennern jederlei Geschlechts. Daher kommt der Spruch, ,Auf der Alm, da gibt's ka Sünd'."

„Wieder was gelernt." Das Geheimnis der Heiligen Familie, dachte Fux, wurde nicht so streng gehütet, dass sie deswegen morden würden. Aber wer dann? Warum? Der zum Speer umfunktionierte Grillspieß fiel ihr ein. Und dass sie etwas verabsäumt hatte! „Eure Küchenbrigade. Drei Leute, nicht wahr? Wer sind sie?"

„Lajos, ein Ungar, arbeitet bei uns, seit wir das Haus übernommen haben, Uljana seit drei Saisonen. Sie stammt aus Rumänien. Tom – seinen richtigen algerischen Namen kann sich keiner merken – haben wir diesen Herbst bekommen. Er wäre wahrscheinlich der weit bessere Koch, aber Großgastro-Küche ist Krieg und Lajos duldet keinen zweiten General neben sich. Wäschd wie isch mään?"

Durchs Fenster drangen helle, aufgeregte Stimmen. „Was ist da los?", fragte Fux.

Mary sah hinaus. „Die Pfadfinder dürfen an die frische Luft. Wurde auch Zeit, da hat schon Lagerkoller gedroht. Waltraud und die Kleinen bauen Schneeburgen, Pater Meinrad geht mit den Größeren langlaufen. Xaverl war schon unterwegs, mit dem Pistengerät die Loipe präparieren. Bald werden auch andere Gäste ausschwärmen. Scheins, das Schlimmschde isch vorbei." Die Gemütlichkeit, die ihr pausbäckiges Gesicht ausstrahlte, wich jäh der Erkenntnis, dass das größte Problem noch ungelöst war. „Ei du moi liewes Herrgottche! Diese Sach, die zwei armen Frauen … Das ist der schrecklichste Winter meines Lebens!" Sie bekreuzigte sich.

„Wie lange, schätzt du, bis die Stromversorgung und damit die Lifte und der Sendemast wieder funktionieren?"

„Kann man noch nicht genau sagen, das hängt von den Beschädigungen ab. Vielleicht in ein paar Stunden, falls das Wetter hält, vielleicht wird auch vorher die Mautstraße frei. Wir geben dir jedenfalls sofort Bescheid. – Paracetamol liegt beim Waschbecken. Brauchst du wirklich sonst nichts?"

„Danke, nein. Pez bleibt bei mir, zur Not schicke ich ihn runter."

Und irgendwo in der Nähe geisterte der Bravo herum … An diesen Gedanken würde Fux sich nicht so schnell gewöhnen.

Mary ging.

Eine Weile schwiegen Pez und die Chefinspektorin. Er dachte schon, sie wäre wieder eingeschlafen.

Schließlich sagte sie halblaut: „Auch wenn's mir schwerfällt – ich neige immer mehr dazu, dem Bravo zu glauben."

„Ah ja?"

„Es ergibt Sinn. Er hat Sally Dubois so hingelegt, dass die Glock in ihrer Hand auf den Kopf der anderen Leiche zeigt. Weil er mir mitteilen wollte, dass sie Murlaschitz erschossen hat. Aber versehentlich, verstehst du? Die Influencerin hat sich vorgedrängt, als ich für wenige Sekunden wieder aus der Dusche raus bin. Dubois hat sie für mich gehalten. Wir haben ziemlich die gleiche Statur und die langen roten Dreadlocks waren unter der Haube verborgen. Sogar meine überaus aparte Waschtasche hing an der Garderobe!"

„Als Fabian sie dir geschenkt hat, ist Sally am Nebentisch gesessen und hat fasziniert zu uns herübergeschaut. Das weiß ich noch genau."

„Eben. Sie wollte ihren Irrtum korrigieren, als ich gestern kurz rausgegangen bin. Da hat sie der Bravo erstochen."

„Und dir damit das Leben gerettet. War das dann Notwehr?"

„Jedenfalls hat er die Stockspitze nicht spontan zugefeilt. Ohnehin ist die Frage sekundär angesichts dessen, was er sonst alles auf dem Kerbholz hat." Fux wirkte überlastet, ihre Frisur verrutscht. Die Lider zitterten. „Sag, hat sich eigentlich Brenneis schon nach seiner Partnerin erkundigt?"

„Mitgekriegt hab ich nichts dergleichen. Mary hätte das sicherlich erzählt, oder?" Die Tür flog auf und Fabian stürmte herein, Li Si im Schlepptau. „Junger Mann, hast du schon mal etwas von Anklopfen gehört?", tadelte Pez mit der rauen Stimme eines populären Anime-Charakters.

„Voll. Ich meine, sorry. – Tante Karin, dürfen Li Si und ich langlaufen gehen? Bitte!"

Fux hob die Augenbrauen. Ihr ging wohl Ähnliches durch den Kopf wie Pez. Ein Nein musste gut begründet sein. Zu Widerspruchsgeist und Zivilcourage erzogener Nachwuchs ließ sich nicht mit einem „Aus, basta!" abspeisen. Hinzu kam, dass der Bravo betont hatte, das Ziel der Killer sei Fux, und nur sie. Für die Teenager bestand also außerhalb des Hauses zumindest keine höhere Gefahr als innerhalb.

Die Chefinspektorin kam zum selben Schluss. „Okay", sagte sie. „Aber maximal bis zum Bildstock und auf der anderen Seite bis zur Wildfütterungsstelle. Bleibt unbedingt auf der Loipe! Sollte sich das Wetter verschlechtern, dreht ihr sofort um. Und spätestens um drei seid ihr auf jeden Fall wieder zurück. Klar?"

„Fix."

„Voll. Danke, Tante, du bist die Beste!"

„Und gute Besserung!", rief Li Si noch über die Schulter, dann fiel die Tür ins Schloss.

„Ich wurde gleich gar nicht gefragt", stellte Pez verdutzt fest.

„Kompetenz erkennen, zählt zu den wichtigsten sozialen Fertigkeiten", sagte Fux, matt lächelnd. „Kannst stolz auf deine Tochter sein."

„Echt jetzt? Obwohl sie mich nicht für voll nimmt?"

„Alles richtig gemacht, Pezi."

21

Nach eineinhalb Tagen Hausarrest war der Andrang im Skistall enorm. Da die Lifte weiterhin stillstanden, wollte alle Welt Langlauf-Ausrüstung ausleihen.

Xaverl kam mit der Herausgabe gar nicht nach. „Habt ein paar Minuten Geduld", sagte er zu Li Si. „Keine Sorge, es gibt noch genug in euren Größen."

Während sie und Fabian Sonnencreme auftrugen, rüsteten Gert Teuschl, zwei weitere Männer und eine Frau zum Aufbruch mit Alpinskiern. „Amol noh, damit hinterher kana motschkert", hörte Li Si den Kärntner sagen: „Wir fahren auf gut Glück owe zum Trafohäusl und schauen, ob wir den Elektrikern an Teil der Orbeit obnehmen können. Wonn ma Pech hoben und das Graffl heute nicht zum reparieren is, müss ma die gonze Leitn wieder zruck auffa staffeln. Eventuell im Finstan. Ich bin keinem böse, der dos Risiko nicht auf sich nehmen will. Also?"

Niemand machte einen Rückzieher. Etwas abseits stand das Ehepaar Lutz-Erlenbracht, sie in einem blendend weißen Designer-Overall mit Pelzstulpen, er im ebenso sündteuren Burberry-Parka. Wenn Li Si sich nicht ganz täuschte, hing der Haussegen ziemlich schief. Sie schob sich unauffällig näher.

„Das gäbe eine herrliche Szene für mein Sonder-Feature", zischte die Weißblonde. „Bühnentechniker der Megaparty ergreifen die Initiative. Genau durch solche Randgruppenstorys hebt sich ‚Promi Gala' von anderen Society-Magazinen ab. Aber der Herr musste ja die Optik ruinieren!"

„Wie oft soll ich es noch sagen", erwiderte Erlenbracht, „dass es ein Versehen war und mir leidtut. Ich bin nun mal nicht dein Kameramann."

„Ohne mich, mein Lieber, wärst du gar nichts. Ein Niemand. Immer noch Deutschlehrer und erfolgloser Romanautor, würden wir nicht auf allen Konzernsendern deine schwurbligen Sachbücher in den Himmel loben. Obwohl die Fachkritik sie in Grund und Boden stampft."

„Wie könnte ich das vergessen, da du es mir doch dreimal täglich unter die Nase reibst, mein Herzblatt."

Das war schon nahe am Lügendetektor-Punkt, fand Li Si. Leider rief ihr Fabian zu, dass sie an die Reihe kamen, und sie musste ihren Horchposten aufgeben.

Die Loipe verlief in sanftem Auf und Ab, Hin und Her am Rande der lang gezogenen, von Bergketten gesäumten Hochalm. Etliche Leute waren unterwegs. Aber sie verteilten sich wie bunte Farbtupfer über die ausgedehnte weiße Fläche und von ihnen drangen keine Geräusche bis zu Fabian und Li Si. Nichts war zu hören außer dem Knirschen des Schnees unter den Skiern. Gelegentlich krächzte eine Dohle.

Je nachdem, ob die Sonne sich hinter Wolken versteckte oder dazwischen hervorstach, war es mal kühl, mal heiß. So oder so schwitzte Fabian. Er hatte weniger Erfahrung im Langlaufen als Li Si, die flott voranzog, und strengte sich gehörig an. Allmählich fand er besser in den Rhythmus. Immer öfter gelang es ihm, mit einem Schritt mehrere Meter weit zu gleiten.

Sie erreichten den Bildstock, den Fabians Tante als Wendepunkt auf dieser Seite der Strecke genannt hatte. Ein Relief zeigte einen halb nackten Mann, den andere mit runden Dingern bewarfen. Darunter stand: „St. Stefan – Erzmärtyrer".

„Soll das eine Schneeballschlacht darstellen?", fragte Fabian.

„Veräppelst du mich?"

„Äh … Nur ein bisschen." Wenn er bloß nicht immer so schnell rot würde!

Sie verschnauften und tranken aus den Wasserflaschen. Dann fuhren sie retour. Als sie am Alpenfreundehaus vorbeikamen, winkten ihnen einige beim Eingang stehende Raucher zu. Jemand stieß einen Jodler aus, der unvermittelt in einen Hustenanfall überging.

Nach etwa einem halben Kilometer hielt Li Si an. „Schau mal." Sie zeigte auf eine einzelne Spur, die von der Loipe abzweigte, einen flachen Hang hinunterführte und hinter einer Baumgruppe verschwand.

„Was soll damit sein? Da ist jemand gefahren."

„Richtig. Aber?"

„Aber was?"

„Er oder sie ist nicht zurückgekommen!"

„Ja und?"

„Vielleicht verunglückt."

Fabian ahnte, worauf sie hinauswollte. „Tante Karin hat gesagt, wir dürfen die Loipe nicht verlassen."

„Ausgenommen Notfälle."

„Das hat sie nicht gesagt."

„Aber impliziert."

„*Nope.*"

„Wie du willst. Sehe ich halt allein nach."

Vor ungefähr einem Jahr hatten Fabian und seine Kumpels das Genre der Horrorfilme entdeckt. Wenn man davon etwas lernen konnte, dann dies: Allein ins Unbekannte vorzustoßen ging meistens schlecht aus.

Also lösten sie die Bindung, steckten die Skier senkrecht in den Schnee und strampften gemeinsam, manchmal bis zum Knie einsinkend, neben der Skispur her. Durch das Wäldchen zu einer Lichtung, auf der ein kleines Haus stand, eine Mischung aus Bungalow und Blockhütte.

„Siehst du irgendwo Lebkuchenziegel?", flachste Li Si.

Er verneinte. Aber Langlaufski und Stöcke, die neben dem rudimentär freigeschaufelten Eingang an der Holzwand lehnten. Und er hörte Stimmen, die ihm bekannt vorkamen.

Fabian schnüffelte. „Ich rieche, rieche …"

„Lügendetektorpunkte."

„Voll."

Sie schlichen gebückt zum Fenster und äugten vorsichtig hinein. Zwei Männer saßen sich an einem Jogltisch gegenüber, vorgebeugt und so angespannt, als würden sie jeden Moment aufeinander losgehen.

„Das ist Ignaz", flüsterte Fabian.

„Der Prophet des Lamentors! Und Ernst Zanger, du weißt schon, der Pyrotechniker."

Die Männer stritten, und zwar gewiss nicht um die Schale mit Vanillekipferln zwischen ihnen.

„… Jahrzehnte her", sagte der alte Zausel. „Da war ich ein anderer Mensch."

„*Really.* Warum hat sich dann der Neue ebenfalls nicht ein einziges Mal entschuldigt?", entgegnete der Rothaarige zornig. „Öffentlich oder privat bei den Opfern?"

„Weil ich nichts mehr damit zu tun haben will."

„Glaubst du, ich? Aber ich werde es nicht los! Sobald ich irgendwo zwei *fucking* Bretteln sehe, kommt es mir wieder hoch. Und in *fucking Austria* sieht man dauernd welche!"

„Es tut mir ehrlich leid, Ernsti. Du warst auf einmal weg …"

„Sagt dir das Wort *closure* etwas?"

„Hab ich schon mal gehört. Ein befriedigender Abschluss, so in der Art, oder?"

„So in der Art."

„Und was stellst du dir darunter vor, Ernsti? Willst du mich foltern oder …"

Plötzlich fuhr Fabian herum. Li Si konnte nicht verhindern, dass ihr ein leises „Huch!" entfuhr.

„Da ist was", hauchte er. „Ein Tier."

„Wo?"

Fabian zeigte auf ein fünf, sechs Meter entferntes Gestrüpp. „Hat grad geknurrt. Vielleicht ein Wachhund. Abflug!" Geduckt rückwärts gehend, bewegte er sich vom Haus weg.

Nun sah es auch Li Si, halb verdeckt von Eiszapfen, Ranken und dürren Stängeln. Das feuchte braun schattierte Fell und die Größe passten zu einem Hund, die Ohren und die Knubbelnase hingegen eher zu einem Bären. Ihr Herz klopfte laut. Als Kindergartenkind hatte im Park einmal ein Dackel nach ihr geschnappt. Nicht arg gebissen, nur gezwickt, es hatte nicht geblutet und kaum wehgetan. Aber immer noch waren ihr Hunde supekt.

Sie folgte Fabian. Das Tier machte keine Anstalten, ihnen nachzulaufen, sondern zog sich tiefer ins Gebüsch zurück. Trotzdem hielten sie nicht an, bis sie wieder oben bei der Loipe waren.

„Es hatte ein Halsband um", japste Fabian. „Hast du gesehen? Und Schaum vor dem Mund!"

„Naja, wird wohl Schnee gewesen sein." Sie wollte nicht zeigen, wie mulmig ihr zumute war.

Es dauerte, bis sie loslaufen konnten. Ihre Bindungen ließen sich erst schließen, nachdem sie mit den Stockspitzen Matsch und Eis von den Skiern und Schuhsohlen gekratzt hatten. Dann schlugen sie in wortlosem Einverständnis den Rückweg ein.

22

„Du solltest doch Bettruhe halten", sagte Xaverl vorwurfsvoll. „Mit einer Gehirnerschütterung ist nicht zu spaßen."

„Ich musste mal", sagte Fux. „Außerdem hat mein harter Schädel schon einiges verkraftet." Karate war ein Kontaktsport – den sie freilich seit geraumer Zeit nicht mehr wettkampfmäßig ausübte. Sie verspürte leichten Schwindel und legte sich wieder hin, darauf bedacht, sich nicht den Kopf anzustoßen. „Danke fürs Essen. – Gibt's Neuigkeiten?"

„Viele Gäschde sind ausgeflogen, darunter fast alle, nach denen du gefragt haschd, nämlich", er las von einem umgedrehten Kassenbon ab, „Brenneis, Eisner, Kaltenbäck, Teuschl und Zanger. Obendrein ist unser Hilfskoch Tom abgängig. Nicht zum Mittagsdienst erschienen, seitdem unauffindbar. Eine Katastrophe bei der herrschenden Personalknappheit! Zum Glück hat sich die Waltraud von den Pfadfindern bereit erklärt einzuspringen, sie sei eh eine halbe Pfarrersköchin."

„Was weißt du über diesen Tom?"

„Nicht viel. Stiller, in sich gekehrter Typ. Spricht kaum Deutsch, nicht viel mehr Französisch und Englisch, kapiert trotzdem rasch, was man von ihm will, weil er sich in Küchen auskennt. Sehr geschickt und zuverlässig. Bis heute."

Oder gestern, dachte Fux. „Groß und stark?"

„Oh ja. Und er ist sich auch für schwere Arbeiten nicht zu schade. Jesses! Glaubsch du etwa, er hat …?"

„Es gilt die Unschuldsvermutung", sagte Fux. „Moment. Was geht da vor?"

Piepsen erklang. Mehrfach, immer häufiger, überall im Haus. Auch auf dem Tisch. Fux schnappte sich ihr Handy. Rasch aufeinanderfolgende Klingeltöne zeigten an, dass Nachrichten eingingen. „Wir haben wieder Netzempfang!"

Vielstimmiger Jubel schallte durch die Alpenfreundehütte.

„Die Bühnentechniker …", begann Xaverl, aber Fux bedeutete ihm zu schweigen und scheuchte ihn mit einer Handbewegung aus dem Zimmer.

Es war vier Minuten vor 14 Uhr. Wenn sie sich richtig erinnerte, hatte Gruppeninspektor Gallaun Journaldienst. Sie aktivierte die Kurzwahl. „Komm schon, geh ran … Benedikt? – Halleluja. Hier Karin. Frag nicht lang, die Zeit ist knapp. Ich bin auf der Alm, hier gab es zwei Morde und einen Versuch. Hält sich einer unserer Gruppe zufällig näher bei Salzburg oder Innsbruck auf?" Von Wien aus war es zu weit für das, was vom Tag noch übrig war.

„Ja. Christoph. In Linz, bei der Kollegin vom LKAOÖ. Privat."

„Jetzt nicht mehr." Natürlich, die Gegeneinladung! „Ist der Oberst im Haus?"

„Zu Mittag habe ich ihn noch gesehen. Morgen fliegt er nach Koh Samui."

„Gut. – Bene, versuch Christoph zu erreichen, er soll mich dringend anrufen. Ich melde mich gleich wieder."

Sie beendete das Gespräch und wählte Mirneggs Nummer. Der Leiter des Ermittlungsdienstes hob beim dritten Läuten ab. „Karin! Ich hörte, ihr seid eingeschneit. Geht es dir gut?"

„Wie man's nimmt. – Herr Oberst, ich brauche die Kavallerie. So schnell wie möglich! Kannst du bitte bei der Cobra nachfragen, was in Salzburg oder Innsbruck verfügbar ist, und gegebenenfalls eine Anforderung deponieren? Hier heroben gibt es zwei Leichen und es läuft mindestens ein Mörder frei herum. Details später."

Mirnegg erkannte den Ernst der Lage und das sich schließende Zeitfenster, daher legte er formlos auf. Fux ließ sich in die Pölster sinken. Ihr Kopf schwirrte. Die zum Einsatzkommando Cobra ressortierende Flugpolizei hatte in der Tiroler und der Salzburger Landeshauptstadt Hubschrauber stationiert. Nun kam es darauf an, ob diese bereits anderswo gebunden waren.

Peter Szily, der Xaverls Erscheinen benutzt hatte, um sich Lesestoff aus seinem Zimmer zu holen, kehrte strahlend zurück. „Hurra, wir haben wieder …"

„Weiß ich längst. Hinsetzen, Klappe halten." Sie hatte erwogen, ihn fortzuschicken. Aber in der allgemeinen Aufregung sah ein Killer vielleicht seine Chance, erneut zuzuschlagen, und sich einzig auf den unsichtbaren Bravo zu verlassen, schmeckte Fux gar nicht. Zudem mochte es sein, dass sie Szily noch als Laufbursche benötigte.

Minuten verstrichen.

Pez überflog die Nachrichten, die sich während der Funkstille aufgestaut hatten. Mit flauem Gefühl im Magen schickte er Li Sis Mutter eine beruhigende Antwort.

Dann läutete das Smartphone der Chefinspektorin. „Servus, Oberst. – Jeweils zwei Flüge, bis es finster ist. Spitze! – Bitte bleib dran, eben klopft Hirschmugl an. – Hier Fux, Hallo Christoph. Wo steckst du? – Das geht sich aus. Pack dich und Öttl sofort zusammen. Fahrt zum Salzburger Flugpolizei-Stützpunkt. Könnt ihr bis vier dort sein? – Ja, Alarmstufe rot. Mehr Infos in Bälde. Ah, eins noch. Sandra soll einen Spurensicherungs-Koffer ausfassen. – Exakt. Macht euch auf die Socken! – Oberst, bist du noch da?"

Pez wollte sich ausklinken, da er fast nur Bahnhof verstand. Indes wurde Fux zusehens emotionaler und das Telefonat mehr und mehr zum Streitgespräch, sodass er nicht weghören konnte.

„… absolut nicht infrage, dass ich dann mit dem Piloten retour fliege", sagte Fux energisch. „Die Spezialeinheit in Ehren, aber das ist ein Kriminalfall. Drum brauche ich ja auch noch heute meinen Gruppeninspektor und die Linzer Kollegin. – Klar sind *wir* zuständig. Der flüchtige Hauptverdächtige ist definitiv Wiener und der Schädel zieht den Akt. – Was heißt, ich klinge angeschlagen?" Sie hüstelte. „Trockene Luft, kommt von der Zentralheizung. – Herr Oberst, würdest du außerdem bitte Kontakt zur Alpinpolizei aufnehmen? Ich nehme an, dass ohnehin ein gewisses Kontingent für die Megaparty am Samstag vorgesehen ist. Vielleicht könnte ein Teil davon schon morgen verfügbar sein. – Tausend Dank und schönen Urlaub!"

Pez, der die Erfahrung gemacht hatte, dass man gestresste Tigerinnen – oder Füchsinnen – keinesfalls reizen sollte, verzichtete auf jegliche Äußerung und widmete sich stattdessen konzentriert seinem Handy. Die Wettervorhersage für die nächsten Tage sah erfreulich aus.

Nach einer Weile sagte Fux, abgekühlt: „Grundsätzlich hat mein Oberst recht. Bei der Kripo steht Eigenschutz ganz oben. Aber sobald die Cobra-Leute angerückt sind, bin ich hier sicherer als daheim. Ich kann mich ja nicht tagelang in der Berggasse einbunkern."

„Sally Dubois kam aus Las Vegas. Silvestertermine sind sehr begehrt, das Zaubererduo ist sicher schon vor Monaten fix engagiert worden."

„Während ich erst am Dreiundzwanzigsten das frei gewordene Zimmer neben euch ergattert habe. Eben. Da läuft eine größere Schweinerei und die beste Chance draufzukommen, wer dahintersteckt, habe ich einstweilen an diesem Ort."

„Was war das mit dem Schädel?"

Sie lachte humorlos. „So wird die Kompetenzverteilung zwischen den Landeskriminalämtern geregelt. Gemeint ist der Kopf des potenziellen Täters. Gibt es einen Verdächtigen, wandert die Zuständigkeit dorthin, wo er behördlich gemeldet ist. Außer das BKA beansprucht die Ermittlung für sich. Doch das kommt selten vor, weil wir mit Abstand die meiste Erfahrung haben. In Wien passiert einfach viel mehr, schließlich lebt dort ein Fünftel der österreichischen Bevölkerung."

„Verstehe. Obwohl ich bezweifle, dass der Bravo einen Meldezettel ausgefüllt hat. Oder aber ein Dutzend verschiedene."

„Gutes Stichwort, Pezi. Bis der erste Hubschrauber landet, erzählst du mir brühwarm, was du über ihn weißt."

„Ah ja." Das hatte er befürchtet. Allerdings war sein Schweigegelübde aufgehoben worden, gestern Nacht, vom Bravo höchstpersönlich. „Nun, das ist eine lange, für mich nicht unbedingt ruhmreiche Geschichte …"

23

Sandra Öttl liebte ihren Beruf. Fast immer. Manchmal quälten Kollegen oder Vorgesetzte – bei der Linzer Kripo durchwegs männlich –, dennoch bereute sie nicht, nach der HTL statt in die Forschung zur Polizei gegangen zu sein. Zu forschen gab es auch da viel und forsches Auftreten war ohnehin überall geboten.

Dass das Privatleben leiden würde, hatten ihr sämtliche Ausbildner und Ausbildnerinnen vorhergesagt. Aber musste es sich ausgerechnet jetzt bewahrheiten?

Der Besuch bei Christoph in Wien war ihr erstes Date seit Monaten gewesen. Er war genauso schüchtern wie sie und ähnlich unerfahren in Liebesdingen, daher alles andere als ein Draufgänger. Was ihr gefiel. Gegen Machos musste sie sich tagtäglich zur Wehr setzen.

Hatte sie sich in ihn verliebt? Vielleicht. Ein bisschen sicherlich. Aber „passiert" war noch nichts. Unzweifelhaft erwiderte Christoph ihr Interesse, sonst wäre er nicht kurz nach ihrem Besuch bei ihm, sobald er frei hatte, nach Linz gereist. Sinngemäß zweites Date. Sie hatten wieder viel geredet und noch mehr gemeinsame Vorlieben entdeckt. Er konnte jedes Statement von Data aus der „Star Trek"-Serie über menschliche Gefühle wortgetreu wiedergeben!

Diesen Abend wäre es, obwohl am selben Ort, zum dritten Date gekommen.

Wäre. Hätte nicht die Fux angerufen.

Statt bei perfekt gekühltem Prosecco und stundenlang vorbereitetem Grünkern-Schwarzwurzel-Gratin saßen Christoph Hirschmugl und sie nun in einem Eurocopter 135 P3H, dessen Rotor so laut knatterte, dass sie sich trotz der Ohrschützer-Headsets kaum unterhalten konnten. Theoretisch, war ihnen erläutert worden, verfügte der Heli über eine Transportkapazität von acht Personen. In Anbetracht der Seehöhe des Zielorts, der nach wie vor instabilen Wetterlage, der buchstäblich ins Gewicht fallenden Spezialausrüstung und des geplanten Rückflugs bei Dunkelheit reduzierte sich das auf je zwei Piloten und Passagiere. Vorschrift, unverrückbar. Insgesamt würde die von Fux erwirkte Verstärkung also aus den beiden Gruppeninspektoren und sechs Cobra-Beamten bestehen.

Sandra war im Rahmen ihres Werdegangs schon mehrfach mit Hubschaubern geflogen, auch von Salzburg aus, deshalb schenkte sie der Umgebung nach dem Start nicht sonderlich viel Aufmerksamkeit. Ihre Gedanken glitten ab zu der Frage, ob sie und Christoph eine Zukunft hatten. In der Gruppe Fux des Wiener LKA wurde eine Stelle frei, aber sich dafür zu bewerben, wäre von vornherein sinnlos gewesen. Sandra und Christoph erfüllten dasselbe Anforderungsprofil: jung und Computernerd. Zwei von dieser Sorte wären einer zu viel und würden sich obendrein permanent gegenseitig auf die Füße treten; langfristig tödlich für jedes Zusammenleben. Abgesehen davon, dass ihr Gruppenleiter Wilfried „Knecht" Rupprecht sie garantiert nicht widerstandslos nach Wien ziehen ließ, so oft er sie auch kritisierte. Ergo winkte als Maximum ein abwechselndes Hin-und-her-Pendeln. Wollte sie das überhaupt? Und er? Oder sollten sie es nicht vernünftigerweise bei einem Flirt, eventuell bei gelegentlichem Kuschelsex bewenden lassen?

Just an diesem Abend hätten sie all das klären können. Wären nicht Fux und diese blöde Alm dazwischengekommen.

„Landung in einer Minute", verkündete der Pilot.

Der Motorenlärm änderte sich kaum. Christoph Hirschmugl streckte sich durch. Seit einer halben Stunde hatte er mit sich selbst gerungen, ob er nach Sandras Hand tasten sollte oder nicht. Dafür sprach, dass er ihr zeigen wollte, was er für sie empfand. Dagegen: Es war unschicklich. Sie wollte sicherlich genausowenig wie er, dass einer der Piloten bemerkte, wie sie Händchen hielten. In Wien wie auch Linz wären sie deswegen hinterher von den Kollegen endlos aufgezogen worden. Andererseits, was machte das schon im Vergleich zu einem Gefühl der Verschworenheit?

Egal. Die Chance war vertan.

Christoph drückte sich an die Glasscheibe und linste hinab. Mittlerweile hatte die Dämmerung eingesetzt. Das letzte Tageslicht warf lange dunkelblaue Schatten über die leicht gewellte Schneelandschaft.

„Ist das die Hütte?", fragte er.

„Was?", gab der Flight Operator zurück.

„Da, schräg unter uns."

„Kann nicht sein, wir sind noch nicht ganz bei den Koordinaten. Und das Alpenfreundehhaus ist ein großes Gebäude."

„Aber da steigt Rauch auf. Aus einem Dach, zwischen den Bäumen. Und Flammen!"

„Stimmt. Gut beobachtet, Kollege. Wird gleich gemeldet."

Zum zweiten und voraussichtlich letzten Mal für diesen Tag setzte der Salzburger Hubschrauber auf. Problemlos wie zuvor, denn Xaverl hatte den Landeplatz mit der Pistenraupe planiert.

Fux würde sich wohl nie abgewöhnen können, dass sie den Kopf einzog, obwohl die schnarrend auslaufenden Rotorblätter meterweit entfernt waren. Sie begrüßte Öttl und Hirschmugl am Eingang der Hütte und machte sie mit dem Cobra-Kommandanten bekannt, einem kernigen, etwas steifen Tiroler Oberst namens Frewein.

„Was dort hinten brennt, ist das Chalet eines Einheimischen", erklärte sie. „Ignaz Stejskal heißt er, lebt allein. Soeben wird ein Lösch- und Bergetrupp zusammengestellt."

„Wie die Aufnahmen des Flight-Operators zeigen, sind das Dach und das umliegende Gehölz mit Schnee bedeckt", sagte Frewein. „Die Gefahr eines Waldbrands ist also gering. Trotzdem bleibt der Eurocopter noch hier, für alle Fälle."

Sie begaben sich ins Extrastüberl, das zur Einsatzzentrale umfunktioniert worden war. Fux hielt sich stramm aufrecht, wenngleich nicht ohne Mühe. Die in martialische Kampfanzüge gewandeten Cobra-Beamten hatten zweifellos bemerkt, dass sie nicht im Vollbesitz ihrer Kräfte war. Gleichwohl respektierten sie ihre Autorität. Schließlich wusste sie am besten über die bisherigen Vorgänge Bescheid.

Dies war die Stunde der Offenbarungen. Frewein hatte sie bereits alles aufgedeckt, und zwar lückenlos. Der Bravo mochte Szily zweimal und ihr mindestens einmal das Leben gerettet haben, aber er war ein Schwerverbrecher, nach dem seit vielen Jahren von Interpol gefahndet wurde. Fux brachte wenig Mitgefühl für ihn auf. Wie sie ihn einschätzte, war er klug genug, dass er sich beim unüberhörbaren Herannahen des ersten Hubschraubers abgesetzt hatte. Zu Steijskals Chalet, der nächstgelegenen Behausung? Möglich, jedoch nicht sehr wahrscheinlich. Inzwischen gab es mehrere passabel präparierte Wege ins Tal, darunter die Rodelbahn.

Andere Dinge hatten Vorrang. Sie brachte die Gruppeninspektoren auf den aktuellen Stand.

„Die Frauenleichen werden in die Innsbrucker Gerichtsmedizin überstellt", schloss sie. „Ihr nehmt gründlich die Tatorte unter die Lupe, also die Dusche, den Gang im Erdgeschoß und die nahe Umgebung der Hütte. Ehrlich gesagt, glaube ich nicht, dass ihr viel Weiterführendes finden werdet. Aber was sein muss, muss sein." Anschließend vergatterten Oberst Frewein und sie Vido Heilig dazu, die naturgemäß seit der Ankunft der Spezialeinheit aufgeregten Gäste zusammenzutrommeln und ihnen zu eröffnen, dass demnächst eine Durchsuchung sämtlicher Zimmer vorgenommen würde. Auch davon erwartete Fux sich keine bahnbrechenden Erkenntnisse. Falls doch Spuren auftauchten, gar Fingerabdrücke, konnten diese immerhin an Benedikt Gallaun und die Wiener Datenbank übermittelt werden.

Peter Szily machte sich erbötig, die im Speisesaal Versammelten zu beruhigen und die Situation mit Scherzen aufzulockern. „So was wie, ‚Die Kieberer vom Huberer sind Haberer'. Was haltet ihr davon? – Ah ja. Keine Antwort ist auch eine Antwort."

Zwei Stunden später besprachen Fux und Frewein mit den anderen Polizisten die bisherigen Erkenntnisse.

Ignaz Stejskal war rechtzeitig geborgen worden. Ohnmächtig, mit Anzeichen einer Vergiftung, die vermutlich nicht von Kohlenmonoxid herrührte.

Der Brand war wohl aufgrund einer zu lang am Herd stehenden Pfanne Käsespätzle ausgebrochen und hatte sich bis zum Giebel durchgefressen, ohne im Hauptraum große Verwüstung anzurichten. Ignaz hatte Glück im Unglück gehabt. Er war, weiterhin bewusstlos, von den Piloten des Eurocopters nach Salzburg zur spitalsärztlichen Abklärung und Versorgung mitgenommen worden.

„Ich will nicht vorgreifen", sagte Fux. „Doch nach dem, was mir mein Neffe erzählt hat, würde es mich nicht wundern, wenn das Gift in den Vanillekipferln war, deren Brösel sichergestellt worden sind. Gift, das man mir zugedacht hatte."

„Der entlaufene Hilfskoch!", rief Öttl. „Aber wie passt das alles zusammen?"

„Frag mich was Leichteres."

„Zanger, der Feuerteufel, ist aus dem Schneider?"

„Keineswegs." Himmel, den mussten sie ja auch noch verhören. „Er hat Stejskal bedroht, das dürfen wir nicht außer Acht lassen."

„Apropos", sagte Frewein. „Handy und Laptop des Mordopfers Murlaschitz befanden sich im Besitz der TV-Präsentatorin Neelke Lutz-Erlenbracht. Sie hat die Geräte freiwillig übergeben. Entwendet hat sie diese wegen eines Drohbriefs, den sie an den WhatsApp-Account der Rivalin geschickt hatte. Ich zitiere: ‚Du verhurte Schlampe, lass die Finger von meinem Mann oder ich reiße dir alle Filzlocken einzeln aus.' Bitte erspart mir und euch die restlichen Beschimpfungen. Einige Zeit danach hat sie das bereut und sie wollte es ungeschehen machen, um nicht deswegen von Murlaschitz an den Pranger gestellt zu werden. Die Zimmertür war offen, sagt sie, daher ist sie eingedrungen und hat die Geräte mitgenommen. Sie hatte vor, die Botschaft zu löschen."

„Was ihr nur unvollständig gelungen ist", ergänzte Hirschmugl und warf Öttl einen konspirativen Blick zu.

„Wir haben dann ja abgesperrt", sagte Fux. „Daher konnte Lutz-Erlenbracht die Sachen nicht retournieren." Vor ihren Augen tanzten Sternchen und auf der Nasenwurzel peckte ein Specht den Takt dazu, tock tock tock. Ihr wurde klar, dass sie jeden Moment umzufallen drohte. „Bedaure, ich gehöre ins Bett. Nehmt ihr euch den Pyrotechniker vor."

Ein Cobra-Beamter in voller Montur begleitete sie zu ihrem Zimmer und bezog davor Posten.

„Ich gebe zu, wütend gewesen zu sein", sagte Ernst Zanger. „Aber ich schwöre, dass ich kein Feuer gelegt habe. Als ich gegangen bin, war Ignaz Stejskal quicklebendig und nirgends brannte etwas, außer im Ofen."

„Warum waren Sie wütend?", fragte Hirschmugl.

„Weil er sich weigerte, sich der Vergangenheit zu stellen. Seiner und meiner."

„Sie kennen einander von früher?"

Zanger bejahte. Seine roten Haare standen in alle Richtungen ab. Er wirkte malade, nachgerade fiebrig, jedoch nicht schuldbewusst.

„Von welcher Zeit reden wir?", fragte Sandra Öttl.

„Anfang der *Nineties*. Stejskal war mein Klassenvorstand im Skigymnasium. Ich habe mich an ihn um Hilfe gewandt, wegen … auf englisch heißt es *bullying*."

„Sie wurden von anderen Schülern schikaniert?"

„Von den Älteren, ja. Terrorisiert trifft's eher. Das war kein Einzelfall, sondern gang und gäbe. Aber Stejskal hat nur gemeint, ich solle nicht jammern über harmlose Bubenstreiche, so was müsse man aushalten, wenn man später als Mann stabil und erfolgreich im Leben stehen will. Hunderte Medaillen bei Weltmeisterschaften oder Olympischen Spielen kämen nicht vom Himmel gefallen."

„Er hat sie nicht unterstützt?"

Zanger schüttelte den Kopf. „*Never ever.* Keiner der Lehrer oder Erzieher. Soviel ich weiß, haben sie nicht selbst mitgemacht.

Aber es gab zynische Anspielungen darauf und eingeschritten ist nie jemand. Die Erniedrigung der Jüngeren galt als Initiationsritus, sozusagen als Traditionspflege."

Hirschmugl hielt sich nicht für zart besaitet. In den Jahren bei der Mordgruppe hatte er einiges gesehen, was ihn bis in seine Träume verfolgte. Dennoch musste er sich zwingen weiterzufragen. „Kam es dabei auch zu sexuellen Übergriffen?"

„Wie würden Sie es nennen, wenn Sie mit Gewalt festgehalten und ausgezogen werden und man ihnen eine Tube Zahnpasta rektal einführt? Das war aber noch die schonende Variante. Wer sich bei den Großen unbeliebt gemacht hatte oder einfach aus dem falschen Dorf stammte, bekam als Klistier ein Nassschnee-Steigwachs verabreicht. Können Sie sich vorstellen, wie das pickt? Da standest du dann schon einige Stunden lang heulend unter der Dusche."

Er summte eine Melodie. Hirschmugl erkannte einen Hit der schottischen Gruppe „Franz Ferdinand": *„Eyes boring a way through me. Paralyze, controlling completely. Now there is a fire in me …"*

„Sie werfen Ignaz Stejskal vor, dass er diese Dinge geduldet und gedeckt hat", sagte Sandra.

„Gefördert, *more or less*. Nicht nur er, das ganze Schulpersonal. Durch das ,Pastern' und Ähnliches wurden zahlreiche junge Menschen gebrochen, wenn nicht lebenslänglich traumatisiert. Die hohe Drogenquote bei Abbrechern ist bestimmt kein Zufall."

„Wie hat Stejskal auf Ihre Anschuldigungen reagiert?"

„Abstreiten konnte er es nicht gut. Er meinte, er habe sich ohnedies vom Skisport abgewandt und übe lautstark Kritik an den Auswüchsen des Tourismus. Mir war das zu wenig, weil er über diese Schulsache immer geschwiegen hat, so wie fast alle anderen auch. Um nur ja nicht den Ruf des Nationalheiligtums zu beflecken. Dabei war eines der am höchsten verehrten, ja vergötterten Idole aller Zeiten Schwerstalkoholiker und Vergewaltiger! – *However*. Was soll ich sagen, wir kamen auf keinen grünen Zweig und sind in Unfrieden geschieden."

„Haben Sie von den Vanillekipferln gegessen, die laut Aussage der Teenager auf dem Tisch standen?"

„Nein, wieso? Ich mag das Zeug nicht."

„Danke, Herr Zanger. Sie können gehen, das war's für heute."

30. Dezember

Namenstag: Hermine
Die verwitwete Pfalzgräfin schenkte dem Germanen-
missionar Willibrord einen Teil ihres Besitzes um
Echternach. Das dort errichtete Kloster wurde zum
ersten und bedeutendsten angelsächsischen Missions-
stützpunkt auf dem Kontinent.

30.12.1922: Die vier Sowjetrepubliken
Russlands, der Ukraine, Transkaukasiens und
Weißrusslands schließen sich zur Sowjetunion zusammen.

30.12.1977: Der Serienmörder
Theodore „Ted" Bundy, ein begeisterter Skiläufer, entkommt
aus dem Gefängnis in Glenwood Springs, Colorado.

Der 30.12.2011 entfällt auf Samoa und Tokelau.
Wegen des Wechsels auf die westliche Seite der
Datumsgrenze folgt auf den 29. sofort
der 31. Dezember.

24

„Stimmt es, dass Zauberer, die ihre Tricks verraten, aus dem Magischen Zirkel ausgeschlossen werden?", fragte Fux.

Harald Brenneis wiegte den kahlen Spitzkopf hin und her. „Es wird nicht gern gesehen, wenn es sich um einen eigenen Trick handelt, und ist verpönt, falls man Methoden anderer Magier verwendet. Ausnahmen sind Klassiker wie die kleine Routine, die ich Fabian beigebracht habe."

„Wie das funktioniert", sagte Fux schmunzelnd, „hat ja sogar Pez durchschaut."

„Was soll das heißen, sogar ich?", protestierte Szily.

Fux ging darüber hinweg. Sie hatte ihn zum Verhör beigezogen wegen seiner feinen Ohren, was Stimmfärbungen betraf. Eventuell hörte er, wenn der ebenfalls im Showbiz tätige Brenneis ins Schwimmen geriet und nicht die volle Wahrheit preisgab. „Ich brauchte ein bisschen, um euren Code zu knacken.", sagte sie. „*First cut is the deepest*' bezog sich auf das erste Mal abheben, englisch *to cut*, nicht wahr? Hat man sich davor unauffällig die unterste Karte des Stapels angesehen, liegt diese von da an über der gesuchten. Der Rest ist Brimborium."

„Vollkommen richtig", sagte Brenneis.

„Ich glaube, dass bei dem ungleich komplexeren ‚Telepathie-Experiment', das Sie beim Hüttenabend vorgeführt haben, ebenfalls alles Wesentliche schon sehr früh geschehen ist. Wenn Sie verstehen, was ich meine." Fux hatte vom Hütten-Du zurück zur förmlichen Anrede gewechselt, weil ihr dies passender erschien. Überhaupt fühlte sie sich viel wohler, seit sie wieder offiziell als Kriminalpolizistin agieren konnte.

„Auch da liegen Sie richtig. Respekt! Sie sind eine Frau mit scharfer Beobachtungsgabe und analytischem Verstand."

Brenneis strich sich maniriert über den Henri-Quatre-Bart. „Aber ich nehme an, Sie wollen mit mir nicht nur Zaubertricks diskutieren." Komm zur Sache, hieß das.

„Okay. Seit wann haben Sie mit Sara Dubois als Duo zusammengearbeitet?"

„Zu Ostern wären es sechs Jahre." Er musste keinen Moment nachdenken. Die Frage hatte er erwartet.

„Waren Sie auch privat liiert?"

„Nein, nie. Ausschließlich beruflich."

„Wir haben Grund zur Annahme, dass Frau Dubois noch einer anderen Tätigkeit nachging. Nämlich als Auftragskillerin. Schockiert sie das?"

„Durchaus. Aber seit ich über die Umstände ihres Todes in Kenntnis gesetzt wurde, hatte ich eine Nacht Zeit, das zu überschlafen und zu verarbeiten." Und dir Antworten zurechtzulegen, dachte Fux.

„Hegten Sie jemals einen diesbezüglichen Verdacht?"

„Nein. Abseits der Proben und Auftritte verbrachten wir kaum Zeit zusammen. An Stehtagen auf Tournee ging jeder seine eigenen Wege. Auch sonst legte Sally Wert auf Wahrung der Privatsphäre."

„Ihnen ist nie etwas seltsam vorgekommen?"

„Frau Chefinspektorin, ich lebe seit zehn Jahren in Las Vegas. Diese Stadt ist eine einzige Seltsamkeit."

„Gegründet von der dings, Mafia", warf Szily ein.

„Cosa Nostra, und es stimmt nicht ganz. Hotelcasinos gab es bereits vor Bugsy Siegel und Meyer Lansky. Mittlerweile ist ‚Sin City' Geschichte, man setzt auf Familienfreundlichkeit. Freilich gilt der Spruch ‚Wer lang fragt, geht weit irr' dort genauso wie überall sonst auf der Welt."

„Was werden Sie ohne Ihre Partnerin machen?", fragte Fux.

„Zuerst einmal versuchen, morgen trotzdem einen sauberen Auftritt abzuliefern. Nicht einfach, ich muss das Programm radikal umstellen. Deshalb würde ich gern möglichst bald zur Bühne in der Fontanerena aufbrechen."

„Geht in Ordnung, Herr Brenneis."

„Toi toi toi", sagte Szily.

„Da darf man sich nicht bedanken, Kamerad."

„*Slick*", sagte Pez hinterher. „Glitschig wie ein eingeseifter Fisch. Er war sich seiner Sache hundertprozentig sicher. Entweder hat er keinen Schwachpunkt oder wir sind nicht mal in die Nähe davon gekommen. Schwer zu sagen, wie viel er von Sallys Nebenjob wusste."

„Sehr zu Herzen scheint ihm ihr Tod nicht zu gehen."

„Zehn Jahre Vegas", erinnerte Pez, „da lernt man, die Fassade zu pflegen. – Übrigens sollte ich ebenfalls zum Soundcheck runterfahren. Ich könnte die Kinder mitnehmen. Etwas Luftveränderung und Ablenkung würden ihnen guttun."

„Nach der Besprechung um elf." Fux verschränkte die Hände hinterm Kopf und lehnte sich zurück. Die Ringe unter ihren Augen waren noch nicht gänzlich verschwunden, aber im Vergleich zum Vortag wirkte sie wie neugeboren.

„Mal logisch und der Reihe nach", sagte sie bedächtig. „Vorausgesetzt, der Bravo hat nicht gelogen. Jemand will mich tot sehen. Warum gerade mich?"

„Nun, du wirst dir im Lauf deiner Tätigkeit nicht nur Freunde gemacht haben."

„Schon klar. Aber die meisten, die einen Groll gegen mich hegen könnten, befinden sich in Justizgewahrsam."

„Sie sitzen im Gefängnis. Am ‚Felsen', nehme ich an?"

„In Stein an der Donau, ja. Dort sind die meisten Lebenslänglichen untergebracht."

„Wenn sich mehrere zusammengetan und eine Kollekte veranstaltet hätten, um ein Kopfgeld auszuschreiben?"

„Zum Glück haben die nicht deine kranke Fantasie. Und selbst wenn – wieso dann justament, während ich hier heroben auf der Alm bin? Mir in Wien aufzulauern, wäre doch viel einfacher gewesen!"

„Da bin ich überfragt", gestand Pez. „Vielleicht musste es schnell gehen … Völlig offen ist auch, von wem und warum der Bravo als Leibwächter angeheuert wurde."

„Bei diesem Gedanken stellen sich mir immer noch die Haare auf."

„Innerlich vielleicht. Deine Frisur sitzt makellos."

„Ach, Szily …"

Die Gruppeninspektoren und der Einsatzleiter der Cobra-Beamten, die nach Abschluss der Spurensicherung alternierend in den ehemaligen Zimmern der Mordopfer und des Hilfskochs genächtigt hatten, trafen pünktlich im Extrastüberl ein. Nur Vido Heilig verspätete sich um einige Minuten.

„Bitte aufrichtig um Entschuldigung", sagte er abgehetzt. „Es geht drunter und drüber. Einige Gäste wollen lieber gestern als heute heimfahren, zehnmal so viele würden gern anreisen, die meisten davon Journalisten, und sind sauer, dass wir derzeit niemanden aufnehmen. Das Telefon bimmelt in einer Tour, es isch d' Hell uf der Erd!"

„Vollstes Verständnis", sagte Fux. „Konntet ihr trotzdem erledigen, worum ich euch gebeten habe?"

„Ja. Xaverl hat im Skistadel Inventur gemacht. Es fehlen zwei Rodeln und eine Alpinausrüstung. Und Mary hat bei den Fotos von unserer Weihnachtsfeier etwas gefunden."

Er reichte Fux einen Ausdruck, der die Belegschaft der Alpenfreundehütte beim Zuprosten zeigte, geknipst in der recht dunklen Gamskrickel-Bar. „Ganz hinten rechts, das ist Tom." Rundliches Gesicht, milchkaffeebraune Hautfarbe, dunkle Haare und Bartstoppeln, viel mehr war nicht zu erkennen.

„Sie soll mir das Foto mailen", sagte Hirschmugl, „möglichst in Originalauflösung. Ich werde sehen, ob ich ihn etwas schärfer rausholen kann."

„Wie lange wird das dauern?", fragte Oberst Frewein.

„Maximal eine Stunde. Dann können wir ihn zur Fahndung ausschreiben."

„Passt. Bis dahin sollten auch die Alpinpolizisten in Bad Bründlmoor eingetroffen sein."

„Wie seid ihr eigentlich zu Tom gekommen?", fragte Fux.

„Warte mal. Lief das über die Zentralvermittlung? Nein, ich glaube, den hat uns Vinzenz empfohlen."

Szily horchte auf. „Vinzenz Brunnmayer, der Seniorchef von … praktisch allem hier?"

„Der nämliche. Ihr wisst ja, wie das ist mit Altbauern, die den Hof übergeben haben. Sie können es nicht lassen, hier und da doch noch mitzumischen. – Wenn ich mich recht erinnere, hast du ihn kurz getroffen, Karin. Oben bei der Bergstation, gell?"

„Oh. Das war also … Er hat mir einen Tee spendiert. Sieh an. – Und wie kam Vinzenz zu Tom?"

„Keine Ahnung. Heutzutage bist du für jeden dankbar, der fehlerfrei einen Kochlöffel halten kann."

Hatte Vido kurz gezögert? Fux fiel wieder ein, was der Zauberer vorhin gesagt hatte: Wer lang fragt, geht weit irr. In Vegas wie in Bad Bründlmoor. „Tom zu finden, hat oberste Priorität. Die Alpinpolizisten sollen nach ihm Ausschau halten und im Ort herumfragen, ob ihn wer gesehen hat."

Frewein bestätigte markig.

Zu Szily sagte sie: „Falls du ihn zufällig entdeckst, Meldung. Sofort. Aber keine Dummheiten auf eigene Faust, klar?"

„Als hätte ich so was schon jemals gemacht …"

Fux dachte lieber nicht an gewisse Ereignisse am Wiener Dombrowskiplatz zurück.

25

Die Naturrodelbahn hielt, was Li Si sich davon versprochen hatte. Es war ein Riesenspaß, viel besser als jede Attraktion im Wurstlprater.

Fabian jauchzte ein ums andere Mal. Ihre Schlitten sausten nur so dahin, durch überhöhte Kurven, flachere Abschnitte, bei denen sie trotzdem nicht anzutauchen brauchten, und steilere, in denen man mit beiden Beinen bremsen musste. Aber natürlich nicht so stark wie Li Sis Vater, der immer wieder zurückfiel und, nachdem sie auf ihn gewartet hatten, erhöhte Vorsicht einmahnte. Mehr als einmal wurden sie deswegen von Nachkommenden überholt.

Fast eine Dreiviertelstunde dauerte die herrlich wilde Fahrt. Am Ende brannte Li Sis Gesichtshaut und sie schwamm in den Stiefeln. Gleichwohl schworen sich sie und Fabian, das Abenteuer tags darauf zu wiederholen, und zwar ohne Pez.

Sie gaben die Rodeln bei der Sammelstelle ab. Ein Shuttlebus brachte sie zur Fontanarena.

Im und ums Skistadion waltete hektische Aktivität, die wetterbedingte Verzögerung wollte aufgeholt werden. Am Tor der Umzäunung gab es ein Problem, weil zwar die Szilys Backstage-Pässe hatten, nicht aber Fabian. Pez verhandelte mit den Securities, grobschlächtigen Typen der Marke Disco-Türsteher und ebenso unerbittlich. Li Si wollte schon anbieten, mit Fabian draußen zu bleiben; aus den Boxen dröhnte ohnehin nur Humtata-Musik. Da rollte in der mit Holzplanken ausgelegten Zone seitlich der Bühne jemand ein silbernes Flightcase vorbei, wurde auf die lautstark debattierende Gruppe aufmerksam, kam zum Zaun und entpuppte sich als Gert Teuschl. Nachdem er erfahren hatte, worum es ging, sagte er zu den beige-braun uniformierten Wächtern: „Seids nit lehalich, Freinde, lossts den Buabm eina, der ghert zu mia, i bürg für ihn.“

Und siehe, das Himmelstor ward geöffnet.

Österreich in Reinkultur, dachte Li Si: Am wichtigsten ist, dass man die richtigen Leute kennt.

Teuschl, stellte sich heraus, war gewissermaßen das Rückgrat jener volkstümlichen Acts, die über dieselbe Agentur gebucht worden waren, also fast aller.

Er steuerte das Playback, sang die zweite und manchmal auch die Hauptstimme, lieferte einige Takte dauernde Soli mit E-Gitarre, Keyboard, Trompete oder Saxofon, was eben gerade vom Arrangement eingeplant war, damit sich die „Stars“ zwischendurch erholen oder umziehen konnten. Der Kärntner beherrschte eine Fülle von Instrumenten und unterschiedlichen Stilen. Mit der Zeit erkannte Li Si, was dennoch alle gemeinsam hatten: Die jodelnden Greisinnen der „Sulztal-Dirndln", „Timo der Torftepp", der zum Schunkeln geeignete norddeutsche Seemannslieder schmetterte, oder „D'Holzg'schnitzt'n", hin und her marschierende Sixpacks mit Lederhosen – in den schlecht gereimten Texten wurde stets das einfache Landleben gepriesen, die gute alte Zeit beschworen und hemmungsloser Alkoholkonsum verherrlicht.

„Mein Gott, den Leiten gfollt's", sagte Teuschl in einer Probenpause. „Und es nährt den Monn. Ihr kennt's siha den Witz, ‚Wos sogt a Volksmusikant zum Jazzmusiker? – Bitte zum Flughofn.' – Haha, so is holt die Realität."

Von Frenzyss und dessen Hip-Hop-Clan war leider nichts zu sehen. Dafür erspähte Fabian weiter oben am Zielhang der FIS-Abfahrt seine Helden, die „Monsters of Stunt", und geriet entsprechend aus dem Häuschen. Während der morgigen Show würden ihre Kunststücke auf die Großleinwand übertragen werden, brachte Li Sis Vater in Erfahrung, aber heute lief die Projektion noch nicht.

„Beim Training zuzusehen fährt sogar noch viel krasser ein", sagte Fabian. „Ich muss da unbedingt näher hin!"

„Bin dabei", sagte Li Si. „Hier ist es urlangweilig."

Pez erhob allerhand Einwände, aber die Teenager löcherten ihn so lange, bis er schließlich doch nachgab. Sie versprachen, sowohl in Sichtweite zu bleiben als auch Sicherheitsabstand zu den Stunt-Akrobaten einzuhalten, dann stapften sie bergan.

Wie so oft hatte die Entfernung von unten geringer gewirkt als sie war. Ähnliches galt für die Hangneigung. Mit der Trittfestigkeit des Schnees am Pistenrand hingegen verhielt es sich umgekehrt. Nach jedem Schritt vorwärts rutschte Li Si wieder ein Stückchen zurück.

Bald war sie nicht mehr so überzeugt vom Plan, bis zur Zielschuss-Einfahrt aufzusteigen, weil man dort die Sonne im Rücken hatte. Fabian hingegen reduzierte zwar allmählich das Tempo, hielt jedoch nie an, um den Gedanken, sich mit der erreichten Höhe zu begnügen, gar nicht erst aufkommen zu lassen. Oder hatte die Jacke, auf die er so stolz war, längst die mentale Kontrolle übernommen, da sie mit ihresgleichen vereint werden wollte? Das gäbe ein hübsches Horror-Video für den Medienunterricht. Li Si war jedoch zu geschlaucht, um den Einfall zu notieren.

Endlich blieb Fabian doch stehen. „Schau", sagte er kurzatmig. „Da. Andere Seite vom Zaun."

„Was? Die Stufen?"

„Voll. Wären besser zum Gehen."

„Weniger anstrengend", pflichtete sie bei.

Zwischen Bäumen führte eine kaum verschneite Betontreppe leicht geschwungen zu einer teils überdachten Plattform. Kein Jäger-Hochsitz, sondern der Standplatz für eine Fernsehkamera, vermutete Li Si, zur Live-Übertragung von Skirennen.

Im Drahtzaun war eine Lücke, groß genug, um hindurchzuschlüpfen.

„Von dort aus sieht man sicher super."

„Fix." Alles besser als ganz hinauf … Streng genommen begaben sie sich dadurch außerhalb der direkten Sichtverbindung zur Bühne. Aber nicht für lange, beruhigte Li Si ihr Gewissen.

Der Ausblick auf die verschieden hohen Sprungschanzen der „Monsters" war wirklich grandios. Und erst die Stunts! Mit Motorrädern, Ski, Snowmobilen diverser Bauart.

Fabian filmte wie besessen mit dem Handy. „Wenn ich jetzt noch einen spektakulären Sturz erwische", rief er verzückt, „bin ich nach den Ferien der King in der Klasse!"

Trotz der tollen Sprünge, Saltos und sonstigen Akrobatik-Figuren verlor Li Si nach einigen Minuten das Interesse. Die Treppe verlief nach der Plattform noch weiter, um einen Felsblock herum. Dahinter verbarg sich, nur ein paar Meter höher, eine geräumte Straße mit einer Bushaltestelle.

„Fabi, gute Nachricht! Wenn wir Glück haben, ersparen wir uns den Fußmarsch zurück. Mal schauen, wann ein Bus fährt."

Laut Fahrplantafel im Wartehäuschen sollte um 16:20 tatsächlich der Skibus vorbeikommen und zehn Minuten später die Endstation Fontanarena erreichen. Das traf sich haarscharf mit der von Li Sis Vater gesetzten Frist. Warscheinlich war es dasselbe Shuttle, das sie hernach auf die Alm bringen würde.

Unter der Tafel hing ein mit Klebeband befestigter A4-Zettel. In krakelig-kindlicher Schrift stand darauf „VERMIST: TANUKI. BELONUNC!" sowie eine Telefonnumer. Ein schief hineinkopiertes Foto zeigte … jenes Tier, das Fabian und sie bei Ignaz Stejskals Chalet gesehen hatten!

Li Si nahm den Zettel ab und schwenkte ihn unschlüssig in der Hand. Anrufen, ja oder nein? Dagegen sprach, dass Fabis Tante, die Chefinspektorin, ihnen eingeschärft hatte, sich auf keine wie auch immer geartete Extratouren einzulassen, ohne vorher bei ihr oder Pez die Erlaubnis einzuholen. Doch zählte dazu ein kurzes Telefonat? Welches vielleicht – und das sprach eindeutig dafür – einem Kind, das sein geliebtes Haustier vermisste, neue Hoffnung schenkte?

Sie sah auf die Handy-Uhr: kurz nach vier. Viel Zeit totzuschlagen, bis der Bus kam. Selbstverständlich könnte sie zuvor ihren Vater um Rat fragen. Aber der würde schimpfen, weil sie den Sichtkontakt unterbrochen hatten, und sofortigen Rückzug anordnen. Worauf sie sich abwechselnd mit ihm und Fabian würde streiten müssen, denn der wollte natürlich jede zusätzliche Minute „Monster"-Training auskosten.

Und das arme unbekannte Kind erfuhr vielleicht zu spät, wo sein Tanuki vor einem Tag gesichtet worden war. Nein, das durfte nicht passieren!

Sie wählte die Nummer.

26

In Pongos Ohren rauschte es. Das lag daran, dass die Krähe redete wie ein Wasserfall, ohne Punkt und Komma.

„… von Lateinisch *pistum* zerstampft und planieren von Plan wie Kampfplatz Arena oder Zirkus und Luxus heißt ausgerenkt und Urlaub die Erlaubnis sich von der Truppe zu entfernen und die Sklaven waren schon im Mittelalter meistens Slawen daher kommt das ja bis heute hat jedes Hotel seinen Mülljugo und Putzjugo und Küchenjugo wo du nur zur Sau gemacht wirst und die Fleischgabeln fliegen und du den billigsten Scheiß verarbeiten und verkaufen musst auch verdorbene Ware aber Schuld bist immer du wenn einer sich beschwert auf den Deckel Endziel Burn-out wieso muss jedes Jahr ein Viertel der Beschäftigten ersetzt werden ein Viertel von einer halben Million das ist ein Achtel aber wehe du bringst nicht sechs Achtel aus einer Siebenzehntelflasche beim Einschenken dann schenkt er dir ordentlich ein der Chef …“

Pongos Schädel fühlte sich an wie eine Bowlingkugel mit einer brennenden Zündschnur dran. Nicht mehr lange, bis er explodierte. „… höchste Invaliditätsrate im Gastgewerbe und niedrigste Lebenserwartung lauter Stachanows wollen sie die sich zu Tode hackeln vor der Rente am Salzburger Friedhof begraben sie die Einheimischen in aller Früh damit tagsüber die Touristen nicht gestört werden …“

Die Krähe hieß Ivona, hatte oben keine Zähne und sah aus wie eine Mischung aus Mumie und Zwetschkenkrampus. Ob sie Pongo aufgegabelt hatte oder er sie, wusste er nicht mehr. Seine Erinnerung war lückenhaft und neblig. Überhaupt ging es ihm beschissen. Mal war er wie gelähmt, dann wieder so gereizt, dass ihn der geringste Luftzug beinahe zum Auszucken brachte. Dafür gab es nur eine Erklärung: Das Zeug, das er aus dem Depot der VIP-Betreuerin Nevada geklaut hatte, musste gefälscht und gestreckt sein. Selbst die doppelte und dreifache Dosis brachte nur kurzfristig Linderung.

„… machen die Frauen die meiste Arbeit und im Gemeinderat sitzen die Männer als kleine Vermieterin schuftest du den ganzen Tag und verdienst einen Bettel und das große Geld scheffelt die Seilbahngesellschaft wie die Sklaverei abgeschafft wurde bekamen die Sklavenbesitzer Entschädigung vom Staat aber die Sklaven nichts und der größte Hotelier im Ort ist immer der größte Ausländerkriminelle pfeift auf Kollektivvertrag und Meldegesetz und Arbeitszeitgesetz und Sozialversicherung und Menschenrechte und aufs Finanzamt sowieso gilt das nicht für Russen da schaut nie wer nach …"

Am Haus der Krähe stand *Pension Zlatan*, aber die Schrift war verblasst und das Gebäude eine Ruine, genauso wie die Besitzerin. Pongo fiel wieder ein, dass er auf der Straße neben ihr angehalten und ihr einen der kopierten Zettel gezeigt hatte, und weil sie etwas auf kroatisch gesagt hatte, war er mit ihr ins Gespräch gekommen und hatte sie nach Hause gefahren und bei ihr übernachtet. Das war angenehmer als im Auto. Es gab auch Tiefkühlpizza, Apfelsaft, Tabletten und ein relativ warmes, windgeschütztes Klo.

„Dein Handy läutet."

Wenn sie nur nicht unaufhörlich vor sich hin gekrächzt hätte! Die Krähe musste irgendwann auf einem schlechten Trip hängen geblieben sein und sich nie mehr davon erholt haben. Sie tat Pongo nicht leid; selber schuld, wer nicht auf seine Gesundheit achtete.

„He, Pongrac, dein Handy läutet!"

„Was?" Er hörte ihr schon lange nicht mehr zu.

„Heb endlich ab, *moron*."

Das schmerzte. Einen Idioten musste sie ihn nicht heißen. Er würde ihr Respekt beibringen, ihr einen Scheitel ziehen. Aber nicht sofort, denn das Handy läutete.

Motorengeräusch näherte sich. Es war nicht der verfrühte Skibus, sondern ein ziemlich verdreckter Pick-up, der vor Fabian und Li Si stehen blieb.

Ein Mann stieg aus. Er trug die braune Uniform der „Protector"-Securities, war sehr groß und dick, aber was Fabian kalten Schauer über den Rücken jagte, war das Gesicht: aufgedunsen, voller eitriger Pickel, mit blutunterlaufenen, flackernden Augen.

„Ihr … Tanuki … gesehen?", lallte der Mann. Er hielt ein Brecheisen in der Hand.

„Glauben wir", sagte Li Si und wich ins Wartehäuschen zurück. „Hunderprozentig sicher sind wir uns nicht."

„Wo?" Der Mann umfasste Fabians Handgelenk so fest wie ein Schraubstock. „Wo?", brüllte er.

„Au! Sie tun mir weh."

„Wo!"

„Auf der Hinterglan-Alm, bei der Loipe."

„Wann?"

„Gestern."

„Und jetzt?"

„Keine Ahnung. Vielleicht finden sich Spuren."

„Stopp!" Li Si hielt ihr Handy vor sich wie ein Schutzschild. „Lass ihn los oder ich rufe die Polizei."

Der Irre bewegte sich schwankend, aber schnell. Er lockerte seinen Griff kein bisschen, zerrte Fabian hinter sich her, während er auf Li Si zusprang, das Eisen schwang und sie am Unterarm traf. Sie schrie auf und ließ das Smartphone fallen. Er zertrat es mit dem Stiefelabsatz. „Einsteigen!"

Fabian sah, dass Li Si Tränen über die Wangen liefen. Sie presste die Lippen zusammen, hielt den verletzten Arm eng an die Brust gedrückt, wirkte total überrumpelt, jeglicher Selbstsicherheit beraubt, hilflos.

Er hatte noch nie in seinem Leben solche Angst gehabt.

Der riesenhafte Mann hievte ihn grob auf den Mittelsitz und dirigierte Li Si mit dem Brecheisen neben Fabian.

„Kein Mucks!"

Als er die Beifahrertür von außen versperrt hatte und vorn um den Pick-up auf die andere Seite ging, war im Nacken eine Tätowierung zu sehen, ein großes U mit einem Kreuz zwischen den Enden. Er stieg ein und blaffte Fabian an: „Du auch Handy? – Gib Pongo!"

„Tu, was er sagt", wisperte Li Si.

Er gehorchte und reichte sein Smartphone dem Unheimlichen, der es sofort aus dem Fenster der Fahrertür warf. Fabian nahm allen Mut zusammen und fragte: „Pongo, ist das Ihr Name?"

„*Herr* Pongo." Er legte den Gang ein und fuhr ruckelnd los. Dabei murmelte er etwas Unverständliches. Ein grässlicher Gestank ging von ihm aus, als hätte er nicht nur auf einer Giftmülldeponie geschlafen, sondern sich auch davon ernährt.

„Was haben Sie mit uns vor, Herr Pongo?", fragte Li Si.

Das wusste Pongo selbst noch nicht so genau. Eines jedoch war klar: Er würde sich nicht länger bieten lassen, dass man ihn behandelte wie den letzten Dreck.

Niemand erwies ihm gebührenden Respekt. Alle verarschten ihn. Der Reiseleiter hatte ihn um sein Geld betrogen, die Fernsehtussi zahlte nicht, die Kickboxerin gab ebenfalls nichts ab. Der Partieführer warf ihn raus, Onkel Slatko entzog ihm Schutz und Hilfe. Im Drogendepot beim Bergbaumuseum hatte man die guten Sachen extra so versteckt, dass er sie nicht fand. Eine Halbwüchsige drohte ihm mit der Polizei, selbst ein menschliches Wrack wie die Krähe beschimpfte ihn und behauptete, er sei krank, er habe sich mit einem Virus angesteckt. Als ob jemals wer ein Virus gesehen hätte!

Die ganze Welt war verrückt. Lauter Spinner und Gauner, die glaubten, mit ihm machen zu können, was sie wollten. Logo, er war einfach zu nett zu allen gewesen. Vergiss es. Das hörte jetzt auf. Endgültig.

Morawec vom Zoogeschäft hatte ihm Tanuki untergejubelt und bei der Gebrauchsanweisung geschlampt. Egal. Tanuki war ein Wintertier und fraß Abfall, der kam schon durch. Mülldeponien gab es reichlich im Wald.

Pongo wollte ihn unbedingt wiederhaben. Aber musste das

noch heute sein? Bis sie hinauf zur Hinterglan-Alm kamen, war es finster.

Und überhaupt. Moment mal, waren da oben gestern nicht mehrfach Polizeihubschrauber herumgeschwirrt? Achtung! Versuchten die frechen Kinder vielleicht gar, ihn in eine Falle zu locken?

Ha! Nicht mit Pongo. Er würde es schlau angehen. Sie eine Zeit lang dunsten lassen. Dass sie Tanuki gesehen hatten, glaubte er ihnen. Bei der Ortsangabe hegte er Zweifel. Doch er kannte Mittel und Wege, ihrem Erinnerungsvermögen auf die Sprünge zu helfen.

Pongo reversierte in einer Hauszufahrt. Wohin nun? Zur Krähe? Was hatte er mit der eigentlich gemacht? Der Nebel in seinem Kopf wurde wieder dichter und so sauer, dass es in der Nase brannte. Nein, nicht zur Pension. Aber nicht weit davon entfernt gab es eine andere Zuflucht. Und Nachschub.

Sve će biti dobro, dachte Pongo. Alles wird gut.

27

„Ignaz Stejskal wurde der Magen ausgepumpt", berichtete Hirschmugl von seinem Telefonat mit der Klinik. „Er ist nicht ansprechbar, befindet sich jedoch auf dem Weg der Besserung."

„Irgendwas über das Gift?", fragte Fux.

„Einige Untersuchungsergebnisse stehen noch aus. Es könnte sich um Mäusegift gehandelt haben."

„Alpha-Chloralose", ergänzte Öttl. „Eine Mischung aus Glukose – daher süß – und dem starken Betäubungsmittel Chloralhydrat. Billig erhältlich in vielen Baumärkten. Die Heiligs schließen nicht aus, dass sie so etwas einmal gekauft haben könnten. Aber eine entsprechende Packung wurde in der ganzen Hütte nicht gefunden."

„Anzunehmen, dass Tom praktisch ebenso leicht darauf Zugriff hatte wie auf den Grillspieß. Oder auch jemand anderer." Keine vorschnellen Schlüsse, ermahnte sie sich selbst. Bis auf das Faktum, dass er abgängig war, hatten sie keine Indizien.

„Ja. Noch erwas", sagte Hirschmugl. „Der Skifahrer, der am Christtag vor deinen Augen abgestürzt ist, hat sich ebenfalls aus dem Staub gemacht."

„Wie, was?"

„Er ist aus dem Krankenhaus verschwunden, ohne etwas zu hinterlassen, das zu seiner Identifikation dienen könnte. Nicht mal Gesichtserkennung hilft, weil er am Kopf zuerst schwer verwundet und dann dick verbunden war."

„Soso."

Sandra Öttl tippte die Fingerspitzen aneinander und stützte ihr Kinn auf die Daumen. „Ein weiterer Attentäter? Mit ihm wären es drei gewesen."

„Möglich", sagte Fux. Und der Bravo, dachte sie, hat ihn aufgehalten. Aber das wollte ihr nicht von der Zunge. „Gesetzt den Fall, es war so, dann kamen sie wahrscheinlich aus sehr verschiedenen Ecken. Was verbindet sie? Insbesondere", sie deutete mit den Armen sehr unterschiedlich hohe Waagschalen an, „eine Schweizer Mafia-Killerin und einen illegalen afrikanischen Hilfskoch?"

„Der Auftraggeber?"

Oberst Frewein klopfte an den Türrahmen, trat ein, ohne eine Reaktion abzuwarten und salutierte. „Soeben ist der hochgeländegängige Mannschaftstransporter mit unserer Ablösung eingetroffen. Möchte jemand von euch beim Briefing dabei sein?"

Abermals kam etwas der Antwort zuvor. Fux' Smartphone spielte das Intro zu *Drives Me Crazy*. Diesen Klingelton hatte sie Peter Szily zugeordnet. „Bin grad in einer Besprechung", sagte sie. „Ist es wichtig?"

„Allerdings. Bitte reiß mir nicht nicht gleich den Kopf ab: Die Kinder sind weg."

Letztlich machte sie ihm weniger Vorwürfe als Pez sich selbst.

„Man kann Pubertierende nicht gut im Hausflur anketten", sagte die Chefinspektorin. „Obwohl ich das manchmal wirklich bedauere."

„Ich hätte früher nachsehen und Alarm schlagen sollen. Es ist ja schon einiges passiert in den letzten Tagen."

Pez versuchte, seine Verzweiflung im Zaum zu halten. Nicht, dass er getrödelt hätte.

Nachdem Li Si und Fabian weder vor Abfahrt des Shuttlebusses aufgetaucht noch in diesem gesessen waren, hatte er den Kärntner Multiinstrumentalisten Teuschl zurate gezogen. Der hatte über Mary die Handynummer von Dominik Kaltenbäck eruiert, der wiederum mit den „Monsters of Stunt" trainierte. Der Freeriding-Champion war zur Kameraplattform am Zielschuss gefahren und weiter zur Bushaltestelle, wo er die Smartphones gefunden hatte, eines davon gewaltsam zerstört.

„Wurden sie überfallen? Entführt?", fragte Pez. „Gekidnappt? Was meint ihr?"

Fux hatte ihr IT-Spezialisten-Pärchen eine Telefonkonferenz einrichten lassen. „Jugendbanden, die es auch am Land gibt", sagte sie, „hätten wohl eher die teuren Handys mitgenommen als die Teens."

„Mitunter", schaltete sich der Kommandant der Alpinpolizisten ein, „stellen marodierende Jungurlauber allerhand groben Unfug an." Er sah so grimmig-urwüchsig aus, als hätte er sowohl Reinhold Messner als auch den Yeti in seiner Ahnenreihe, und betonte jeden K-Laut, als wolle er damit mehrere Cklafter Ckantholz zerhackchchchen und anschließend abschmirgeln. „Ich könnte euch Geschichten erzählen … Bis dato gingen bei uns keinerlei Meldungen über vergleichbare Vorfälle ein. Freilich ist man in solchen Touristikzentren Kummer gewöhnt und zeigt nicht jede Bagetelle an."

„Die Cobra bleibt bis auf Weiteres vollzählig vor Ort", verkündete Oberst Frewein. „Überdies habe ich einen Suchhubschrauber angefordert."

„Danke", sagte Pez. „Kann ich noch irgendwas Sinnvolles tun? Soll ich bei der Bühne warten, solange da Betrieb ist?"

Fux bejahte. „Mein Neffe kennt die Regel, dass man sich im Zweifelsfall dort wieder trifft, wo man sich zuletzt gesehen hat. Vielleicht kommen die beiden ja doch noch von allein zum Vorschein." Sie fuhr sich übers Gesicht, als wische sie Spinnweben weg, und schüttelte den Kopf. „Wisst ihr, ich habe bereits zur Theorie geneigt, dass jemand mich partout nicht im Gebiet der Fontanara-Skischaukel haben wollte. Meine Reservierung, die angeblich vom Hotel Alpensalamander verschludert wurde, nebst dem kulanten Upgrade-Angebot 35 Kilometer entfernt ... Dann, als wir doch in der Hinterglanhütte untergekommen sind, die Anschläge. Mit dem Ziel, mich entweder auszuschalten oder dauerhaft zu vertreiben."

„Letzteres wäre gelungen", warf Gruppeninspektor Hirschmugl ein, „wenn du Oberst Mirneggs Vorschlag befolgt hättest."

„Ja. Aber die Entführung von Li Si und Fabian passt überhaupt nicht ins Bild. Ich meine, dadurch erreicht man ja das genaue Gegenteil! Wir Kriminaler bleiben erst recht hier, detto die Cobra, es wird eine groß angelegte Suchaktion geben ... Warum extra Staub oder von mir aus Schnee aufwirbeln, wenn man eigentlich etwas verbergen will?"

„Ablenkung?", sagte Pez. „Darauf basieren die allermeisten Zauberkunststücke."

Er hob die Arme. „Bevor ihr fragt: Magic Harry Brenneis war die ganze Zeit über bei der Bühne beschäftigt. Mit intensiven Adaptierungen. Jungfrau zersägen fällt schwer ohne Jungfrau."

„Und mit deinem Galgenhumor, Szily, landest du irgendwann tatsächlich am Galgen."

Um 22 Uhr endeten die Proben und sonstigen Arbeiten an der Festbühne. In Bad Bründlmoors Lokalmeile zwischen „Champagnerstadel" und „Bunga Bunker" ging der Rummel hingegen erst so richtig los. Hüttenruhe? Lambada!

Es wurden auch tüchtig Knallkörper gezündet. Pez fand die

Böllerei schon zu Silvester doof und in der Nacht davor noch doofer. Aber wenn man seit Stunden um die Tochter bangte, empfand man jeden einzelnen Schuss als Tortur.

Zwei Alpinpolizisten begleiteten ihn zur Volksschule. Dorthin waren, da sich die nächste Polizeidienststelle in der zehn Kilometer entfernten Bezirkshauptstadt befand, mittlerweile die Einsatzzentrale und das Gros der Cobra-Beamten umgesiedelt.

Nach wie vor fehlte von den Gesuchten jede Spur. Niemand hatte sie gesehen. Manche Gaststätten wurden gerade zum dritten Mal durchkämmt.

Seit einer Dreiviertelstunde hörte man den Spezialhubschrauber mal leiser, mal lauter. Er verfügte über eine Wärmebildkamera, hatte Frewein geduldig erläutert, ein sogenanntes „Forward Looking Infrared System", das ein eigens darauf ausgebildeter Operator bediente. Die Bilder konnten direkt live zur Kommandozentrale übertragen werden. Beide Piloten trugen Nachtsichtbrillen.

Da die maximale Einsatzdauer vor Ort auf eine Stunde begrenzt war und der Heli auch noch nach Salzburg zurückkehren musste, würde die Suche bald abgebrochen werden … Aber kurz davor wurde der FLIR-Operator doch noch fündig.

Im Wald zwischen Naturrodelbahn und Familienabfahrt entdeckte er eine bewegungslos liegende, eindeutig Wärme abgebende Person.

31. Dezember

Namenstag: Silvester

Der erste Bischof von Rom nach der Gewährung freier
Religionsausübung für Christen ist Held vieler Legenden.
Sein Name bedeutet „Waldmensch". Er soll einen Drachen
bezwungen, theologische Streitgespräche mit jüdischen
Gelehrten gewonnen, einen toten Stier zum Leben erweckt
und Kaiser Konstantin getauft haben. Ganz sicher nicht war
er jedoch Adressat der „Konstantinischen Schenkung", die
dem Papst die Oberherrschaft über Rom, Italien und das
Abendland zusichert und die Grundlage des Kirchenstaats
bildet – denn dabei handelt es sich um eine der frechsten
und folgenreichsten Fälschungen der Weltgeschichte.

31.12.1472: In Amsterdam

wird das Werfen von Schneebällen verboten.

31.12.1991: Die Sowjetunion

löst sich offiziell auf.

31.12.2018: Die Firma Knorr in Heilbronn

stellt die Produktion ihrer seit 1889 hergestellten Erbswurstsuppe, die weltweit in Form von billigen, nahrhaften und
nahezu unbegrenzt haltbaren Portionstabletten zur
Grundausstattung von Expeditionen gehörte, wegen stark
gesunkener Nachfrage ein.

28

Kurz nach Mitternacht kehrte der Suchtrupp zurück.

Die Besatzung des FLIR-Hubschraubers hatte die Fundstelle genau lokalisiert und LED-Leuchtbojen abgeworfen. Aufgrund des unwegsamen Geländes hatten die Alpinpolizisten trotz ihrer Ausrüstung je rund eine Stunde hin und retour benötigt.

Bei der geborgenen Person handelte es sich nicht um Fabian oder Li Si, sondern um den abtrünnigen, des zweifachen Mordversuchs verdächtigen Küchenhelfer Tom. Seit sie die Funknachricht erhalten hatte, war Karin Fux enttäuscht und erleichtert zugleich.

So etwas sei ihm in all den Jahren noch nicht untergekommen, meinte AP-Kommandant Julius Mittersackschmöller, der den Trupp angeführt hatte. „Der unter dem Namen Tom bekannte Mann", schilderte er, „war an Arm- und Beingelenken mit Kabelbindern gefesselt. Er steckte in einem Daunenschlafsack, der auf einer Iso-Matte lag und mit Fichtenzweigen zugedeckt war. Außerdem hatte er eine Wasserflasche, Müsliriegel und ein halbes Dutzend Thermopad-Handwärmer bei sich, von denen zwei aktiviert waren. Die Dinger halten bis zu zwölf Stunden. Infolge dieser Vorkehrungen war er ungeachtet der niedrigen Außentemperaturen nur leicht unterkühlt."

„Ich bin kein Kriminalist", sagte Oberst Frewein, „aber mich dünkt, wer immer Tom dort im Jungwald abgelegt hat, wollte ihn am Leben erhalten."

Fux sah Peter Szily an. „Fast ein bisschen zu rücksichtsvoll für einen eiskalten Auftragskiller, findest du nicht?"

„Untypisch", bestätigte er. „Andererseits hat sich der Bravo mir gegenüber als Schutzengel bezeichnet. Vielleicht will er sich ja in Zukunft beruflich verändern."

„Das wird ihm wenig helfen, wenn ich ihn zu fassen kriege."

„Du bist ihm wirklich nicht im Mindesten dankbar dafür, dass er Tom gefangen und uns zugespielt hat?"

„Falls er es war. Nein. Nichts kann die Taten des Bravos aufwiegen, geschweige denn ungeschehen machen."

„Ah ja. Ihr seid wie Feuer und Wasser, das verträgt sich nicht." Szily rang sich ein müdes Lächeln ab. „Und doch gibt es Feuerwasser."

„Das auch schon genug angerichtet hat. – Oberst, was meint euer Sanitäter?"

„Der Delinquent wäre voll verhörfähig."

„Aber er redet nicht", sagte Hirschmugl, der soeben ins Konferenzzimmer gekommen war. Er setzte sich zu ihnen, nahm die Brille ab und putzte sie akribisch mit einem Fasertuch. „Sandra und ich haben es auf Deutsch, Englisch, Französisch und mithilfe diverser Übersetzungsprogramme probiert. Tom bringt den Mund nicht auf, er schweigt wie das sprichwörtliche Grab. Möchtest du ihn selbst in die Mangel nehmen?" Fux überlegte. „Ihr habt ihn auf Li Si und Fabian angesprochen?"

„Selbstverständlich. Keine erkennbare Reaktion."

„Und bei der Erwähnung von mir, dem Grillspieß und dem Mäusegift?"

„Hat er versucht, keine Miene zu verziehen. Was ihm nicht immer perfekt gelungen ist. Sandra wertet gerade die gefilmte Mimik aus, sie hat da so eine App, frag nicht, woher. Sie glaubt, dass Tom große Angst hat, und will ihre subjektive Beobachtung noch objektiv untermauern."

„Angst vor wem? Wovor?"

„Preiszugeben, wer ihn angestiftet hat."

„Verstehe." Alles in Fux gierte nach der Lösung dieses vertrackten Falls. Aber sie teilte die Einschätzung ihrer Kollegen, dass Tom ihnen momentan bei der Suche nach den Teenagern nicht unmittelbar weiterhelfen konnte. Wer auch immer die beiden entführt hatte – zu diesem Zeitpunkt war der Algerier höchstwahrscheinlich bereits verschnürt im Wald gelegen. Und die direkte Konfrontation mit ihr, seinem intendierten Opfer, war ein Trumpf, den Fux nicht vorschnell ausspielen wollte.

„Besser, der Kerl schmort noch ein Weilchen", entschied sie.

„Lassen wir es für heute gut sein. Wir alle haben einen langen Tag hinter uns und brauchen dringend Schlaf." Sie musste nicht in die Runde blicken, um allseits Zustimmung zu ernten. „Ausgeruht werden wir gemeinsam die Kinder finden, davon bin ich fest überzeugt, und nicht zuletzt auch aufklären, was und wer hinter all dem steckt."

„Dings, äh, Amen", sagte Peter Szily.

29

Fabian erwachte mit einem Schrei. Den nicht er ausgestoßen hatte, sondern … Li Si.

„Wo, wo sind wir?", fügte sie konfus hinzu.

Im Arsch, wäre Fabians Antwort gewesen, hätte ihm das nicht seine Erziehung verboten. „Eingesperrt", sagte er.

„Ach, du …! Es war also kein böser Traum."

„Leider nein."

„Wie spät haben wir?" Sie richtete sich auf und verschränkte die Beine zum Schneidersitz.

„Keine Ahnung." Sein Handy war aus dem Fenster geflogen. Und ihres zertreten worden. „Wie geht's deinem Arm?"

Li Si schob den Ärmel zurück. „Tut weh und wird blau."

Ihm fiel nichts ein, wie er sie trösten könnte, deshalb stand er auf. Kalt war ihm nicht, er hatte in voller Kleidung geschlafen, inklusive Skiunterwäsche. Aber er fühlte sich klebrig und verspannt.

„Ich bin schuld", sagte Li Si. „Weil ich ihn angerufen habe."

„Du konntest nicht wissen, wie durchgeknallt der Typ ist."

„Nein."

Sie rieb sich die Augen. „Trotzdem ist das keine Ausrede. Ich meine, zwei tote Frauen, aber ich wähle eine unbekannte Nummer, als wäre nichts geschehen und alles ganz normal, und sage zu einem Wildfremden am Apparat: ‚Hallo, wir sind bei der Haltestelle Zielschusskante, komm doch bitte vorbei und sack uns ein!'"

„Quäl dich nicht. Wie hättest du das ahnen können? Mir wäre es genauso passiert. – Spürst du noch was von den Pillen, die er uns aufgezwungen hat?"

Li Si legte den Kopf schief und horchte in sich hinein. „Nicht wirklich. Dürften relativ harmlose Schlaftabletten gewesen sein. Jedenfalls nicht so stark wie das Zeug, das er dauernd einwirft. Mann, wie kann man derart verpeilt drauf sein?"

„Krass."

„Fix."

„Voll."

Sie lachten, kurzfristig aufgeheitert vom vertrauten Pingpong. Fabian half ihr hoch. Dann blickte er sich um.

Der Raum war fensterlos, rote Ziegeldecke, ebensolche Wände mit Bretterverschlägen dazwischen, schummrig beleuchtet von einer nackten Glühbirne. Dass es so was überhaupt noch gab … „Woran erinnerst du dich?"

„Er ist zu diesem Museum gefahren", sagte Li Si. „Und weiter über einen holprigen Caterpillarweg. Dann hat er eingeparkt, bei einem halb verfallenen Gemäuer, und uns hier herunter verfrachtet."

Fabian bemerkte, dass sie beide davor zurückscheuten, den Namen ihres Peinigers auszusprechen, und überwand sich. „Pongo ist … schwerstens gestört."

„Geisteskrank. Intellektuell beeinträchtigt." Sie zog den gefalteten Zettel aus der Brusttasche ihrer Latzhose, schnitt eine angewiderte Grimasse und steckte ihn wieder zurück. „Und auch sonst nicht gesund."

„Voll. Keinen Tau, was er von uns will, aber … Wir müssen selber dazuschauen, dass wir hier rauskommen. Cobra hin oder her, ohne Handy-GPS spüren sie uns nicht auf."

Li Si ging zur Tür. „Stahl", sagte sie und zog am Griff, der keinen Millimeter nachgab. „Abgeschlossen."

„Das ist ein Keller." Fabian ignorierte das Knurren seines Magens. „Altes Bergbaugebiet, stand doch am Museumsschild. Vielleicht gibt es einen zweiten Ausgang. In einen Stollen oder so." Er begann die Wände abzuklopfen.

„Ohne Laterne gehe ich sicher nicht in irgendeine zappendustere Höhle."

„Musst du auch nicht." Fabian griff in die Oberschenkeltasche seines Hosenbeins und holte ein Plastik-Etui hervor. „Notfall-Package. Bevor ich das nicht nachweislich eingesteckt habe, lässt mich meine Tante keinen Schritt vors Haus."

Er zog den Reissverschluss auf. „Hier bitte. Verbandszeug, Mini-Schweizermesser sowie – tataa! – Stirnlampe."

„Ich bin beeindruckt."

„Nicht schwach, gell?"

Er schnallte sich die Lampe um, schaltete sie ein und untersuchte die hölzernen Verschläge aus der Nähe. Gegenüber der Stahltür rührte sich nichts. Massiver Fels. Jedoch im rechten Winkel dazu, auf der linken Seite, klang es hohl. Mit dem Korkenzieher des Schweizermessers drillte Fabian morsche Dübel heraus, löste ein Brett, dann noch eines – und legte einen Stollenzugang frei.

„Unser Weg in die Freiheit", sagte er stolz.

„Oder noch tiefer in die … Du weißt, was ich meine."

„Wartest du lieber ab, bis der wahnsinnige Pongo seinen Pillenrausch ausgepennt hat?"

„Gehen wir", sagte Li Si.

30

„Sie wissen, wer ich bin", sagte die Chefinspektorin kühl, griff sich einen Stuhl an der Lehne, drehte ihn aus dem Handgelenk um 180 Grad und setzte sich rittlings darauf. „Sie haben versucht, mich umzubringen. Auf zwei verschiedene Arten. Was *ich* wissen will ist, warum."

Tom wich ihrem Blick aus. Jedoch entging Pez nicht, dass sich seine Nasenflügel minimal blähten.

Fux schob dem Koch ein Tablett über den niedrigen Schultisch. Darauf befanden sich eine Tasse Tee, ein Teller mit gemischten Vorspeisen aus einem nahe gelegenen Restaurant sowie eine Schachtel Zigaretten, geöffnet, ein Glimmstängel verlockend hervorstehend. „Sie können natürlich weiter mauern, Tom. Das sei Ihnen unbenommen. Wir werden Sie nicht foltern. Sie müssen hungrig sein. Vielleicht möchten Sie auch gern rauchen. Bitte greifen Sie zu, damit vergeben Sie sich nichts."

Der Mann mit der milchkaffeefarbenen Gesichtshaut fixierte stoisch die Tischfläche, in die vor langer Zeit Schüler mit Zirkelspitzen ihre Namen oder Liebesbotschaften eingraviert hatten.

„Fürs Protokoll halte ich fest", sagte Fux, „dass wir Ihnen auch ein Nachtlager in Form einer Matratze angeboten haben. Sie zogen es vor, so stocksteif sitzen zu bleiben. Aber wie lange, Tom, werden Sie das noch durchhalten? Sie sind todmüde. Weil Sie versagt haben, sehen Sie keinen anderen Ausweg, als sich jeglicher Kommunikation zu verweigern. Nur, wohin soll das führen? Sie sind verhaftet, werden in ein Gefängnis überstellt und, nachdem Sie ihre Strafe für versuchten Mord abgesessen haben, nach Algerien abgeschoben. Mit diesem Land besteht ein Abkommen zur Erleichterung der Rückkehr ausreisepflichtiger Ausländer. Allerdings mehren sich die Berichte, dass die algerische Regierung unerwünschte Personen in der Wüste aussetzt und einem traurigen Schicksal überlässt. Das ist Ihre Zukunft, Tom. – Wollen Sie nicht doch einen Schluck vom *Jay* nehmen? Er ist gut, vom besten mediterranen Lokal des Ortes. Es könnte ihr letzter sein."

Fux' Gegenüber bemühte sich, jegliche Reaktion zu unterdrücken. Aber seine Nasenflügel zitterten.

„Geben Sie sich nicht der Hoffnung hin", sagte die Chefinspektorin, „dass ich glaube, Sie könnten mich nicht verstehen. Sie sind ausgebildeter Koch, wurde mir gesagt, ein weit besserer als Lajos, also gewiss nicht dumm. Sie haben eine Vergangenheit, Tom, die Sie zurücklassen mussten, eine ehedem vielversprechende Karriere. Eine Familie, an die Sie oft denken. Nicht wahr? Ich bin Ihnen nicht gram, dass Sie versucht haben, mich zu töten. Für Ihr intellektuelles Potenzial haben Sie es nicht sonderlich schlau angestellt. Was auf mich so wirkt, als hätten Sie sich insgeheim dagegen gewehrt. Und jetzt kommen wir zum entscheidenden Punkt. Sie gehen diesen Weg weiter, Tom, nach Algerien, in die Wüste, in die Schande, von Ihrer Familie fortan verleugnet zu werden, als wären Sie nie geboren. Oder Sie kooperieren. Dann kann ich eventuell etwas für Sie erwirken. Nennen Sie mir Ihren wahren Namen – und den desjenigen, der Sie zu diesen Taten, die Sie selbst zutiefst verabscheuen, gezwungen hat."

Pez hielt den Atem an. Er bewunderte Fux. Der Mann, der sich der Einfachheit halber Tom rufen ließ, verstand wohl nicht alles wortwörtlich, was sie ihm sagte. Aber *wie* sie es sagte, blieb nicht ohne Wirkung auf ihn. Er klappte zusammen. Sank mit dem Oberkörper auf den Tisch. Stieß gutturale Laute und unverständliche Silben hervor. Schüttelte sich jedoch gleich wieder, streckte sich durch und sagte, Tränen in den Augen, fast akzentfrei: „Nein. Ich kann nicht."

Pez zupfte die Chefinspektorin am Arm und bedeutete ihr, das Verhör zu unterbrechen. Stirnrunzelnd gab sie nach und folgte ihm nach draußen. Vor der Tür fragte sie ärgerlich: „Was sollte das? Ich war so nahe dran!"

„Knapp vorbei, doch daneben. Auf diese Weise kriegst du nichts aus ihm heraus."

„Aber wie sonst, Mister Superschlau?"

Er tippte sich ans Ohr. „Ich habe etwas gehört."

„Was?"

„Um das zu verifizieren, muss ich einen Anruf tätigen. In Wien. Halt mir die Daumen, dass ich sie erreiche und becircen kann."

„Wen? Welche sie?"

„Sage ich dir, wenn's geklappt hat."

31

Li Si und Fabian liefen durch den alten Bergwerksgang. Der bog sich mal nach links, mal nach rechts, auch immer wieder leicht nach oben oder unten.

Hinter ihnen erklangen Geräusche.

„Das ist er", sagte Fabian entsetzt. „Pongo."

Sie bekam Seitenstechen. „Kann er uns einholen? In seinem Zustand?"

„Eben deshalb. So, wie Pongo beisammen ist, treibt ihn die pure Wut an. Ihm ist völlig egal, ob er sich an den Wänden aufscheuert oder einen Fuß verstaucht. Der rast uns hinterher ohne Rücksicht auf Verluste."

„Unaufhaltsam?"

„Voll. Na ja, eventuell doch nicht. Da lehnt ein Krampen."

Fabian blieb stehen.

„Ein was?"

„Wo lebst du, in Boboville? Das ist ein Stielhaken. Zum Herausziehen von Abbaugut."

„Und woher weißt jetzt du das?"

„*Minecraft.* – Fühlst du dich in der Lage, Pongo mit diesem Teil eine zu verpassen? Über den Schwellschädel, mit voller Kraft, sodass er nicht so schnell wieder aufsteht?"

„Ich soll …"

Das Rumoren kam näher.

„Du hast nur einen Schlag", sagte Fabian. „Hab keine Skrupel. Denk an sein Brecheisen."

„Na super. Warum tust *du* es nicht?"

„Weil ich ihn davor abstoppen muss."

„Womit?"

„Wirst du gleich sehen." Er hielt ihr den Krampen hin. „Jetzt nimm schon!"

Pongo erschien in der Biegung des Stollens. Er brabbelte etwas, das sich wie Fluchen anhörte oder wie Flehen. Als er sie sah, breitete er die Arme aus und heulte wie ein Wolf. Fabian trat ihm entgegen und zückte ein Döschen. Es zischte. Pongo brüllte auf und schlug die Hände vors Gesicht.

„Jetzt!", rief Fabian.

Li Si schwang den Krampen. Es gab ein sehr hässliches Geräusch, als sie Pongo an der Schläfe traf. Er knickte in den Knien ein und sank zu Boden.

„Weiter!"

Sie rannte los. Weg, bloß weg von diesem Irrsinn.

„Was war das?" fragte sie eine unbestimmte Zeitspanne später. „Womit hast du ihn …?"

„Pfefferspray. Aus der Notfallsbox. Wie Tante Karin sagen würde: *„Never leave the house without it.*"

Der Stollen schien kein Ende zu nehmen. Fabians Triumphgefühl hingegen verflog rasch. Schließlich gelangten sie an eine Holztür, die uralt sein mochte, aber noch sehr stabil war – und nicht aufging.

Fabian leuchtete in den Spalt zwischen Rahmen und Türblatt. „Auf der anderen Seite ist ein Riegel vorgelegt", sagte er. „Ich glaube, wir könnten ihn anheben. Aber dazu bräuchten wir etwas Schmales, das länger ist als die Klinge meines Messers. Wie ein Lineal oder so. Eine Stricknadel tät's vielleicht auch."

„Bedaure, so was habe ich nicht dabei. Ich war in Technisch Werken."

Fabian ließ die Schultern sinken. Deprimiert lehnte er sich an die Wand. „Menno. Da sind wir so weit gekommen und jetzt …"

„Warte." Li Si holte den Zettel mit Pongos Vermisstenanzeige hervor. „Das könnte klappen. Papier wird erstaunlich stabil, wenn man es knickt." Sie faltete das Blatt wie den Balg einer Ziehharmonika, zu einem zwei Finger breiten Streifen. „Probier's damit!" Er benötigte mehrere Anläufe. Aber dann gelang es Fabian, den Riegel so weit zu lüpfen, dass sich die Tür aufdrücken ließ. Zuerst öffnete er sie nur einen Spalt weit und horchte. In der vergangenen Woche hatte er schon zu viele Überraschungen erlebt.

„Die Luft ist rein", flüsterte er schließlich. „Komm!"

Eine Treppe führte empor zu einem neueren, betonierten Teil, der in eine Tiefgarage gewaltigen Ausmaßes mündete. Alles wirkte überdimensioniert, auch die Parkplätze.

Mit Verzögerung erkannte Fabian, dass es sich um einen unterirdischen Busbahnhof handelte. An mehreren Docks stiegen gerade Passagiere aus. Security-Personal nahm sie in Empfang; weder sehr herzlich noch bloß höflich, sondern eher rigide, wie Wärter oder Aufseher. Sie trugen dieselbe braune „Protector"-Uniform wie Pongo. Auch deshalb beschlich Fabian das Gefühl, er und Li Si sollten besser nicht gesehen werden.

Die Wärter lenkten den Strom der Ankommenden zu einer Rolltreppe. Nur die wenigsten waren winterlich gekleidet. Fabian sah deutlich mehr Sandalen als Bergschuhe.

„Weiter durchs Stiegenhaus!", zischte Li Si.

Ein Stockwerk höher prangte am Ausgang die Ziffer 2 mit einem Minus davor. Zweites Untergeschoß, dachte Fabian. Daneben ein Logo aus den drei verschlungenen Buchstaben G, H und M sowie kleiner, ausgeschrieben: *Grand Hotel Manantial.*

Sie waren im Zentrum von Bad Bründlmoor, ganz nahe an der Fontanarena! Aber wie passten massenhaft Busreisende, die nicht gerade sehr zahlungskräftig wirkten, in ein angeblich komplett ausgebuchtes Luxushotel?

„Wir müssen hier raus", sagte Li Si, „beziehungsweise so schnell wie möglich deine Tante verständigen."

„Oder deinen Vater."

„Bei aller Liebe, der ist sekundär. – Weißt du ihre Telefonnummer auswendig?"

„Leider nein." Ohne Handy kam Fabian sich vor wie amputiert. „An der Rezeption sollten sie die Nummer vom Alpenfreundehaus haben." Li Si runzelte die Stirn. „Ich weiß nicht. Hier läuft was ganz Komisches ab. Falls sie das geheim halten wollen …"

„… werden wir womöglich gleich wieder hopsgenommen." Er überlegte. „Für die Wachleute sind wir verdächtig, wenn wir aus dem Keller kommen."

„Und grad im Erdgeschoß passen sie besonders auf."

„Kommen wir hingegen aus den oberen Stockwerken, wie ganz normale Hotelgäste …"

„Fix. Wir brauchen einen Lift."

Ein für Bad Bründlmoor geradezu historischer Satz, dachte Fabian. „Hier sollte es irgendwo einen Plan geben, wo die Fluchtwege und so eingezeichnet sind."

Im Treppenhaus sahen sie nichts dergleichen, nur nackte Betonwände. „So was hängt meistens innen neben der Tür", sagte Li Si. „Gib mir deine Jacke und Haube."

„Wozu?"

„Damit wir beide auf den ersten Blick wie ,Monsters' aussehen. Die Stars sind im Manantial untergebracht. Perfekte Tarnung ist anders, aber solange jemand nicht allzu genau hinschaut, sollte es reichen."

„Du bist echt clever." Er war auch ohne die Softshell-Jacke von Kopf bis Fuß im Stil seiner Helden ausstaffiert.

Sie huschten hinein und entdeckten prompt den Evakuierungsplan. Daraus ging hervor, dass sich auf dieser Ebene das Kasino befand, mitsamt einem zugehörigen zweistöckigen Veranstaltungssaal.

Der Aufzug wurde bewacht. Aber der damit beauftragte Uniformierte war am entgegengesetzten Ende des Korridors postiert, mit dem breiten Rücken zu ihnen. An seinem Gürtel baumelte ein Schlagstock.

Auf Zehenspitzen schlichen Fabian und Li Si zum Lift. Bange Sekunden verstrichen. Ein Glockenton erklang, dann glitt die Schiebetür auf. Sie sprangen hinein. Aus dem Augenwinkel sah Fabian, dass der Wächter den Kopf gedreht hatte, aber keine Anstalten machte, etwas zu unternehmen.

Sie fuhren bis zum zweithöchsten Stockwerk. Für das oberste hätte man einen Schlüssel benötigt.

„Gleich wieder runter?", fragte Fabian.

„Moment noch." Li Si trat in den Flur. Links und rechts standen Türen offen, dazwischen ein Wagen mit Bettwäsche und

Handtüchern. Eben verschwand das Zimmermädchen in einem der hinteren Räume. Ein Staubsauger summte los. „Komm, Fabi!"

„Aber wir wollten …" Er verstummte, als er kapierte, was sie vorhatte.

In der Suite gab es ein Telefon und ein TV-Modul mit interaktiven Funktionen. Li Si rief die hausinternen Termine des Tages ab. Beim Kasino stand „*14 bis 19 Uhr – Geschlossene Veranstaltung des Hotelierverbands*".

„Bitte wer geht um diese Zeit zocken?", fragte Fabian. „Noch dazu, während um die Ecke die Megaparty stattfindet?"

„Optimale Ablenkung. – So, jetzt das Telefonverzeichnis von Bad Bründlmoor und Umgebung … und Bingo!"

32

„Meine Informantin", sagte Pez, „hat aus mir vollkommen unverständlichen Gründen ein gespaltenes Verhältnis zur Polizei. Ich habe ihr versprochen, sie außen vor zu halten."

„Keine Umschweife, kürz ab", sagte Fux. „Was sagt sie?"

„Gleich. Ich kenne mich ein bisschen mit kubanischer *Santería* aus und sie praktiziert brasilianisches *Cantomblé*. Beides geht auf dieselbe afrikanische Religion zurück. Ich habe meiner Bekannten den Mitschnitt davon vorgespielt, was Tom gemurmelt hat, als er kurz sein Schweigen brach. Sie hat meinen Eindruck bestätigt. Es waren Anrufungen von Yoruba-Gottheiten, sogenannten *Orishas*."

„Yoruba?"

„Das bezeichnet ein westafrikanisches Volk, aber auch eine der Hauptsprachen Nigerias."

„Weiß ich." Die Augen der Chefinspektorin weiteten sich. „Deine Freundin meint also …"

„Dass Tom vielleicht *über* Algerien nach Österreich gekommen ist, aber nicht ursprünglich *aus* Algerien stammt. Sondern aus einer Region …

„Wo Yoruba gesprochen wird."

„Tut mir leid, das war aber auch schon alles. Wohl nicht sehr ergiebig."

Fux sprang auf, als wäre alle Last der letzten Tage von ihr abgefallen. „Oh doch, Pezi, oh doch. Du hast keine Ahnung, worauf du mich grad gebracht hast. Meine Güte! Wie konnte ich so blind sein? Dabei lag die Verbindung auf der Hand."

„Ah ja?"

Sie aktivierte ihr Handy. „Benedikt? – Gottlob, du bist da. Wer sonst noch? – Ausgezeichnet. Bene, ihr müsst sofort Folgendes für mich überprüfen …" Hinter Fux fiel die Tür zum Nebenraum ins Schloss. „Ich hab wirklich keine Ahnung", sagte Pez zu Hirschmugl, der nur mit den Schultern zuckte.

Sein Handy läutete. „Szily?"

„Vido Heilig hier. Pez, deine Tochter hat soeben angerufen. Sie und Fabian sind im Manantial und unter folgender Nebenstellennummer zu erreichen …"

Vor dem Grand Hotel parkten Sport- und Geländewagen diverser Luxusmarken: Porsche, Jaguar, sogar ein Ferrari Purosangue war darunter. „Stärkstes SUV der Welt, Chefin", sagte Hirschmugl bewundernd. „Kostet schlanke 400.000 Euro."

„Sonst fällt dir nichts auf?"

„Was soll mir … Oh! Nirgends ausländische Kennzeichen."

„Alle aus der Region", sagte Mittersackschmöller. „Die Hautevolee der Gegend ist vollzählig versammelt."

„Ich vermute, nicht nur wegen der Silvesterparty im Skistadion", sagte Fux. An der Spitze des Konvois aus Kriminalisten, Alpinpolizisten und Cobra-Beamten schob sie sich durch die Drehtür. Drin im Foyer kamen ihr Fabian und Li Si entgegengestürmt. Sie sahen mitgenommen aus, aber auch glücklich und stolz.

Sowohl Fux als auch Szily, der seine Tochter gar nicht mehr

aus der Umarmung entlassen wollte, verzichteten auf tadelnde Worte. Das Wesentliche hatten sie bereits am Telefon abgeklärt.

Die Lobby war weitläufig, opulent gestaltet und gediegen eingerichtet. Sie wurde von bunt beleuchteten Springbrunnen dominiert. Meterhoch schossen die Fontänen empor. Von der Decke hingen funkelnde Eiszapfen und überdimensionierte Schneeflocken aus Glaskristallen.

Hirschmugl und Öttl verzogen sich in eine Sitzgruppe aus üppig gepolsterten Fauteuils und klappten die Laptops auf. Fux ging zur Rezeption. Bis jetzt hatte ihr lockerer Einmarsch wenig Aufsehen erregt. Nur zwei „Protector"-Securities bei den Liften tuschelten. Nach den Blicken und Gesten zu schließen, fachsimpelten sie über die Bewaffnung der Cobra-Männer, die sich beiläufig über den Raum verteilten.

„Grüß Gott im Grand Hotel Manantial!", flötete die Rezeptionistin. „Wie kann ich Ihnen behilflich sein?"

Fux zeigte ihre Dienstmarke. „Kriminalpolizei. Wir würden gerne mit Herrn Brunnmayer sprechen."

„Äh … Mit welchem?"

„Wie viele sind denn im Haus?"

„Ich weiß nicht, ob ich Ihnen …"

„Doch, doch, das dürfen Sie getrost sagen, meine Liebe. Herr Vinzenz, der Senior? Ihr unmittelbarer Chef, Herr Daniel? Und sein Bruder Manuel, der Admiral der Busflotte. Sein Ferrari parkt vor der Tür, nicht wahr?"

Kein Widerspruch bedeutete keine Verneinung. Die sehr hübsche Rezeptionistin, deren Augen auf asiatische Vorfahren hindeuteten, sah sich Hilfe suchend nach einem Kollegen um.

„Ich nehme an", setzte Fux nach, „die Herren Brunnmayer halten sich bei der Veranstaltung im Kasino auf. Wir können uns auch gern dorthin begeben."

„Das ist bedauerlicherweise unmöglich", sagte der hinzugeeilte Rezeptionist leicht näselnd.

„Es handelt sich um eine geschlossene Gesellschaft, weshalb ich Ihnen keinen Zutritt gestatten darf. Sofern Sie nicht über einen richterlichen Durchsuchungsbefehl verfügen, wäre das Hausfriedensbruch."

„Nun, dann richten Sie den Herren bitte aus, dass wir hier auf sie warten. Frau Lutz-Erlenbracht von Kabel plus und ein Kamerateam sollten ebenfalls bald eintreffen. Ich bin nicht sicher, ob Ihre Vorgesetzten wünschen, dass unser vertrauliches Gespräch gefilmt und im Promitratsch-TV ausgestrahlt wird."

„Ich werde mein Möglichstes tun." Er verneigte sich und ging nach hinten.

Hirschmugl rief: „Wir haben was, Chefin!"

„Live aus dem Kasinosaal", sagte Öttl und drehte den Bildschirm zu ihr.

Offensichtlich hatten die beiden Computerspezialisten sich ins Hotel-Netzwerk gehackt. So konnten sie beobachten, was zwei Stockwerke tiefer vor sich ging.

Etwa zweihundert Menschen verschiedenster Hautfarben füllten den Saal, die meisten davon stehend. Manche waren sehr jung, nur wenige über 35. Gerade bestieg ein kräftiger Mann das weinrote Plüschpodest, das sonst wohl für Pole- und Burlesquetänzerinnen bestimmt war. Auf einer Leinwand dahinter wurden persönliche Daten eingeblendet: Alter, Größe, Gewicht, Sprach- und sonstige Vorkenntnisse, potenzieller Verwendungszweck …

„Ist das ein Sklavenmarkt?", fragte Fux.

„Nicht sehr weit davon entfernt." Hirschmugl deutete auf seinen Monitor. „Sie benutzen ein Drafting-System ähnlich wie in US-amerikanischen Profiligen. Nur dass nicht die zuletzt am schlechtesten platzierte Mannschaft jede Runde beginnen darf, sondern im Gegenteil das umsatzreichste Hotel. Das ist aktuell übrigens nicht das Manantial, sondern ein exklusives Haus im Nebental mit ungeklärten Besitzverhältnissen. Dort soll auch schon eine Tochter Wladimir Putins logiert haben."

Öttl schaltete zu einer anderen Kamera um.

Nun sah man die Empore, auf der etwa drei Dutzend Personen saßen. Sie waren deutlich teurer gekleidet, überwiegend gut genährt und männlich.

„Börsen dieser Art haben hier eine gewisse Tradition", sagte Hirschmugl. „Schon vor drei Jahrzehnten veranstalteten zur Weihnachtszeit ein Busunternehmer und ein Hotelier in Kitzbühel eine Tombola, bei der sechzig Arbeitskräfte aus Istrien verlost wurden. Ein Artikel darüber erschien ganz unverblümt im *Fremdenverkehrs-Magazin*. – Na schau, da sind sie ja."

Drei Männer in maßgeschneidert sitzenden Trachtenanzügen waren aus dem Lift getreten. Fux erkannte Vinzenz Brunnmayer. Sie machte durch Handzeichen auf sich aufmerksam.

Der Alte erinnerte sich ebenfalls an ihre Begegnung. „Du bist das, Mädel? Ist dir mein Tee nicht bekommen?", grollte er. „Was soll das Theater? Habt ihr nichts Besseres zu tun, als uns von der Arbeit abzuhalten?"

Fux ignorierte das patriarchale Gehabe. „Wer von Ihren beiden Söhnen ist Manuel?"

„Das bin ich, in voller Größe und Schönheit", sagte der etwas Untersetztere auf ähnlich herablassende Weise. „Und wer lässt fragen?"

„Chefinspektorin Karin Fux." Sie stellte zufrieden fest, dass sich seine Augen weiteten und die roten Wangen blasser wurden. „Manuel Brunnmayer, ich verhafte Sie wegen mehrfacher Anstiftung zum Mord sowie mutmaßlichem Totschlag."

Nun wich die Farbe vollends aus dem speckigen Gesicht. Er öffnete den Mund, brachte keinen Ton heraus, erschlaffte. Fux nickte Oberst Frewein zu. „Handschellen anlegen und abführen."

„Stopp!", bellte der Senior. „Mein Sohn bleibt da. Nehmt ihm sofort die Fesseln wieder ab!"

„Es mag für Sie eine neue Erfahrung sein", sagte Fux kühl, „aber in diesem Fall ist Ihr Wort ausnahmsweise nicht Gesetz. Das Gesetz vertreten vielmehr ich und meine Kollegen. Ich würde Ihnen dringend raten, keinen Widerstand gegen die Staatsgewalt zu leisten, Herr Brunnmayer, und auch nicht andere dazu aufzurufen. Beides könnte schnell zu einer Straftat ausufern."

Im Gesicht des Alten arbeitete es. Fux sah ihm an, wie schwer er an der Zurechtstutzung zu kauen hatte. Schweigend folgte er mit dem Blick Frewein und einem zweiten Cobra-Beamten, die Manuel an den Oberarmen gepackt hielten und ihn zwischen sich nach draußen eskortierten. Er leistete keine Gegenwehr, wirkte wie in Trance. Jegliche Päpotenz war von ihm abgefallen, als hätte man mit einer Nadel in einen Luftballon gestochen.

Sein Vater schüttelte ungläubig den Kopf, rang die Hände und schnauzte: „Sind hier eigentlich alle verrückt geworden?"

„Gute Frage", sagte Fux. „Nehmen Sie Platz, Vinzenz. Sie auch, Daniel. Und mäßigen Sie Ihren Tonfall. Wir wollen doch nicht zu alledem auch noch einen Skandal provozieren, oder?"

Nachdem Vater und Sohn sich murrend gesetzt hatten, sagte sie: „Ich weiß sehr genau, was in diesem Augenblick im Kasinosaal Ihres Hotels abläuft. Meine Kollegen haben sich Zugriff auf die Überwachungskameras verschafft." Sie hob abwehrend die Arme. „Ich weiß auch, dass diese Aufnahmen deshalb vor Gericht nicht als Beweismittel verwendet werden dürfen. Aber darum geht es mir gar nicht. Zumindest nicht in erster Linie."

„Sondern?", fragte der Senior lauernd. „Red Klartext, Frau! Was wird uns vorgeworfen?"

Kaum ließ sie ihm ein wenig Luft, gewann er schon wieder Oberwasser. Der Mann, rief Fux sich ins Bewusstsein, war kein gewöhnlicher mittelprächtiger Ortskaiser. Er hatte einer ganzen Region seinen Stempel aufgedrückt. Buchstäblich: Alles trug seinen Namen, dieses Hotel, die aus dem Boden gestampfte Siedlung, die gesamte Skischaukel. So jemand gab sich nicht kampflos geschlagen. Ehe er sich vom Thron stoßen ließ, würde er ein Heer von Winkeladvokaten auffahren und zweifellos auch seine politischen Verbindungen spielen lassen. Das konnte Fux nicht brauchen, weil es den Abschluss des Falls verzögern, wenn nicht verschleppen würde. Sie durfte Vinzenz Brunnmayer daher nicht persönlich attackieren. Vielmehr musste sie ihn dazu bringen, die schützende Hand vom jüngsten Sohn zurückzuziehen, um seine eigene, ach so schneeweiße Weste zu wahren.

„Der Verdacht steht im Raum", sagte sie betont ruhig, jedoch nicht ohne eine gewisse Schärfe, „dass Ihr missratener Sprößling

Manuel Teil eines internationalen Menschenhändlerringes ist. Seine Autobusse verkehren in halb Europa, unter anderem für Maturareisen und diverse sommerliche Megapartys. Beispielsweise an der Mittelmeerküste zwischen Neapel und Castel Volturno, einer Hochburg der nigerianischen Mafia. Oder ebenso nachweislich für Wallfahrten nach Medjugorje, nicht weit vom Einflussgebiet einer in Montenegro, dem Kosovo und vor allem Serbien operierenden, hochgradig kriminellen Organisation."

„Die Bande nennt sich ‚Principi'", ergänzte Hirschmugl, der vom Laptop ablas. „Nach Gavrilo Princip, dem Mörder des österreichischen Thronfolgers Franz Ferdinand. Zum Teil ehemalige Tschetniks, extrem nationalistisch und grausam, seit etwa zehn Jahren zunehmend aktiv im Drogen- und Menschenhandel, mit Kontakten zu höchsten Regierungsstellen, aber auch zu den berüchtigten Hooligans von *Partizan Belgrad*."

„Welche zu Auswärtsspielen bevorzugt mit gecharterten Bussen anreisen", sagte Fux. „Sie erkennen ein Muster? Feierwütige Maturanten, fromme Wallfahrer oder grölende Fußballfans scheren sich nicht darum, was – oder wer – in den großzügig bemessenen Stauräumen unterhalb der Passagierkabine sonst noch transportiert wird."

Der Senior setzte zu einem Einwand an. Fux kam ihm zuvor. „Inwiefern Manuels Autobusse Drogen oder illegale Migranten ins Land schmuggeln, werden die Kollegen der zuständigen Abteilungen klären. Meine Gruppe ermittelt bei Gewaltverbrechen."

„Damit habe ich nicht das Geringste zu tun!", sagte Daniel Brunnmayer hastig. Auf seiner Stirn hatten sich Schweißperlen gebildet. „Ich bin Gastronom, sonst nichts."

„Lokalpolitiker, Kammerfunktionär, Pfarrgemeinderat … und ein durch und durch ehrenwerter Mann, natürlich."

Er fuhr hoch. Der Alte drückte ihn wieder auf den Sessel nieder. „Was genau soll Manni angestellt haben?"

Innerlich frohlockte Fux. Nun hatte sie die beiden so weit, dass sie auf Abstand zum Verhafteten gingen. Im Zweifelsfall saß halt auch bei engen Blutsverwandten das karierte Hemd näher als der Trachtenrock.

Sie lehnte sich zurück. „Kurz vor Weihnachten", sagte sie, „schlossen meine Mitarbeiter und ich vermeintlich einen Fall in der Wiener Gaullachergasse 13 ab. Die angebliche Täterin hatte eine Begleiterin, eine Rechtsanwältin – und die wiederum bekam am Rande mit, dass ich einen Urlaub im Gebiet der Fontanara-Skischaukel gebucht hatte."

Weil Ossi Machatsch das lautstark hinausposaunen musste … Freilich konnte Fux ihm deshalb nicht böse sein. Er wusste ja nicht, dass die Anwältin noch einmal umgedreht war, um ihren Regenschirm zu holen.

„Na und?", fragte Vinzenz Brunnmayer.

„Besagte Begleitperson, eine gewisse Kim Dandler-Thompson, informierte darüber Ihren Sohn Manuel. Klarer ausgedrückt, sie warnte ihn vor mir. Aus gutem Grund, wie sich noch herausstellen wird. Daraufhin ließ er meine Reservierung von der zentralen Zimmervermittlung löschen. Oder waren Sie das, Daniel?"

„Selbstverständlich nicht."

„Selbstverständlich. – Warum wollte Manuel verhindern, dass ich nach Bad Bründlmoor kam? Warum geriet er in Panik, als ich doch noch ein Zimmer in der Hinterglanhütte ergatterte, und ließ sämtliche Auftragskiller auf mich ansetzen, die kurzfristig aktivierbar waren?"

„Auftragskiller! Woher sollte mein Bruder …"

„Herr Brunnmayer", Fux beugte sich vor und faltete beschwörend die Hände, „spielen Sie nicht die Unschuld vom Lande. Sehen Sie endlich den Tatsachen ins Auge. Manuel ist seit Längerem in die Machenschaften eines internationalen Netzwerks hochgradiger organisierter Kriminalität verwickelt. Wozu ziemlich sicher auch die erwähnte Dandler-Thompson gehört. Glauben Sie mir, mit den richtigen Verbindungen und einer dicken Brieftasche bekommen Sie in Wien alles, was Gott verboten hat. Kürzlich hat ein bulgarischer Investigativjournalist behauptet, in dieser Stadt gäbe es mehr russische Agenten, Spitzel und

Handlanger als Polizisten. Und das ist beileibe nicht die einzige Mafia. Manche dieser Gruppierungen sind einander spinnefeind, andere wiederum fraternisieren hemmungslos."

Außerdem, dachte Fux, munkelte man seit einigen Jahren, es hätte sich eine Art Oberboss der Unterwelt etabliert, eine graue Eminenz, die mehr oder weniger überall mitmischte und mitschnitt.

Laut Abteilung 3 des Bundeskriminalamts existierten keinerlei konkrete Hinweise darauf, dass es sich dabei um mehr als Gerüchte oder einen urbanen Mythos handelte. Andererseits hatte man Ähnliches auch die längste Zeit über den Bravo behauptet …

„Also schön", knurrte Vinzenz Brunnmayer. „Angenommen, Manuel hätte die Möglichkeit gehabt, einen oder mehrere Killer zu engagieren, direkt oder über Mittelsmänner. Aber weshalb, haben Sie uns immer noch nicht erklärt."

Fux entging nicht, dass er es aufgegeben hatte, sie zu duzen; ein weiterer kleiner Teilsieg. „Nochmals", sagte sie. „Warum musste ich um jeden Preis von Bad Bründlmoor ferngehalten werden? Was durfte ich hierorts auf keinen Fall sehen?"

„Sagen Sie's schon."

„Ich denke, Sie kennen die Antwort bereits. Sie lautet: Manuels Busse! Die gleichen mit Werbung für die Skischaukel beschrifteten Autobusse, wie sie auch regelmäßig in der Garage Wien-Ottakring, Gaullachergasse 11, betankt und gewartet werden. Direkt neben dem Tatort unseres vorweihnachtlichen Falles. Ihr Sohn hatte recht, das wäre mir ins Auge gestochen. Ich wäre stutzig geworden und ich bin dafür bekannt, dass mir so etwas keine Ruhe lässt. Meine Leute und ich hätten genauer recherchiert. Was wir inzwischen getan haben, allen voran Gruppeninspektor Gallaun in Wien." Sie klopfte mit dem Finger auf die gläserne Tischplatte. „Einige Details sind noch zu validieren. Fest steht: Die Geständige ist genausowenig eine Putzfrau wie das Penthouse in der Gaullachergasse 13 eine Anwaltskanzlei. Frau Abimbola ging dort, beaufsichtigt von Dandler-Thompson, der Geheimprostitution nach. Aufzeichnungen der Überwachungskameras im Garagenhof zeigen, dass dort in der fraglichen Nacht von 18. auf 19. Dezember auch ein Ferrari Purosangue abgestellt war – das Auto Ihres Sohnes."

„Die verdammte Karre! Ich war immer dagegen, dass der kleine Trottel sich so einen Protzkübel zulegt."

„Das ist nur das Tüpfelchen auf dem I und wird dem Richter gefallen. Wirklich ausschlaggebend waren die Busse. Wissen Sie, die Sache kam mir immer ein bisschen fadenscheinig vor. Aber wir hatten ein glaubwürdiges Geständnis und keine Spur eines zweiten Verdächtigen. Dass Abimbola vorgeschoben worden sein könnte, um unsere Ermittlungen abzuwürgen und den wahren Täter zu decken, war mir durchaus in den Sinn gekommen. Bloß, wen? Nichts störte das vorgegaukelte Bild. Eine Putzfrau hat einen Einbrecher überrascht und unabsichtlich zu Tode geschubst. Perfekt. Fall geklärt, frohe Feiertage."

„Und dabei hätte man es bewenden lassen sollen."

Wäre nicht Fabian so furchtbar unglücklich mit dem Ersatz-Skiparadies gewesen und hätte nicht Peter Szilys Freundin ihm den Laufpass gegeben …

„Tatsächlich hat es sich so abgespielt: Um etwa vier Uhr morgens am Neunzehnten verließ Ihr Sohn Manuel das Penthouse, in dem er sich vergnügt hatte. Auf der Treppe stieß er mit einem Nigerianer zusammen, mutmaßlich Abimbolas Bruder, der auf der Suche nach ihr war und beim anschließenden Raufhandel ums Leben kam. Anzunehmen, dass Manuel alkoholisiert war oder unter dem Einfluss anderer Drogen stand, doch das tut wenig zur Sache. Die Anstiftung zum Mord wiegt ohnedies schwerer als eine Körperverletzung mit Todesfolge."

Vinzenz Brunnmayer nickte langsam und musterte schweigend seine Gegenüber, als taxiere er deren Kaufpreis. So kalt und berechnend war der Blick, dass es Fux fröstelte, trotz der gut geheizten Hotellobby.

„Beinahe wären Dandler-Thompson und Ihr Sohn damit durchgekommen", setzte sie fort. „Aber die Autobusse! Mit dem unverkennbaren Fontanara-Schriftzug! Es stimmt schon, ich hätte nach dem Urlaub darauf bestanden, nochmals Nachschau zu halten, ob eventuell eine Verbindung des bemerkenswert weitschweifig agierenden Busunternehmens zu Abimbolas Arbeitgebern bestünde; insbesondere zur vorgeblichen Anwaltskanzlei, sowie zu anderen illegal aufhältigen Afrikanern. Apropos: Möglicherweise war der Nigerianer nicht allein gekommen und an dem Gerangel beteiligte sich, um Manuel herauszuhauen, auch ein gelegentlich als Busfahrer arbeitender, mehrfach vorbestrafter Kleinkrimineller namens Pascal Pongrac, genannt Pongo. Wir haben ihn in Gewahrsam, er deutete etwas in diese Richtung an. Seine Befragung gestaltet sich allerdings schwierig, da er Symptome einer fortgeschrittenen Tollwut-Infektion zeigt. Die Überlebenschancen sind gering."

„Der ist mir so egal wie das Schwarze unterm Fingernagel!", polterte Vinzenz Brunnmayer. „Was wird aus meinem dummen Buben?"

„Enterben?", schlug Daniel vor.

Noch eine scheinheilige Familie …

Der Alte ignorierte ihn. „Reden wir offen wie erwachsene Menschen", sagte er leise und einschmeichelnd zu Fux. „Euch liegt doch ein stichhaltiges Geständnis vor. Die schwarze Nutte hat es in Haft gemütlicher als heraußen und die Toten werden nicht wieder lebendig. Warum seid ihr nicht vernünftig und gebt euch mit diesem Stand der Dinge zufrieden? Zufällig steht ein hübsches Chalet auf der Alm zum Verkauf. Das könnte man jemandem zum symbolischen Preis von einem Euro privat überschreiben … oder ganz offiziell dem Wiener Polizeisportverein spenden. Na, wäre das nichts?"

„Sie wissen, was auf versuchte Beamtenbestechung steht?"

„Ich teile nur eine Information, die mir vertraulich zugetragen wurde."

„Wie gesagt, Herr Brunnmayer, welche Delikte Ihrem Sohn Manuel letztendlich angelastet werden, entscheidet die Staatsanwaltschaft. Straffrei kommt er aus der Sache garantiert nicht raus, ganz egal, ob er und die Nigerianer kooperieren oder nicht.

Ihresgleichen wird, sagt mein Berater Peter Szily, oft durch Drohungen mit schwarzer Magie eingeschüchtert oder offen damit erpresst, dass Familienangehörigen Leid angetan würde, falls sie auspacken. Aber jede Angst kann irgendwann nicht mehr gesteigert werden. Unendlich sind nur die Gier und die Dummheit."

„Pah. Ihr letztes Wort?"

„Das war's."

„Ich habe Freunde in höheren Positionen als die, die Sie bekleiden."

„Da bin ich mir sicher. Doch wenn diese Leute wirklich Ihre Freunde sind, dann sagen sie Ihnen, was Manuel betrifft, dasselbe wie ich: Geben Sie acht, dass Sie nicht mitgefangen-mitgehangen werden. Und jetzt entschuldigen Sie uns bitte. Demnächst fängt die Show der ‚Monsters of Stunt‘ an. Das möchten mein Neffe und ich auf keinen Fall versäumen."

33

„Der schönste Platz auf dieser Welt", sangen die „Sulztal-Dirndln", erheblich verstärkt durch Gert Teuschl, „das ist die Heimat mein. Im Sulztal, ja nur im Sulztal kann ich so glücklich sein. Hollareidullidulli-hoppsassa-dulljööö …"

Nachdem die zentimeterdick geschminkten Damen ausgejodelt hatten, moderierte Pez sie ab, nicht ohne mehrfach Verbeugungen und Ovationen für sie zu schinden. Die Stage-Managerin signalisierte ihm, dass noch einige Minuten zu überbrücken waren, bis die Stuntshow startete. Daher improvisierte er einen Dialog zwischen Falco und Niki Lauda in sehr österreichischem Englisch. Die Nummer kam beim heimischen wie auch beim internationalen Publikum gleich gut an, soll heißen: bei den etwa zehn Prozent, die ihm tatsächlich zuhörten. Pez erntete sogar den einen oder anderen Lacher und zögerlichen Szenenapplaus. Als er schließlich das Zeichen dazu bekam, kündigte er die

„Monsters" an und verzog sich anschließend hinter die Bühne zu seiner Tochter.

„Du kannst das alles ausblenden, nicht wahr?", fragte Li Si.

„Was meinst du?"

„Die Schattenseiten. Dir ist bewusst, dass unter den Masken und Verkleidungen echte Menschen stecken, nicht selten hässliche, mit großen Problemen und tragischen Schicksalen. Aber du hilfst mit, die Illusion aufrechtzuerhalten."

„Das ist mein Job. So läuft das Geschäft. *The show must go on.*"

„Ein gigantischer Schwindel. Ein schäbiger Glitzervorhang, der einen Riesenhaufen Schweinereien verbirgt."

„Ist das eine Anklage gegen mich? Weil ich dabei scheinbar unbekümmert mitmache?"

„Nein, Papa. Ich weiß, dass es nicht wirklich an dir abperlt. Aber du kannst es beiseiteschieben, sobald du im Scheinwerferlicht stehst. Darum beneide ich dich."

„Ich bin halt ein sonniges Gemüt. Das ist eine Gabe, sozusagen meine Superkraft." Soeben benutzte er sie, bemerkte Pez erschrocken, um heikleren Themen auszuweichen. „Im Ernst, ich hatte grauenvolle Angst um dich. Aber die Sache ging gut aus und jetzt", er schnippte mit den Fingern, „ist wieder alles paletti. Zumindest nach außen hin. So ticke ich nun mal."

Li Si ließ enttäuscht die Mundwinkel sinken. „Alles paletti."

„Schon irgendein alter Römer hat gesagt: ‚Mundus vult decipi, ergo decipiatur.' Die Welt will betrogen sein, also betrügen wir sie. Er bezog sich auf die Religion, doch die gehört ja eigentlich eh auch zum Showbusiness."

„Findest du das witzig?"

„Und traurig zugleich. Hör mal, mein Schatz. Ich glaube zu wissen, was dich bedrückt, nach dem, was du erlebt hast."

„Ah ja?"

Den Tonfall kannte er. „Hast du mich grad parodiert?"

„Könnte sein. Aber lenk nicht ab. Was wolltest du sagen?"

„Dass das nicht leicht wegzustecken ist. Mehrere Verbrechen wurden aufgeklärt und die Täter gefasst. Ändert sich deswegen grundsätzlich etwas? Nicht entscheidend, fürchte ich. Da draußen laufen noch viele andere gescheiterte Existenzen wie der grauenhafte Pongo herum, manche in Uniform. Aus größter Not Geflüchtete werden weiter ausgebeutet, statt dass man den Leuten anständige Löhne bezahlt. Wir brauchen Zuwanderung, aber es bringt mehr Wählerstimmen, gegen Ausländer zu hetzen. Vor lauter Begeisterung über die Schönheit der Natur machen wir sie kaputt. Und und und."

„Es liegt ganz offen vor unseren Augen da, was falsch läuft, aber wir wollen es nicht sehen."

„Nur, was wir gerade noch ertragen können. Anders wäre die Welt für intelligenzbegabte Wesen nicht auszuhalten. Und schon gar nicht ohne" – er umfasste mit einer lächerlich dramatischen Armbewegung das gesamte Gelände – „den Zirkus."

Auf dem Gesicht seiner Tochter zeigte sich der zaghafte Anflug eines Lächelns. „Wir haben gute Plätze", sagte sie, „die sollten wir nicht verfallen lassen."

Nach den „Monsters of Stunt", die tatsächlich auch die höchsten Erwartungen erfüllten, wurde das für sie abgesperrte Areal am Zielhang freigegeben und zusätzliches Publikum strömte ein.

Die vieltausendköpfige Menge grölte und schunkelte mit „Tom dem Torftepp" und klatschte und stampfte im Marschtakt bei „D'Holzg'schnitzt'n", dass das Skistadion vibrierte. Im Vergleich dazu ging „Magic Harry" ein wenig unter, obwohl er sich Ersatz für seine verstorbene Partnerin besorgt hatte. Die junge Frau war durchaus attraktiv, allerdings erinnerten ihre lasziven Bewegungen stark an Kickboxen.

Frenzyss, der programmierte Höhepunkt, ließ sich nicht von Pez anmoderieren, sondern brachte einen eigenen *Announcer* mit, der die Zuseher eine volle Viertelstunde lang aufheizte. Beim routiniert abgewickelten Auftritt dröhnte die Tonanlage so laut, dass man es sicherlich noch auf der Hinterglan-Alm hörte. Hernach unternahm Neelke Lutz-Erlenbracht mehrere Versuche, den Hip-Hop-Superstar zusammen mit ihrem Gatten auf Video festzuhalten, scheiterte jedoch kläglich. Schließlich zählte Pez auf der Bühne den unvermeidlichen traditionellen Silvester-Countdown ab. „… fünf, vier, drei, zwo, eins … Prosit Neujahr!"

Gleichzeitig setzten das zugespielte, durch Mark und Bein dringende Geläut der Pummerin und das Feuerwerk ein. Ernst Zanger bewies, dass er nicht umsonst aus Edinburgh abgeworben worden war. Überall tanzte man zum Donauwalzer, auch Backstage. Christoph Hirschmugl und Sandra Öttl waren nicht ganz das Staatsopernballett, dennoch erfreute Pez der Anblick des frisch verliebten Paares sehr. Er ging zu Fux, schlug die Hacken zusammen und verbeugte sich so tief, dass er nur mit Mühe wieder hochkam. „Darf ich bitten, Frau Chefinspektorin?"

„Wir wollen's nicht übertreiben, Szily. Ich ziehe meinen Neffen als Tanzpartner vor und du hast eine Tochter, die ebenfalls bereits auf der Stelle trippelt. Aber schau nicht so betropetzt, anstoßen möchte ich schon mit dir. Gutes Neues Jahr, Pez!"

Er nahm die Sektflöte entgegen, hob sie und touchierte vorsichtig Fux' Glas. „Auf ein gutes Neues!"

1. Januar

Namenstag: Basilius

Der Bischof von Cäsarea führte nach der schweren
Hungersnot 369 in Kappadokien zuerst eine Suppenküche
für Arme ein und errichtete dann die neue Siedlung
„Basileia", zugleich Herberge, Krankenhaus und Kloster mit
angegliederten Bädern und Werkstätten.

1.1.153 v. Chr.: Die römischen Konsuln

beginnen ihre Amtszeit erstmals an diesem Tag statt am
1. März, weshalb das Jahr seither mit dem 1. Januar beginnt.

1.1.1892: Im Hafen von New York

wird die Insel Ellis Island als zentrale Sammelstelle der USA
für Immigranten eingerichtet.

1.1.1962: Die Beatles

machen die ersten Probeaufnahmen bei der Plattenfirma
Decca, die sie anschließend mit der Begründung ablehnt,
Gitarrengruppen seien nicht mehr modern.

Epilog
Der Widerhall

Auf der Zugfahrt zurück nach Wien muss ich dreimal umsteigen, aber nie mein Ticket vorweisen. Wenigstens, was das betrifft, blieb alles beim Alten.

Vieles jedoch hat sich verändert. Zum Positiven: Sämtliche Versuche, die Chefinspektorin Karin Fux zu ermorden, wurden vereitelt. Somit habe ich meinen Auftrag erfüllt und bin dem, der ihn mir erteilt hat, nämlich Pluton dem Schattentänzer, nichts mehr schuldig.

Ich gebe zu, immens erleichtert zu sein. Wem Selbstbestimmung und Ungebundenheit so viel bedeuten wie mir, den bedrückt das Bewusstsein, ein anderer könnte jederzeit einen Dienst beliebiger Art befehlen.

Das ist vorbei. Dieses Joch habe ich abgelegt.

Gleichwohl überwiegen die negativen Folgewirkungen.

Ausgerechnet Fux, meine gefährlichste Widersacherin bei der Polizei, habe ich vor dem Tode bewahrt! Dass sie das weiß, wird sie nicht daran hindern, mich weiterhin zu jagen. Sie kennt mich nicht wesentlich besser und ist gewiss nicht in der Lage, ein Phantombild von mir zu erstellen, nicht einmal mithilfe von Peter Szily.

Auch sonst habe ich keinerlei verwertbare Spuren hinterlassen. Aber falls Fux zuvor Zweifel an der Existenz des Bravos gehegt hat, sind diese nun endgültig ausgelöscht.

Und das ist noch längst nicht das Schlimmste.

Hat diese Episode mich ebenfalls verändert? Es steht zu befürchten. Dabei meine ich nicht die Erfahrung, dass es keineswegs einfacher ist, einen Mord zu verhindern als zu begehen. Erst recht, wenn die Rolle des Leibwächters geheim bleiben soll. Ich konnte ja nicht gut bei Fux vorstellig werden und sagen: „Hallo. Ich bin der Bravo. Ein permanent an der Grenze zum Wahnsinn balancierendes Genie, von dem Sie nichts wissen dürfen, zwingt mich, Sie zu beschützen, weil eine andere Partei, über die ich so gut wie keine Informationen habe, Ihnen aus mir unbekannten Gründen nach dem Leben trachtet." Ohne irgendwelche Beweise wäre auch eine schriftliche Warnung nutzlos, wenn nicht kontraproduktiv gewesen.

Also reiste ich zur Hinterglanhütte und richtete mich dort unbehelligt ein, was durch den allgemeinen Trubel leichtfiel. Meine Ausrüstung lagerte ich in einem selten benutzten Vorratsabteil neben dem Skistall.

Zu sehen, ohne gesehen zu werden, ist ein Grundpfeiler meines Metiers und ich bin ein guter Beobachter. Jede Nacht gab es mindestens ein leer stehendes, für mich verfügbares Einzelzimmer, weil der Bewohner oder die Bewohnerin anderswo gastierte. Für Schutz und Überblick sorgten diverse elektronische Kleingeräte. Einige habe ich wieder eingesammelt, den Verlust der übrigen werde ich verschmerzen. Es handelte sich um Dutzendware, nicht rückverfolgbar zu mir.

Eine Zeit lang verdächtigte ich das ältliche portugiesische Paar, wegen der übergroßen Alukoffer. Jedoch stellte sich heraus, dass sie seit Jahrzehnten als Hilfskräfte im schweizerischen Zermatt arbeiteten, wie insgesamt über tausend ihrer Landsleute. Sie hatten mit Lissaboner Verwandten Weihnachten gefeiert. Anschließend wollten sie den Bergtourismus erstmals aus der Gästeperspektive erleben, wofür sich die vergleichsweise billige Hinterglan-Alm anbot. Ihre Koffer enthielten hauptsächlich bruchsicher verpackten, wohl zum Verkauf bestimmten Portwein.

Nachdem ich den afrikanischen Koch als Täter identifiziert, verfolgt, in einem Heuschober aufgespürt, überwältigt und so abgelegt hatte, dass seine Chancen hoch standen, lebend von der Flugpolizei gefunden zu werden, begab ich mich nach Bad Bründlmoor. Dorthin verlagerten sich, wie ich richtig vermutet hatte, die Aktivitäten der Chefinspektorin.

Als Fux schließlich in der Lobby des Grandhotels den alten

Brunnmayer und dessen Söhne zur Rede stellte, saß ich nicht weit von ihnen. Über ein perfekt getarntes Richtmikrofon hörte ich mit. Niemand würdigte mich eines Blickes. Wer hätte schon gedacht, dass ich mich unter so viele Polizisten wagen würde?

Die Ergebnisse der kriminalistischen Nachforschungen schockieren mich.

Fux und deren Mitstreiter interessieren sich nur für Mord und Totschlag. Ihr Fall ist so gut wie gelöst, der Rest liegt bei anderen Instanzen. Ich hingegen erkenne größere Zusammenhänge, ob ich will oder nicht. Ehrlich gesagt, will ich eigentlich nicht, denn die Konsequenzen missfallen mir außerordentlich.

Meine Theorie, dass es Pluton um die Aufrechterhaltung eines Machtgleichgewichts in Wien ging, wurde nicht entkräftet. Beabsichtigte der prinzipiell neutrale *Savant* darüber hinaus, die Organisation zu schwächen, die Manuel Brunnmayers Transportmöglichkeiten nutzte? Oder ist ihm dieser Kollateralschaden schlichtweg egal? Das entzieht sich meiner Kenntnis. Plutons Logik versteht niemand außer ihm.

Allerdings bin ich mir vollkommen sicher, dass groß angelegte Schlepperei, Menschenhandel und Zwangsprostitution in Österreich nicht stattfinden ohne Beteiligung einer ominösen Entität, die als „Eminenz" bezeichnet wird. Ob es sich um eine Einzelperson oder ein Gremium handelt, wissen nur ganz wenige Eingeweihte, zu denen ich nicht zähle. Indem Pluton mich dazu verpflichtete, Fux zu beschützen, hat er mich der Eminenz, mit der ich bereits in der Vergangenheit erhebliche Schwierigkeiten hatte, endgültig zum Feind gemacht. Denn indirekt war ich ja an der Aufdeckung von Brunnmayers Umtrieben beteiligt und trage demnach also Mitschuld an den Nachbeben. Das ist gar nicht gut. Ich muss extrem aufpassen, nicht von einem etwaigen Widerhall oder Gegenschlag in Mitleidenschaft gezogen zu werden.

Auch die Kreise der Hintermänner von „Protector Security", darunter russische Oligarchen und einheimische Superreiche, habe ich schon einmal empfindlich gestört, vor eineinhalb Jahren beim Grazer „Megaversum". Nach den jüngsten Geschehnissen wird mein Leben deshalb garantiert nicht unkomplizierter, geschweige denn sorgloser werden.

Mit gemischten Gefühlen treffe ich in Wien ein.
Am Bahnhof wimmelt es vor Menschen. Gewohnheitsmäßig fange ich Bruchstücke der Gespräche auf.
Jemand schwärmt vom Neujahrskonzert der Philharmoniker, ein anderer von der Menge der in der Silvesternacht vertilgten Alkopops, ein dritter schimpft darüber, dass das Fernsehprogramm immer schlechter wird. Erschöpfte Heimkehrende kollidieren mit gestressten Verreisenden. Kinder weinen, Eltern schelten. Zwei Streifenpolizisten und ein Notarzt kümmern sich um einen Obdachlosen, der in einer undefinierbaren Pfütze liegt.
Ich bin so froh, dass mich die Zivilisation wieder hat …
Klar, die Alpen haben atemberaubend schöne Seiten und noch mehr lebensbedrohliche, schwer zu bewältigende Hindernisse. Auch am Skifahren muss wohl etwas dran sein, sonst würden es die Skandinavier nicht seit 6000 Jahren betreiben. Aber die Trachtlerei ist jünger als der Kunstdünger, völkische Romantik das Gegenteil von Traditionsbewusstsein, und wer in Lederhosen heiratet, könnte dies genauso in Kanalräumerkluft tun, das wäre dann wirklich bodenständig.
Am Vorplatz beseitigt eine Kehrmaschine der Magistratsabteilung 48 Leergebinde und Reste von Knallkörpern, scheitert jedoch an den Konfettis. Es riecht nach … Stadt.
Bis zu diesem Augenblick hatte ich keine Ahnung, wie sehr mich das Bimmeln einer Straßenbahn erfreuen kann.

Was werde ich mit dem neuen Jahr anfangen?
Ich weiß es nicht.
Jedenfalls einige Wochen oder Monate stillhalten, untertauchen, historische Bücher lesen. Vielleicht mache ich Urlaub in einer meiner durchschnittlichsten Identitäten. So viel Geld habe

ich nicht auf der Seite, dass ich nur von den Zinsen leben könnte. Aber eine Weile halte ich es schon aus.

Niemand behelligt mich. Die Leute sehen durch mich hindurch, als wäre ich nicht vorhanden. Wie immer.

Nur der verhutzelte Bettler, der seit Langem diese Haltestelle
beackert, nickt mir zu und tippt sich an die Schläfe, als wollte er
sagen: Willkommen zu Hause.

Nachbemerkung

Vieles in diesem Roman beruht auf Tatsachen, anderes nicht. Selbstverständlich gibt es Wien und Innsbruck, nicht aber Bad Bründlmoor. Manche Ähnlichkeiten mit lebenden Personen mögen Zufall sein – aber gibt es überhaupt Zufälle?

Mein herzlicher Dank für die Beihilfe zur möglichst realistischen Ausgestaltung diverser Details gilt Marc A. Herren (Zauberei), Dieter Hofher (Pfälzisch), Ulrike Hutsteiner (Flugpolizei), Josef Kerbl (Kriminalpolizei), Peter Iwaniewicz (Biologie), Günter Klug (Psychiatrie), Bernd Kräftner (Aviatik), Eduard Lukas (Stromversorgung), Eva Panner-Frisch (Veterinärmedizin), Bernd Reiss (Chinesisch), Florian Schultheiss (Substitutionstherapie), Eva Spreitzhofer (Dramaturgie) und Eva Stühlinger (Pharmazie).

Sehr inspiriert haben mich – und einige meiner Figuren – ein Essay von Richard Schuberth[1] und die Sammlung der „Notizen zum Massentourismus" von Markus Wilhelm[2].

Ich danke weiters meinen Erstleser_innen Martin Buchgraber, Carina Ott, Gerhard Tinter, Gabriela Winkler und Peter Wustinger für zahlreiche Anregungen, dem „Grüass Di a Gott Wirt" in Sievering für die Erlaubnis zur Fotosession und Homajon Sefat für die tollen dabei entstandenen Bilder. Ganz besonderer Dank gebührt den wunderbaren Damen von Ueberreuter, allen voran Verlagsleiterin Birgit Francan.

Nicht bedanken muss ich mich hingegen beim Bravo, der selbstverständlich reine Erfindung ist. Dies klarzustellen, habe ich ihm hoch und heilig versprochen.

Wien, Juli 2023

---

1   „Hymne gegen die Hymnen", Der Standard, 7. Mai 2023

2   „Der Exzeß", FOEHN 19/20, contextxxi.org/der-exzess.html#article